GRAVITARE

关 怀 现 实 ， 沟 通 学 术 与 大 众

FEBRUAR 33

[德] 乌维·维特施托克————著

1933年，
希特勒统治下的
艺术家

UWE WITTSTOCK

陈 早————译

DER
WINTER
DER
LITERATUR

SPM
南方传媒

广东人民出版社
· 广州 ·

图书在版编目（CIP）数据

文学之冬：1933年，希特勒统治下的艺术家 /（德）乌维·维特施托克著；陈早译. —广州：广东人民出版社，2024.1（2025.1重印）
（万有引力书系）
ISBN 978-7-218-16736-7

Ⅰ.①文…　Ⅱ.①乌…　②陈…　Ⅲ.①文学史—史料—德国—1933
Ⅳ.①I561.095

中国国家版本馆CIP数据核字（2023）第131161号

著作权合同登记号：图字19-2023-177号

FEBRUAR 33 by Uwe Wittstock

©Verlag C.H.Beck oHG, München 2021

The translation of this work was supported by a grant from the Goethe-Institut.

WENXUE ZHI DONG：1933 NIAN, XITELE TONGZHI XIA DE YISHUJIA
文学之冬：1933年，希特勒统治下的艺术家

［德］乌维·维特施托克　著　陈　早　译　　版权所有　翻印必究

出 版 人：肖风华

丛书主编：施　勇　钱　丰
责任编辑：陈　晔　黄炜芝
营销编辑：龚文豪　张静智
责任技编：吴彦斌

出版发行：广东人民出版社
地　　址：广州市越秀区大沙头四马路10号（邮政编码：510199）
电　　话：（020）85716809（总编室）
传　　真：（020）83289585
网　　址：http://www.gdpph.com
印　　刷：广州市岭美文化科技有限公司
开　　本：889毫米×1194毫米　1/32
印　　张：10.875　　字　数：225千
版　　次：2024年1月第1版
印　　次：2025年1月第4次印刷
定　　价：78.00元

目　录

跨过悬崖的一步

决定一切的那个月

这不是英雄传奇，而是命悬一线者的故事。他们中的许多人要么不愿承认危险，要么低估了危险，要么反应得太慢，总之，他们错了。今天翻阅史书的人自然可以说，谁在 1933 年不明白希特勒意味着什么，谁就是傻瓜。但这样说是脱离历史语境的。希特勒的罪行难以想象——倘若这句话有意义，也首先是对他的同代人而言。希特勒和他的人能做什么，他们无法想象，最多只能猜测。难以想象，也许正是文明破灭的原因。

事情发展得极快。从希特勒上台到废除所有重要公民权利的《保护人民和国家的总统法令》[1] 颁布，相隔四个星期零两天——只需不到两个月，就能让一个法治国家陷入肆无忌惮的

---

[1] 又称《国会纵火法令》（Reichstagsbrandverordnung），该法令废除了《魏玛宪法》赋予公民的诸多权利，也成为纳粹党监禁反对人士、镇压异见报刊的法律依据。该法令的颁布是德国走向纳粹党一党专权的关键历史事件之一。本书以下称《国会纵火法令》。（本书脚注皆为译者注或编者注）

暴政。大屠杀是后来的事，但在 1933 年 2 月，人们的命运已见分晓：谁将性命不保，谁将仓皇而逃，谁又将在罪犯的庇护下飞黄腾达。从来没有这么多作家和艺术家在如此短促的时间内离开他们的国家。第一波逃亡持续至 3 月中旬，这也是本书要讲的内容。

最初使希特勒得以掌权的政治局势，已经被形形色色的历史学家从不同角度描述过。有几个因素在所有分析中都举足轻重：分裂国家的极端党派影响力与日俱增；过热的政治宣传加深了国内矛盾，断送了和解的可能；政治中心的犹豫和软弱；左翼和右翼对立带来的内战恐怖；对犹太人不断蔓延的仇恨；世界经济危机的打击；民族主义政权在许多国家的崛起。

所幸，今非昔比。可仍有许多状况似曾相识：社会日益分裂；网络上持续不断的愤怒激化着社会矛盾；对于如何遏制极端主义的欲望，资产阶级的中间党派束手无策；恐怖主义事件数量渐增——来自极右翼，有时也来自极左翼；反犹情绪不断高涨；金融危机和疫情引发的全球经济风险；民族主义政权在许多国家的崛起。也许，回顾犯了致命政治错误后民主的遭遇，现在正当其时。

1933 年 2 月，陷入危险的不只作家和艺术家，当时的情况也许对其他人而言更为凶险。根据《福斯日报》，第一位纳粹受害者是普鲁士警察局局长约瑟夫·佐里茨，这位忠诚的共和派与工会人士在希特勒宣誓就任总理当晚丧生。本书也会讲到他的惨死。但任何群体都无法像作家和艺术家那样，能让我们细致地了解他们1933年2月的亲身经历。他们的日记和信件被结集，笔记被归档，回忆录被出版，而且这些资料都曾被有志于探查真相的传记作者们仔细研究过。

他们的经历，代表了那些试图捍卫法治和民主之人的遭遇，表明了当日常生活变成求生之战，当历史性的时刻要求个人做出存在意义上的决断时，把握现实有多么艰难。

本书所讲的一切都有据可循。它是实事求是的报道——虽然免不了擅用一些解释的自由，否则就难以讲清历史或传记的背景。当然，这幅马赛克图无法穷尽当时发生在作家和艺术家身上的一切。托马斯·曼、埃尔泽·拉斯克-许勒、贝托尔特·布莱希特、阿尔弗雷德·德布林、里卡尔达·胡赫、乔治·格罗兹、亨利希·曼、戈特弗里德·贝恩、克劳斯·曼与埃丽卡·曼、哈里·凯斯勒伯爵[1]、卡尔·冯·奥西茨基、卡尔·楚克迈耶，或是柏林艺术学院——我只能列举一二，全景图对于任何一本书来说都太过宏大。

许多起步时前途无量的人生，再也没有从这个月的经历中恢复过来。太多太多的作家沉默了，几乎消失得无影无踪。这是决定所有人命运的转折。

1　哈里·凯斯勒伯爵（1868—1937），德国艺术收藏家、外交官、和平主义者。他是魏玛共和国时期重要的艺术赞助人，创立了德意志艺术联盟，资助穷困的艺术家。他撰写的跨越57年（1880—1937）的日记，细致地记录了19世纪末到二战前欧洲（主要是德国）的艺术、戏剧和政治生活的轶事和细节，是了解那个时代的重要历史资料。

共和国最后的舞会

柏林已连续冻了几周。新年前夕，冷霜急降，连最大的万湖和米格尔湖也已消失在厚实的冰层下。现在又下起了雪。舍讷贝格市政公园边上的阁楼公寓里，卡尔·楚克迈耶站在镜前，穿着燕尾服，拉正了衬衫领口的白领结。今天穿晚礼服出门，不是为了什么诱人的事。

楚克迈耶不热衷于大型聚会，他常常感到无聊，一有机会就会悄悄溜走，和朋友们消失在某个小酒馆里。但新闻舞会是柏林冬季最重要的社交活动，是富人、权贵和美女的展台。不露面会是个错误——舞会能让他这个文学界的新星名气更甚。

这样的机会他不会放过。刚当作家那几年的惨状，楚克迈耶记忆犹新。钱包见底时，他还拉过皮条，在宵禁后搜罗在大街上冒险的柏林游客，带他们去后院非法的破烂酒馆。有些黑店里的女孩半裸着，只要客人要求，她们半点都不含糊。有一次他甚至带了几包可卡因，想在陶恩齐恩大街趁着夜色交易。但他很快就洗手不干了。他人高马大，并不胆小，但这桩生意太危险了。

贫穷和冒险的日子随着《欢乐的葡萄园》的上演成为历史。

在完成四部极其悲怆、一败涂地的戏剧后，楚克迈耶开始涉足喜剧，第一部是德语神经喜剧[1]，主角是他的故乡莱茵黑森一个葡萄种植园园主恨嫁的女儿。对葡萄种植和卖酒之类的行当，楚克迈耶无所不知。整个故事在他手里变成了一出民间戏剧，每种语调都对味，每个包袱都在点上。柏林的剧院起初看不上这种乡村滑稽剧。1925 年圣诞前夕，楚克迈耶冒着风险在造船工人大街剧院进行了首演，这部看似轻飘飘的闹剧出人意料地锋芒毕露：绝大多数观众捧腹大笑，一小部分人因楚克迈耶讽刺顽固的退伍老兵和军团学生乱嚼舌头而恼羞成怒，然而他们的愤怒却让《欢乐的葡萄园》更快蹿红，并大放异彩。它成为戏剧舞台的明星，也许是 20 世纪 20 年代上演次数最多的剧目，还被拍成了电影。

七年后的今天，柏林剧院的剧目表上同时有楚克迈耶的三部剧：自由人民剧院正在上演《流寇雄风》，腓特烈斯海恩的玫瑰剧院正在上演他轰动一时的《科佩尼克上尉》，席勒剧院上演的则是《卡特琳娜·科尼》。此外，他正在为托比斯公司[2]制作一部童话电影，《柏林画报》也很快就会预印他的《爱情故事》——这部作品即将出版。他前途辉煌，没有多少作家能像他一样，三十几岁就有如此大的成就。

---

1 又称脱线喜剧或疯狂喜剧，是流行于经典好莱坞时代（20 世纪三四十年代）的电影类型，主人公往往是一对行为古怪夸张的情侣，并且以穷小子迎娶富家女为主要情节，影片通常会通过激烈的打闹喜剧的方式来表现男女主人公的爱情故事。

2 一家葡萄牙电影制作公司。

他在屋顶露台上看着柏林夜晚的灯光，从无线电塔到大教堂的圆顶。这是楚克迈耶的第二处居所，另一处位于萨尔茨堡近郊的房子是他用《欢乐的葡萄园》的版税买下的。这套顶楼公寓的内部格局一览无余，只有书房、两个小卧室、儿童房、厨房和浴室，但他喜欢，尤其喜欢在这里俯瞰城市的美景。他从奥托·费尔勒——汉莎航空的飞鹤标志就出自这位建筑师和平面设计师之手——那儿买下了它。如今，费尔勒已经成为柏林富有的上层社会和文化人士最热捧的建筑师，不再造阁楼的他，设计了一排又一排的别墅。这一晚，楚克迈耶当然想不到，两年后费尔勒将在波罗的海岸的达尔斯半岛为一位飞黄腾达的部长建一座乡村别墅，那个人名叫赫尔曼·戈林。

1月的最后一个星期六属于新闻舞会，这已是柏林多年的传统。乌尔斯坦出版社给楚克迈耶寄来了贵宾券，他的妻子爱丽丝立刻找了套新的晚礼服。母亲从美因茨来看望楚克迈耶，已经住了一个星期。今天她也穿着新裙子，那是楚克迈耶送给她的圣诞礼物，银灰色，镶着花边。这是母亲的第一场大型柏林舞会，楚克迈耶能感觉到她的兴奋。

现在，他们想先去一家好餐馆。夜会很长，这样的舞会之夜最好不要开始得太早，他们更不能空着肚子。

◎　◎　◎

晚会的组织让克劳斯·曼大失所望：西区鲁本太太家的化

装舞会寡淡而无聊，让他觉得自己格格不入。

他已经来柏林三天了，像往常一样住在法萨内克膳宿公寓。在维尔纳·芬克的地下墓穴剧场，他遇到了妹妹莫妮[1]，就是她邀请克劳斯参加这位鲁本夫人的舞会。芬克的节目乏味、没劲，但至少他在舞台上又看到了卡迪佳[2]——韦德金德两姐妹中害羞的一个。他喜欢卡迪佳，她差点就成了自己的小姨子[3]。

克劳斯·曼最近总去看卡巴莱表演。这不仅是出于职业兴趣，毕竟现在他自己也在慕尼黑干这行，还加入了姐姐埃丽卡与特蕾泽·吉泽[4]、马格努斯·亨宁共同创办的胡椒磨歌舞剧团。他和埃丽卡一起写短歌和小品，埃丽卡、特蕾泽和另外两人上台表演，马格努斯制作音乐。克劳斯会把亮点用到新段子里去，但地下墓穴的节目并没什么看头。当芬克的演员开始在舞台上用穿插的调侃和即兴笑话来戏弄克劳斯时，他觉得太傻了，节目还没结束就走了。

鲁本太太的化装舞会他也没久留。他无法忍受乏味，因此很早离开，尽管他知道这样做有多么不合适。在这个沉闷的晚上，还不如回公寓，犒劳自己一份吗啡来解闷——而且是一大份。

1　即莫妮卡·曼（Monica Mann，1910—1992），托马斯·曼的第四个孩子，本人也是一位作家。莫妮是莫妮卡的昵称。

2　卡迪佳·韦德金德（1911—1994），德国作家、记者、插画家和演员。她的父亲弗兰克·韦德金德是德国著名剧作家，是那个时代作品上演次数最多的剧作家之一。她的母亲蒂莉、姐姐帕梅拉都是著名演员。

3　克劳斯·曼曾与卡迪佳的姐姐帕梅拉订婚，后取消婚约。

4　特蕾泽·吉泽（1898—1975），德国著名女演员和卡巴莱艺术家，犹太人。她被认为是贝托尔特·布莱希特作品的最知名和最好的诠释者之一。

◎ ◎ ◎

由汉斯·艾斯勒[1]作曲、布莱希特创作的教育剧《措施》今天在爱尔福特的帝国剧院首演。但警察中断了工人歌手战斗团的演出，理由是该剧"以共产主义革命的方式表现了引发全球革命的阶级斗争"。

◎ ◎ ◎

楚克迈耶带着爱丽丝和母亲来到动物园大厅，乍一看，一切都和往年一样。当晚预计有5000多名来客，其中1500人像他一样持有贵宾券，剩下的都是看热闹的——为了能在本国名流中混上一晚，这些人要花高价入场费。

在门厅，到场者先要经过两辆豪车，一辆艾德勒的敞篷轿车，一辆小奇迹巨匠，两辆车都被擦得锃亮，是柏林新闻协会福利基金抽奖的主奖品。一进入口，人流就分散开来，各个大厅和走廊传来探戈、华尔兹、布基乌基[2]的音乐。楚克迈耶带着两位女士走向华尔兹大厅。在这里几乎所有饮食偏好都能得到满足，有俱乐部氛围的酒吧，有奢华的咖啡厅和啤酒台吧，也

---

1 汉斯·艾斯勒（1898—1962），奥地利作曲家、音乐理论家，德意志民主共和国国歌的作曲者。他是布莱希特的亲密合作伙伴，曾为布莱希特的诸多戏剧作曲。因犹太血统和共产主义信仰，他于20世纪三四十年代被迫流亡海外。

2 20世纪20年代后期流行的音乐流派。

有较安静的次厅供音乐家独奏。

装饰最豪华的是两层楼高的大理石大厅，到处摆满鲜花，栏杆上垂挂着华丽的波斯古毯。舞台前的舞池中，人们跟随管弦乐，成双结对地旋转着。从舞池上方的回廊能看到正厅两侧厢座和正中长排条桌之间的访客通道。

今年，即便最优雅的女士也都穿着让人无法忽视的亮色，流行的款式显然是那种小领口的长礼裙，背部的开口直抵腰线，甚至更低。

在乌尔斯坦出版社的包厢，楚克迈耶终于远离了人流。这里更通风，没那么挤。侍者立即为他和女伴们备好桌子、酒杯和饮料。"您就喝吧，只管喝。"一位出版社负责人向他们打招呼，"谁知道您下次在乌尔斯坦包厢里喝香槟会是什么时候呢？"他说出了每个人多少都有所觉察、却谁都不愿意真正承认的话。

中午时分，去年12月初才成为总理的库尔特·冯·施莱歇尔倒台。任期短到可笑，还不满两个月，除了新的权力阴谋，简直没给国家带来任何好处，并且在严重至极的经济危机期间，白白浪费了时间。晚上传来消息，总统保罗·冯·兴登堡授命组建新政府，接受任务的人偏偏是施莱歇尔的前任弗朗茨·冯·巴本。显然，政治家们黔驴技穷了。巴本虽然是德国中央党（又称天主教中央党）党员，但在议会中没有值得一提的权力基础。与施莱歇尔一样，他也是在各党派已经无法以多数票压倒德国共产党和纳粹党的极端分子的情况下，才得到兴登堡恩准，通过紧急法令上任的。但是，华而不实、在政治上毫无头绪的巴本更有可能因为发动政变而被记上一笔，而不是因为有能力带领共和国回到合理稳定的民主状况。

去年夏天，巴本就已经取缔了普鲁士政府——同样在紧急法令的庇护之下。从那时起，这个帝国中最大的地区就由隶属帝国政府的临时内阁管理。这已然是一种政变，即所谓的普鲁士政变，它破坏了国家联邦制的基础，其结果便是如今施莱歇尔下台后，普鲁士失去了领导地位。

大理石厅的政府包厢就在乌尔斯坦包厢旁边。楚克迈耶可以从他的座位上很轻易地看到，那里几乎没什么人。侍者无所事事地靠在空空的毛绒扶手椅之间，一支支没开封的香槟酒瓶伸出了冰桶。前几年，部长或秘书长在这里搞社交，貌似不经意地把出版商和社论作者拉入谈话，从自己的角度向其解释世界。可现在，就连这种轻轻松松的政务显然也没人想管了。

剩下的消遣无非就是在人群中找一找名人的脸。他一眼就看到了柏林爱乐乐团指挥威廉·富特文格勒高大的身影。还有严肃的、目光总有些忧郁的阿诺德·勋伯格[1]，在节日的喧嚣中他给人一种奇怪的格格不入的印象。古斯塔夫·格林德根斯[2]和维尔纳·克劳斯显然是演出结束后直接从御林广场的剧院过来

1　阿诺德·勋伯格（1874—1951），美籍奥地利作曲家、音乐理论家，犹太人。他被认为是继德彪西之后20世纪初最具影响力的作曲家之一，第二维也纳乐派的核心人物。

2　古斯塔夫·格林德根斯（1899—1963），德国戏剧和电影演员、导演。他因在歌德的《浮士德》中扮演梅菲斯特而声名鹊起。纳粹时期，他被戈林先后任命为柏林剧院的导演、普鲁士国家剧院的总导演。克劳斯·曼以他为原型，创作了小说《梅菲斯特》，将其作为纳粹时期艺术家奉行机会主义的典型例子。

的，他们眼下正在扮演梅菲斯特和浮士德。马克斯·冯·席林斯的光头也出现了，这位已经很久没有新作品问世的作曲家最近担任了普鲁士艺术学院的院长。

一位摄影师打断了楚克迈耶，请他离开包厢，与阴差阳错凑到一起的几个人合影：两位年轻的女演员，还有歌剧女明星马法尔达·萨尔瓦蒂尼，以及波恩教授——他是一位经济学家和政府顾问，身为商学院院长的他胸前带着一条挂有徽章的相当愚蠢的金色链子。

很快，《蓝天使》的导演约瑟夫·冯·斯登堡从人群中走了出来，作为著名导演的他身边自然少不了妙龄金发女明星的簇拥。玛琳·黛德丽没和他在一起，而是独自留在好莱坞。楚克迈耶曾参与《蓝天使》的编剧工作，由此认识了亨利希·曼，这部电影就是改编自他的小说《垃圾教授》。他喜欢这个拘谨的老男孩，也欣赏他的书。然而，在楚克迈耶看来，曼竟试图让他当时的情人特露德·黑斯特贝格替代玛琳·黛德丽担任影片主角，实在是自取其辱。曼用他那一板一眼的字体给制片人写了一些短信，与其说是表明黑斯特贝格作为演员的水平，不如说是泄露了他对她的痴迷。

回到乌尔斯坦的包厢，楚克迈耶碰上了敦实、活泼的恩斯特·乌德特和他的女伴埃米·贝赛尔。乌德特和楚克迈耶都很兴奋。两人相识于战时，楚克迈耶当时经常作为观察员被部署在前线，或者被安排在炮火中修理断掉的电话线。他已经算是个大胆的人了，但和乌德特依然没法比。乌德特是轰炸机飞行

从左至右：恩斯特·乌德特，埃米·贝赛尔和卡尔·楚克迈耶在柏林新闻舞会，1933 年

员，有着斗牛士的风度，优雅、高傲、肆无忌惮——流氓和枪手的混合体。他们第一次见面时，二十二岁的乌德特已经是飞行中队队长了，将军们在他胸前挂满了勋章，让他看起来就像一头满身鲜花的献祭动物。他曾在空战中一对一地击落对手。这位驰骋在比武场上的现代骑士对肾上腺素飙升的感觉上瘾。战争结束时，他已经从天上打下来 62 架飞机。这个高危的行当里，只有一位德国飞行员比他更成功——他的指挥官曼弗雷

德·冯·里希特霍芬，那位"红男爵"。然而，战争结束的几个月前，里希特霍芬被防空炮击中身亡。后来一位名叫赫尔曼·戈林的司令取代了他。戈林虽然不是有如此天赋的飞行员，却对处理正确的政治关系得心应手。

楚克迈耶的母亲对乌德特别着迷，爱丽丝也很早就认识他，了解他那种铤而走险的魅力。这位作秀的天才有真材实料，不靠战时荣誉也能倾倒众生。如今他在全欧洲和美国表演特技：关上螺旋桨俯冲、盘旋、翻跟头、贴着草地飞，用机翼拾起地上的手帕。他始终是个快乐的亡命徒。乌发电影公司发现了他，让他与莱尼·里芬斯塔尔合拍了几部惊险片，为此他经常表演驾驶飞机在高山冰川上降落或穿过机库，把围观的人们吓得扑倒在地。柏林的八卦小报喜欢乌德特，喜欢他和埃米·贝赛尔等女演员的绯闻，喜欢他那辆全市闻名的美国道奇跑车，也喜欢他与里芬斯塔尔、莉莲·哈维、海因茨·鲁曼等影星家喻户晓的友谊。

有乌德特在就不会无聊，但楚克迈耶从不和他谈论战争，见面时他们只喝酒。今天也是，两人从香槟酒一直喝到白兰地。乌德特惊讶地注意到，许多舞会客人都把勋章和徽章挂在了燕尾服上："你瞧瞧那些蠢灯架。"前几年的新闻舞会和平得多，突然之间，军旅经历就明显受到了重视。乌德特也戴了他最高级别的勋章——大蓝徽十字勋章。但大家都做的事他从来都不喜欢，于是把它塞进了口袋里。"听我说，"他向楚克迈耶提议说，"我们现在把裤子脱了吧，光着屁股去包厢护栏边上靠一会儿。"

爱丽丝和埃米立即警觉起来。她们了解，这些事男人们可真干得出来，尤其是在喝高了互相吹捧的时候。的确，他们马上就解开了背带的扣子。爱丽丝知道自己此刻的角色，她低声地恳求他们不要制造丑闻，男人们也就没继续脱，这才不至于丢了脸。

时间已经过了午夜。不知什么时候起，人们开始纷纷猜测希特勒会被任命为总理。这是一个简单的判断：如果兴登堡最终想在一个还算稳固的议会基础上重组政府，并且无论如何都不希望社民党参与，那么他和巴本基本上就只剩纳粹党这一个伙伴了。可希特勒斩钉截铁地表过态，作为议会最大党的领导人，他不会满足于区区部长的位子。他要求获得总理职权，否则就继续留在反对派中。要么全交出来，要么没门。

这些思考没有让舞会的气氛更轻松，人们和往年一样跳舞喝酒，但总是感觉忐忑不安。某些不可预知的东西正向所有人袭来。一种做作的快活诡异地四散着。这时已经是周日了，乌德特邀请楚克迈耶和他的两个女伴去他的公寓继续玩。他那辆显眼的道奇跑车停在动物园大厅前，就像是他用来自我宣传的广告牌。外面天寒地冻，他看起来很清醒，但所有人都知道并非如此。因此楚克迈耶和他的妻子宁愿叫出租车。只有埃米和楚克迈耶的母亲敢上乌德特的车，后来她们兴高采烈地讲，根本就没开车，是穿街飞回来的。

乌德特的公寓里摆满了各种战利品，都来自他曾拍过电影的地方。一进走廊，就能看到墙上挂着的犀牛头和豹头标本，还有几对鹿角。公寓里还有一个射击场，已经有报纸报道过，乌德特会用枪从那些盲目信任他的朋友嘴里打掉香烟。但那是男士们的夜生活。今天，乌德特把客人们请到了他自己布置的小吧台边——他的"螺旋桨酒吧"，用飞行生活和电影界的轶事来招待女士。其间，楚克迈耶从墙上取下乌德特的吉他，唱了几首小酒曲，那是当年他作为民谣歌手在柏林的酒馆间游荡时的营生。

这是个愉悦的凌晨，但大家并非无忧无虑，说到底，这是场告别。此夜过后，楚克迈耶和乌德特就只再见过一次面。1936年，楚克迈耶怀着相当大的勇气和鲁莽，离开了萨尔茨堡近郊的家，去往柏林。纳粹忘不了他在《欢乐的葡萄园》和《科佩尼克上尉》中对军方令人捧腹的讽刺，他的戏剧和书也早已被禁。可楚克迈耶没被吓住，还是出发了，去见他的演员朋友们：维尔纳·克劳斯、克特·多施和恩斯特·乌德特。乌德特总说自己不是个关心政治的人，可柏林新闻舞会之夜的三个月后，他就加入了纳粹党，在老司令戈林手下的航空部里混得风生水起。

最后那次悲伤的会面，是在一家不起眼的小餐馆。两人又一次沉浸在回忆之中，随后乌德特恳请朋友尽快离开这个国家："进入世界，永远别回来。"楚克迈耶问他为何留下，乌德特回答说，飞行是他的全部，还谈到作为飞行员为纳粹工作的无限可能："我离不开。但有一天，魔鬼会把我们全都带走。"

1941年11月，乌德特在他柏林的公寓中开枪自杀。德国空军在不列颠空战中失败，戈林把责任全推到他头上——总得有人当替罪羊。自杀前，乌德特用红色粉笔在床头写下他对戈林的谴责："铁人，你抛弃了我！"

纳粹说他的死是场意外。听闻此事时，楚克迈耶正在美国佛蒙特州的农场流亡。据他后来回忆，当时这个消息让他很久都走出不来，最后他终于坐到书桌前，用不到三周的时间写出剧本《魔鬼的将军》的第一幕。这是一个魅力无穷的空军将军的故事，他鄙视希特勒，却出于对德国和飞行的爱为希特勒卖命。战争结束时，剧本写完了。它将是楚克迈耶最成功的一部作品。

◎ ◎ ◎

才 21 岁就成为受邀贵宾、进入文学界名流之列，这让卡迪佳·韦德金德感到自豪。但在舞厅里被人流推来推去，她并不怎么舒服。她不适应过道的拥挤，宁愿独自躲在背景里。她更喜欢远远地观察，而不是非得在其他人之间开出条路来。

她的家人中可没有谁这么腼腆。母亲蒂莉和父亲弗兰克曾是德国戏剧界的大佬，总是很善于制造点儿轰动。弗兰克 1918 年就去世了，他是个不知疲倦的挑衅者，一个狂徒，喜欢在剧中斥骂顺民畏首畏尾的体面。没有他带不上台的禁忌话题：卖淫、堕胎、手淫、虐待狂、同性恋。他有一种从不失手的天赋，随时随地都能挑起丑闻，突然发起脾气来，连朋友们也不能幸免。蒂莉多年来一直都是备受追捧的女演员，主要出演她丈夫的戏剧，露露这个角色曾让她红极一时，那是个不受约束的放荡女孩，为了取乐虐待男人，而她自己也同样被男人虐待。蒂莉和弗兰克本可共同享受一种令人惊赞，也令人敬畏的戏剧界伉俪的生活，可弗兰克时时爆发的疯狂与嫉妒把妻子——包括他自己——的生活变成了地狱。他两次把蒂莉逼到自杀。现在她已经守了 15 年寡。

卡迪佳的姐姐帕梅拉比她大五岁，遗传了父母的某些气质和才能。她从小就在舞台上如鱼得水，有一副好嗓子，喜欢表演父亲的歌，也像他从前那样用鲁特琴伴奏。她拥有卡迪佳缺少的一切：勇敢、主动、坚持己见。卡迪佳曾在日记中写道："帕梅拉个性极强，又才华横溢；在她面前，我只能谦卑地退到背景里。"

1918 年父亲去世后，帕梅拉和卡迪佳在慕尼黑结识了托马斯·曼的长女埃丽卡和长子克劳斯。他们几乎算是邻居，两家之间步行只用不到半个小时。曼氏姐弟被帕梅拉的才华迷住，很快便爱上了她，三人组成了一个让成年人有些不安的早熟的组合，总是摆出一副吊儿郎当的架势。那时卡迪佳还太小，无法加入。化妆且从不避讳自己是同性恋的克劳斯，在 1924 年与帕梅拉订婚，并用两周时间写出了室内剧《安雅和埃丝特》：讲述了一对沉溺于找寻爱情和生命意义的忧郁的寄宿学校学生的故事，充满了对帕梅拉和埃丽卡的同性爱情的影射。这部剧没什么价值，只有提纲，并非深思熟虑后的作品。但伟大的戏剧天才古斯塔夫·格林德根斯对此很感兴趣，发来一封慷慨激昂的电报，说服三人与他一起出演这部青年题材作品，并在全德巡演。

卡迪佳·韦德金德，1932 年

这部剧被骂得狗血喷头，评论家们没有因为伟大的托马斯·曼之子尚还年少而原谅他的罪过。但它在剧院引起了轰动，门票场场售罄。上蹿下跳的诗人之子和年轻人之间莫名其妙的情欲纠葛激起了观众的好奇，更何况埃丽卡后来还嫁给了格林德根斯，虽然谁都知道后者更受男人的吸引。有好几个星期，各种副刊和五颜六色的画报上全都是这四个人。他们扯一扯线，报纸就木偶似的跳起来。还有什么能比这四个人的关系更好地表现疯狂、贪婪、放纵的二十岁？

卡迪佳跟不上，也不想跟上姐姐的生活节奏。她的母亲蒂莉越来越少在大舞台上扮演重要角色，而是不断地投入新的爱情。卡迪佳在乌尔斯坦出版社包厢里看见的那个飞行员乌德特曾有一段时间是蒂莉的最爱。与乌德特坐在一起的楚克迈耶也时不时去拜访她的母亲。卡迪佳当时 12 岁，楚克迈耶会陪她玩牛仔和印第安人的游戏。他刚一走进昏暗的走廊，她就袭击了他，从衣柜跳上他的脖子，手里拿着一把长菜刀，要剥他的头皮。

然而这几年，她的母亲与一位名叫戈特弗里德·贝恩的医生有了一段更稳定的关系。贝恩同时也是一位作家。蒂莉很迷恋他，但贝恩总是与她保持着距离。当他终于有时间陪她、带她出去时，蒂莉会兴奋得像个小女孩。她甚至拿到驾照，买了一辆小型欧宝敞篷车，在夏天和贝恩一起郊游踏青。有一次贝恩的女儿奈勒也在，卡迪佳和她很合得来。

但卡迪佳不喜欢这位阴郁的贝恩。她曾去过他在柏林百丽联盟大街和约克大街街角的公寓兼诊所。他的确是个有趣的人，但她终究还是觉得他讨厌。她其实不太明白贝恩和母亲的关系。有一天夜里，她没打招呼就回了家，所有房间都亮着灯，却找不到人，直到汉斯·阿尔贝斯从她母亲的卧室走出来。

但她不在乎这种事。卡迪佳想的不一样，她首先想做个好人，能让别人的生活更轻松的好人。可她常常缺少必要的精力，不明白别人每天从哪里获得力量去工作。上中学的时候这就已经是个问题了，1928 年她去德累斯顿艺术学院读书时更是如此。当时她的老师保证，如果她更用功一点，就会成为大画家。但她觉得这难得要命，自律和勤奋不是她的长处，这一点她很清楚。

在施塔恩贝格湖畔阿默尔兰度假时，她感觉最幸福。母亲的一个演员朋友莉莉·阿克曼在那儿有一栋房子。早些年，卡迪佳会定期去她那儿打发时间，或是和莉莉的儿子格奥尔格一起玩。当时他才十岁，但卡迪佳无所谓。两人一时兴起，建立了一个名叫卡卢米纳的帝国。在这里，在这个梦想的王国，她终于可以随心所欲。她的意愿就是法律，她让格奥尔格和他的朋友们加冕自己为卡萝拉一世女王。他们一起设计旗帜、起草宪法，格奥尔格被任命为总参谋长，还要创建军队。游戏将持续三个星期，在下一个假期再次见面时，他们会继续打造自己的幻想世界。

本该准备去柏林学院深造的当口，她却回忆起这段时光。她被推荐给了乔治·格罗兹的老师埃米尔·奥尔利克。可哪怕只是让她把在德累斯顿时期的作品订在一个文件夹里，她也不寒而栗。每张画都充斥着她毫不遮掩的不情愿。她宁愿坐下来，写一写她的帝国卡卢米纳的故事。她想，这可能会是一部小说。毕竟，这个故事讲述了那些远古而经典的主题：对青春的告别、成长的艰难、爱情的萌动。她的父亲一直想写小说，但从没成功过。当她第一次展现出自律和意志力的时候，野心就更大了。她感到，那些古老的主题似乎在她的手稿中独自获得了轻盈的新魔力。

卡迪佳在自己身上发现了一种她曾经不知道的天赋——写作。只要给她时间，她就能结出文学的果实。舍尔出版社也相信她的能力，还把她的书《卡卢米纳：夏天的小说》列入了出版计划，并为此预付了1000马克！她把其中的900马克给了母亲——母亲作为演员的收入越来越少，已经不得不悄悄当掉首饰来支付房租。

对卡迪佳来说，她刚刚发芽的天赋比钱更重要，她希望未来能遇到有利的"天气"，让这幼苗成长起来。吵吵闹闹的舞会上，她在包厢和桌子之间碰到的每一个熟人都在鼓励她。起初她根本不信听到的话，像往常一样感到尴尬、害羞。但后来她渐渐开心起来。谁都没法抗拒这么多赞许。有那么一刻，她让自己被说服了，也许她也能成为一个人物。她感受到出乎意料的勇气，甚至狂妄，她想：我，我就是新闻舞会的女王。

◎ ◎ ◎

埃里希·玛利亚·雷马克也没法拒绝新闻舞会的邀请。更何况，他刚完成新小说《三个战友》的初稿，想在高强度的工作之后犒劳自己，放松一下。这几个月他没住在德国，但在柏林仍有很多事要做。所以他开车来了，解决一个个预约，最后在舞会拼命闹腾了一番。

他在乌尔斯坦包厢看到了楚克迈耶，但这个晚上，楚克迈耶的心思似乎全在恩斯特·乌德特身上。雷马克和楚克迈耶认识整整四年了。1928年，雷马克把快写完的战争小说《西线无战事》手稿寄给了德国最重要的出版社S.菲舍尔出版社，但被拒稿。

乌尔斯坦的编辑们反倒热情高涨，发动整个集团，尽可能地为这本书打响他们认为配得上的第一炮：先在乌尔斯坦旗下的《福斯日报》连载宣传；小说上架后，同属乌尔斯坦集团的《柏林画报》把发行日从通常的周日提前到周四，以便在首卖日准时登出乌尔斯坦出版社的作者楚克迈耶评论雷马克作品的文章。

这不是普通意义上的书评，也不是文人间常见的吹捧。楚克迈耶的文章是擂鼓，是军号，是烽火，更是预言："现在，一个叫埃里希·玛利亚·雷马克的人写出了一本书，书里的故事有数百万人经历过，这本书也将被数百万人阅读——不论现在还是未来……这本书属于教室、阅览室、大学、所有报纸、所有电台，却仍还不够。"

《西线无战事》讲述了一名一战前线士兵从1914年被迫中断学业到1918年死于战场的故事。雷马克用简洁、没有诗意却充满感情的句子，记述着战壕里的惊骇和死亡，记述着炮火猛攻下整夜煎熬的恐怖，记述着冲入敌人枪林弹雨的疯狂和近战中刺刀屠戮的凶残。

这些事楚克迈耶也都亲身经历过，但他并未找到一种能够为此承重的言语表达。《西线无战事》更让他兴奋的是："雷马克在此第一次十分清晰、十分深邃地表现出这些人的内在，说出他们心中发生了什么……"整整一代人迷惘、嗜杀、惶惶不安的经历，被这部小说赋予文学形式，终于得以倾诉。对于楚克迈耶而言——他预感到，不只是对于他而言——这如同摆脱梦魇。"我们所有人，一次又一次地体验到，关于战争，什么都不能说。

没有什么比讲述战争经历更为可悲。因此，我们沉默着，等待着……但在这本书里，雷马克让命运本身第一次有了形态，所有的一切——其后、其下燃烧的，及其残留的。如此去写、去创造、去生活，就不再只是现实，而是真理，纯粹、有效的真理。"

的确，成千上万人与楚克迈耶有着相同的感受，不仅有当年前线的战士，还有那些从未当过兵但想要了解老兵们经历的人。几周后，小说印数已达 50 万册，同年被翻译成 26 种语言。这是世界性的成功，同时也是一种挑衅，它刺激了所有试图粉饰战争和士兵之死的人，尤其是对于德国民族主义者和纳粹分子来说。他们用民粹主义的谎言诋毁小说及其作者。那些顽固重复、试图给公众洗脑的谎言声称：雷马克的书侮辱了逝者，嘲讽他们为祖国做出的牺牲，把所有军人的高贵都拖入污淖；雷马克是个骗子，他没有真正参加过战争，甚至不了解战争，因为他只在前线待了七个星期就重伤入院了；雷马克本名用字母 K（Remark），而笔名的 que（Remarque）却偏偏取自死敌法国的语言，因此他们说他是人民的叛徒，并且认为这样的人没有权利书写那些为德国的荣誉献出年轻生命的人的英雄事迹。

1930 年，《西线无战事》的美国版电影在德国影院上映，宣传战升级了。首映次日，戈培尔派他的冲锋队打手进入柏林及其他城市的电影院，扔臭气弹，放白老鼠，威胁甚至殴打观众，直到放映被迫取消。当局非但没有保护电影和观众，反而摇尾乞怜，五天后下令禁止该电影继续放映，"因为（它）会危及德国的声誉"。戈培尔"踌躇满志"地"庆祝"纳粹党首

埃里希·玛利亚·雷马克，1929 年

次竞选大捷："这是马克思主义的'沥青民主'[1]与具有德意志精神的国家道德的权力斗争。我们第一次在柏林记录下这个事实：沥青民主已被打倒。"

几个月后，电影的大幅删减版还是上映了。但雷马克已经对国家失望至极。无论做什么、说什么、写什么，他都是右派的眼中钉。幸运的是，《西线无战事》让他有了钱。他在距阿

---

[1] 源自术语"沥青文学"，在德国被用来指"不再扎根于本土的大都市文学"。1918年首次出现，1933 年 5 月 10 日，戈培尔在柏林歌剧院广场焚烧书籍的演讲中使用了这个术语，从而在第三帝国开始流行，是纳粹对现代主义文学以及一切反纳粹文学的贬称。1936 年版的《迈耶百科词典》将"沥青作家"定义为"对无根的城市作家的称呼"，包括阿尔弗雷德·德布林、贝托尔特·布莱希特等受到纳粹政权迫害的作家，见本书第 117 页。

斯科纳几公里远、位于瑞士境内的马焦雷湖畔买了一栋别墅，离开了越来越陌生的德国。

因此，新闻舞会后，雷马克只在酒店暂住了一夜。谁将在施莱歇尔之后成为新总理，基本上已经与他无关。这次舞会是不是共和国的最后一场舞会，他也不在乎。周日清晨，一吃过早饭，他就坐上了一辆蓝旗亚迪勒姆达——他爱快车和高速——出发驶向瑞士边境。那是一段漫长而寒冷的旅程，从北到南穿越冬日的德国。直到将近二十年后，他才再一次见到自己的祖国。

几周后，雷马克在马焦雷湖畔的住址在流亡者间像内幕消息一样传散开来。雷马克的慷慨尽人皆知。他为出逃者提供了住所，塞给他们钱，为他们提供去意大利或法国的机票。恩斯特·托勒[1]找过他，犹太记者费利克斯·曼努埃尔·门德尔松也是他的客人，并在他那里住了几天。但4月中旬，门德尔松被发现死在雷马克家附近的一条沟里，死于颅骨骨折。是跌死？还是被打死？瑞士报纸说是一起事故。托马斯·曼读过报纸后确信：这是纳粹一次失败的暗杀，刺客在黑暗中"可能把年轻的门德尔松当成了雷马克"。

1　恩斯特·托勒（1893—1939），德国作家、剧作家、政治家和左翼社会主义革命家，犹太人。年轻时因参与巴伐利亚独立社民党活动和巴伐利亚苏维埃革命，遭到魏玛政府逮捕。在狱中的五年，他创作了《转变》《群众与人》《亨克曼》等大受欢迎的剧作。由于其犹太身份和作品中强烈的政治倾向，他的作品被纳粹列为禁书，遭到焚毁。

地狱当道

约瑟夫·罗特[1]不想再等白天的消息了。天一亮他就前往火车站，坐上了去巴黎的火车。对他来说，告别柏林很容易。他在《法兰克福日报》做了多年记者，早已习惯了奔波。这几年他一直住酒店或宾馆。他曾有些夸张地说："我想，如果我有固定住所，可能就没法写作了。"

四个月前，也就是1932年9月底，罗特的《拉德茨基进行曲》出版了。这部杰作与托马斯·曼的《布登勃洛克一家》一样，讲述了一个家族几代人的兴衰：特罗塔家族在奥匈帝国统治者弗朗茨·约瑟夫一世的手下崛起，又在第一次世界大战中跟随他一起灭亡。这是罗特最重要的一部作品，他为之付出了很多心血，因此本应删改某些政治言论，不激怒任何人，以免危及小说在德国的销售。

可谨小慎微并非罗特的天性，在道德问题上他宁愿杀伐决

1　约瑟夫·罗特（1894—1939），奥地利作家、记者，犹太人。1932年出版的历史小说《拉德茨基进行曲》，描述了奥匈帝国的崩溃和哈布斯堡王朝的衰落，是20世纪最重要的德语小说之一。

断。或许也由于潜在的自我毁灭倾向，对于纳粹的事，罗特不愿遮遮掩掩，无论如何都要与他们作战，即便知道这只是螳臂当车。在一封从巴黎寄给斯蒂芬·茨威格的信中，他写道："放弃一切希望，明确，镇定，坚决，本就应该如此。以后您会看清，我们正被推向巨大的灾难。我们文学和物质的存在已经被毁，不止于此，一切都在导向新的战争。对于我们的生活，我已万念俱灰。野蛮成功地统治了我们。不要抱有任何幻想。地狱当道。"罗特的抗争，目的不在保命。他以纸笔为武器，在必死的坚定信念中投入了战斗。

◎　◎　◎

记者换岗。约瑟夫·罗特离开了这座城市，而埃贡·埃尔温·基希[1]来了。他再一次证明，自己"狂奔记者"的外号名副其实。过去一年，他去了战乱四起的中国，见过那里最悲惨的几个地方，参观了前朝太监的"养老院"，遇到了街头那些毫无保护、连乞丐帮会也不接收的女乞丐，让人带自己去了一家收治年轻女工的结核病院——这些女工都还是半大的孩子，在

1　埃贡·埃尔温·基希（1885—1948），捷克斯洛伐克作家、记者，出生于布拉格，犹太人。他被认为是新闻史上最重要的记者之一、现代报告文学的奠基人之一，因著有报告文学集《狂奔的记者》一书，被称作"狂奔记者"。他基于1932年的中国之旅创作了报告文学集《秘密的中国》，对旧中国社会、政治、经济、文化现象进行了全景式的呈现，1938年由翻译家周立波译介至国内。

毫无希望地等死。然后他前往莫斯科奋笔疾书,将所见所闻记录在《秘密的中国》一书中,随即又出发赶赴德国。希特勒今天上台,他也及时赶到了现场。

基希是个世界名人。他说,就连中国也有人认得他——虽然当时他的书没被翻译成中国的语言。他是布拉格的犹太人,和里尔克、卡夫卡一样,属于那里说德语的少数民族。他喜欢把自己写成故事的中心角色,总能让读者感觉到自己正在这世界上最重要的现场与他并肩作战。他游刃有余地把自己冒险家和硬汉的形象打造成记者的典范:总在赶往某个危机中心或战场的路上,总在一根接一根地抽烟,总在用半合法的方式追踪着某个秘密。

一战中,他在前线作战时负了重伤,做了一名新闻官。这场多民族间的杀戮增强了他的政治责任感。他成为一个非法的士兵委员会的成员,组织罢工与和平示威,并加入了共产党。

这也改变了身为作家的他。最初他深信独立记者的理想:"记者没有倾向,也没有立场,不为任何事物辩护。他必须是无偏见的证人,必须提供无偏见的证词。"但入党后,他逐渐变为积极分子,希望用自己的文章为他认为正确的政治目标服务。他的报道一如既往的精彩、生动,但其宣传色彩却鲜明得令人难以忽视。

基希在安哈尔特火车站下了车。此前他几乎没和纳粹打过交道。作为坚定的共产主义者,他知道世界史将转向何方:无产阶级革命的道路。法西斯或纳粹主义只是暂时阶段。现在,他想更仔细地观察，想亲眼看见德国共产党获得胜利。

他驶向自己在莫茨街诺伦多尔夫广场边上的新公寓——一个转租来的房间。通常基希会住得更好一些，他出身于富有的犹太家庭，本身也是个成功的作家，这一点他不否认。他献身无产者的事业，但并未像无产者那样生活。又何苦呢？他把藏书放在柏林，四十箱，共四千册，光是这些就算得上一小笔财富了。为保险起见，他正在考虑把这些书送去布拉格他母亲那里。如果这些书在即将到来的政治动荡中散佚，就太可惜了。也许这会是他在柏林逗留期间的第二个主要任务。

在偌大的安哈尔特火车站，人们很容易擦肩错过。基希到达的那个早上，维尔纳·冯·布隆贝格中将走下一列从日内瓦开来的夜班车。在日内瓦，他作为德国代表参加了一次国际裁军会议。会上，德国荒谬地要求扩大被《凡尔赛条约》限制在10万人以内的国防军规模。但让他吃惊的是，兴登堡昨天突然发电报到日内瓦，让他立即赶回柏林。

此时，在权力的幕后，一场无法遏止的风暴正在酝酿着，一切似乎都有可能。统帅部总司令库尔特·冯·哈默施泰因想要不惜一切代价阻止希特勒出任总理。他在上周与兴登堡谈话时得到保证，那位"奥地利下士"没有机会被任命该职。可仅仅两天后，哈默施泰因就不得不看清形势，巴本已经说服了总统，希特勒的确会随时上台。迫不得已，他向已经辞职、只是临时代理总理及国防部部长事务的施莱歇尔提议政变：波茨坦驻军应进入战备，逮捕希特勒，宣布戒严，剥夺显然已失智的兴登堡的权力。可施莱歇尔拒绝了他的计划，哈默施泰因只能尝试挽救还能挽救的东西：他与希特勒会面，坚持要求施莱歇尔在新内阁中留任国防部部长，以便把国家的军事力量掌握在手中。也许是为了安抚哈默施泰因，希特勒承诺让步，尽管他和兴登堡早已达成共识，用布隆贝格取代施莱歇尔。

因此，布隆贝格早上刚一到达，就在站台上受到了两位先生的迎接：哈默施泰因的副官拦住他，要安排他去国防部；而总统的儿子奥斯卡·冯·兴登堡则奉命直接把他带去父亲那里。面对军方上司和国家元首的命令，布隆贝格决定听从兴登堡的指示。9点左右，总统让他宣誓就职，担任一个尚不存在的政府的国防部部长。共和国宪法就这样被他弃之不顾，因为共和国宪法规定只有经总理推荐才可以任命部长。虽然希特勒同意布隆贝格任职，但他此时还不是总理。然而，这些法律上的细节现在没人在乎了。

为了让布隆贝格的任命冠冕堂皇，不至于过分破坏国防军的等级结构，兴登堡还一口气把他越级提为步兵将军。然而仪式结束后，奥斯卡·冯·兴登堡严词建议布隆贝格，暂时不要去本特勒大街他现在主管的国防部。哈默施泰因正等在那里，很可能他一进门就会被捕。

安哈尔特火车站

◎ ◎ ◎

　　10 点左右，克劳斯·曼被汉斯·法伊斯特叫醒，带到安哈尔特火车站。法伊斯特比克劳斯·曼大了快 20 岁，也不是克劳斯·曼最喜欢的情人，但他有钱，总是很慷慨，在主职翻译之外还是个医生，搞吗啡也容易多了。

　　昨天曼又赏了自己一针，和法伊斯特一起，还有一位懒得动笔的诗人朋友沃尔夫冈·黑尔默特。相比于法伊斯特，曼更喜欢他。今天早上他不大舒服，费了很大力气，才勉强收拾好行李箱。他有种不好的预感，心情也很糟，无论如何都不愿意继续留在这儿，而是想去莱比锡找埃里希·艾伯迈尔。艾伯迈尔是一位作家，两人正一起改编圣 - 埃克苏佩里的小说《夜航》。这次编剧或许不会让他拿到文学奖，但可能改善他的经济状况。法国人圣 - 埃克苏佩里如今在德国的年轻人中很受欢迎。

一直在追他的法伊斯特像平时一样抱怨着分离，他有点烦。火车开了，克劳斯·曼很高兴终于能在车厢里清静地坐下来。可后来——倒霉透顶——他开始犯恶心。

◎ ◎ ◎

昨天晚上，希特勒还是听到了国防军可能对兴登堡发动政变的风声。哈默施泰因和施莱歇尔应该就是幕后推手。他当即部署力量进行反制，让柏林的冲锋队和党卫队进入战备状态，并暴跳如雷地命令一位效忠于他的警官调动几个警察营，准备占领政府区。希特勒对警察营没有正式指挥权，但这无足轻重。因为他根本就搞不清楚自己在暴怒中指的是哪些营，甚至不知道它们是否存在。希特勒在戈培尔位于帝国总理广场的公寓里一直待到凌晨 5 点，与亲信们讨论如何应对敌人为阻止他上任而可能做出的反抗。后来，为了补觉，他让人把自己送到他在凯撒霍夫酒店的套房。

上午，由纳粹党和德国国家人民党组成的新执政联盟成员陆续来到选定的副总理巴本家中。巴本仍住在帝国总理府的裙楼里。虽然他两个月前不得不辞去总理之职，但至今仍未给他的继任者施莱歇尔腾出总理公寓——他罔顾共和国的规则，试图不惜任何代价抓住权力，哪怕被人耻笑。

最近几天，政府宣誓就职的准备工作并不顺利。德国国家人民党武装组织钢盔团的领袖弗朗茨·泽尔特本应接管劳工部，但却没有被告知任命日期。兴登堡的总统府秘书长奥托·迈斯纳打电话问他在哪儿时，他还没起床，显然赶不上宣誓仪式了，于是换成他的副手特奥多尔·杜斯特伯格替他出席。这又很棘手，因为就在几个月前，当杜斯特伯格还是总统候选人的时候，纳粹报纸曾因为他的犹太祖父而称他"种族低劣"，并极其野蛮地连续侮辱了他几个星期。杜斯特伯格随即质问，政府是否有必要如此仓促地强行上台，难道就不能推迟？巴本担心辛苦安排的联盟和他的副总理职位有变，利用流传的政变谣言来应对，声称施莱歇尔和哈默施泰因随时会推行军事独裁："如果11点之前不成立政府，国防军就会进兵。"

此时，希特勒带着他未来的部长戈林和威廉·弗利克乘奔驰敞篷车从凯撒霍夫酒店驶向约100米外的总理府厢房。天寒地冻，他们穿着厚厚的黑大衣，帽子低低地压在脸上，看起来有点像上路敲诈、索要保护费的黑帮。到了巴本家，希特勒再次证明了他是个反应迅速的即兴演员。他马上走向杜斯特伯格，抓住对方的手，眼含泪水、声音颤抖地解释："很抱歉，我的媒体让您遭到了人身侮辱。我向您保证，我对此并不知情。"

仪式地点离巴本的住处没有多远。10点45分左右，一众先生出发了。因为摄影记者们正在大楼正面挨冻苦等，巴本就带他们走了后门，穿过寒冬中的部长花园，到达总理府。那里有兴登堡的临时办公室，因为总统府从夏天开始就在翻修。某种程度上，这一小段路是在普鲁士艺术学院的注视之下走完的，学院坐落在巴黎广场以北约100米，如果愿意，学院成员可以从大楼后窗看到黑衣政客们庄重地踏雪而行。

然而，联合谈判期间，巴本还有一个重要问题并未澄清。希特勒坚持要求兴登堡在自己上任后立即解散议会，并宣布重新选举。希特勒声称，人民应"民主地"认可新内阁。他没有明说，但已预见到纳粹党毫无悬念的胜利，因为他打算以政府首脑的身份从国库中支取他的竞选宣传费。可德国国家人民党主席阿尔弗雷德·胡根贝格恰恰不希望这种局面出现，因为在上一次选举中，德国国家人民党费尽九牛二虎之力才以2.5个百分点险胜；如今面对希特勒和他扩增了四倍的纳粹党的竞争压力，他担心自己的党派会失利。

直到在总统府秘书长迈斯纳的办公室里，希特勒和巴本才最后摊牌。胡根贝格大怒，他感觉自己被耍了，更是拼命拒绝。在他看来没必要重新选举，他不准备接受这个条件。为此巴本和希特勒把胡根贝格带到窗边的小房间里，激烈地争论起来。为了打消他的顾虑，希特勒再次慷慨陈词，郑重承诺说，无论议会的力量对比如何，选举后执政联盟和内阁构成都不会改变。巴本几乎视之为终极论据："您可不能怀疑一个德国人的严肃誓言啊。"可胡根贝格顽固不化，其实他更想在最后一刻推翻这个好不容易才谈拢的联盟。这时，迈斯纳走进房间，手持怀表，警告说不要让总统久等，已经 11 点 15 分了。

这几句话挫败了胡根贝格的抵抗。他无法做到对兴登堡这样的权威人物表现出不敬。对于他，对于德国国家人民党的所有人而言，总统就是世界大战的英雄。他无论如何都不想打乱总统的时间计划表。最终他违背了自己的利益和政治理性的所有规则，同意了希特勒的条件，集会者终于可以宣誓了。

最后一刻，原定劳工部部长弗朗茨·泽尔特终究还是出现了。杜斯特伯格手中写有自己名字的任命书被拿走、撕毁。一行人上楼来到接待大厅，兴登堡入内，向每个内阁成员宣读誓词，并要求他们重复。希特勒是第一个："我将为德国人民的福祉效力，维护国家的宪法和法律，认真履行我应尽的职责，公正、公平地服务每一个人。"随后，希特勒发表了一小段计划外的演讲，他强调说，希望在紧急法令期后恢复正常的议会民主。他把第一次内阁会议安排在下午。12 点左右，一切都结束了。

从民族主义的角度去看，内阁似乎四平八稳：弗朗茨·冯·巴本成为副总理和普鲁士的临时元首——"普鲁士政变"之后，国家政府也要为其负责。他获得了兴登堡的信任。为防止阴谋，希特勒不能在巴本缺席的情况下与兴登堡商讨政务。更何况，作为总统，兴登堡可以随时让新总理下台，毕竟希特勒只负责领导政府的一小部分。外交部、财政部、司法部等重要职能部门交给了无党派的专家，胡根贝格得到的超级大部门覆盖了经济、农业和食品领域；泽尔特成为劳工部部长。相反，纳粹党成员中，只有威廉·弗利克谋得到内政部的职位，戈林得到一个没有实权的部长之位，另外他们接管普鲁士的内政部。巴本的计划看来已经取得成效，希特勒被可靠的右翼势力"包围"，政治上由此受到牵制。有批评家谴责巴本把国家交给了独裁者，对此他回答说："您想怎样？我们两个月内就把希特勒逼入角落，吓得他吱吱叫。"

纳粹党的其他大人物等在凯撒霍夫酒店，一会儿沉浸在成功前的喜悦，一会儿又陷入最后的怀疑。他们在酒店和总理府之间的街道上集合了一些步兵。

希特勒高价租下了酒店的一整层楼，供自己和自己的人使用，但这笔费用纳粹党早就支付不起了。近来频繁的选举活动迅速掏空财库，堆起危险的债务。如果无法成功接管政府，破产就迫在眉睫了。凯撒霍夫酒店不仅是市内最优雅的酒店，而且位于政府区中心，几乎有种半官方的味道。这些年，希特勒只要来柏林就住在这家酒店，其中一个很重要的原因是，酒店所有者是一位坚定的右翼分子。酒店大楼上升起的是黑、白、红的德意志帝国国旗，而不是黑、红、金的魏玛共和国国旗。如果希特勒现在因为财政状况紧张而选择另一处较便宜的住所，就显得是在承认其政党出了问题，这无疑是一种示弱。

冲锋队参谋长恩斯特·罗姆用双筒望远镜从酒店的一个窗口观察着总理府入口。戈林率先走出大楼，向围立在四周的人们喊出了消息。然后，他和弗利克、希特勒登上奔驰车，以步行的速度穿过紧紧挤在车旁的人群，驶向凯撒霍夫酒店。人们举起伸直的右臂，疯狂叫喊着，祝贺新任命的总理。短短的路，车走了几分钟。希特勒一下车，亲信们就围上前来，陪同他进了酒店。戈培尔、海斯、罗姆激动地与他握手，许多人热泪盈眶。伟大的目标终于实现了，他们的领袖成了总理。街上人声鼎沸，欢呼声钻入凯撒霍夫酒店的窗户。围在希特勒身边的人却激动得失了声。

◎ ◎ ◎

在选帝侯大街的克兰茨勒咖啡馆分店，格奥尔格·凯泽约了他的编辑和出版商弗里茨·兰兹霍夫共进午餐。五十多岁的凯泽已经成为表现主义的活经典。他以疯狂的速度撰写剧本，搬上舞台的不是人物，而是勉强伪装成人物的论题。他的剧本过分追求实验性，是用来思考，而不是用来看的。但观众们喜欢，凯泽因此获得了惊人的成功。去剧院看他的剧的人，都知道应该作何期待：排列紧凑的一幕幕场景，简练、狂热的说教语言，技术主导的现代世界里种种孤独的形象。

凯泽事业顺利。几天后，他的冬日童话、由库尔特·魏尔谱曲的《银湖》将在莱比锡、马格德堡和爱尔福特三地的城市剧院同步首演。与他相反，兰兹霍夫正被严重的财务问题困扰着。他与搭档古斯塔夫·基彭霍伊尔（其出版社的冠名者）必须为一场充满火药味的债权人会议做好准备。印刷、装订和纸张方面欠了一大笔债，气氛很糟糕，破产已经躲不过去了。凯泽虽然有一种非同寻常的天赋，可以屏蔽生活中所有不愉快的事物，完全沉浸在文学的虚拟世界中，但出版社和年轻的兰兹霍夫还是让他担心。他希望最好能拦下兰兹霍夫，别让他参加债权人会议。这让他想起1921年自己被诉讼的往事：当时，为了能心无杂念地写剧本，凯泽租了一套装修豪华的房子，并一件件地卖掉家具，靠着这笔钱过活。竟有人因为这种"稀疏平常"的失误起诉他。起诉一位诗人，他认为这是国家的不幸。他要求全国下半旗，并把英年早逝的同行海因里希·冯·克莱斯特和格奥尔格·毕希纳当作他的辩护人。法官表现出了惊人的耐心，凯泽最终以侵吞财产罪被判处一年的监禁。

然而，当兰兹霍夫走进克兰茨勒咖啡馆时，出版社的财务困境一下子就变得无关紧要了。一个报童挥舞着《柏林午报》，头版上常见的巨型字母宣布："阿道夫·希特勒，总理。"兰兹霍夫如同受到当头一棒，在震惊中买了份报纸。基彭霍伊尔出版社的反希特勒立场向来坚定不移。如今纳粹掌权，他们摇摇欲坠的公司还能有什么生存机会？兰兹霍夫把他大量的积蓄都投进了这家出版社——难道才刚刚30岁出头的他，不仅会很快失业，人生也就这么毁了？

他快步走向凯泽的桌子，急忙把报纸递给他。但凯泽对当天的政治争端压根没兴趣，这几个月总理换得太频、太快，他没法当真。粗制滥造的政治剧是他会屏蔽掉的讨厌的现实事物。他耸了耸肩说："一个保龄球俱乐部换了董事会。"说着从兰兹霍夫手里拿过报纸，扔到桌边的一把空椅子上。他现在不想讨论这些。

相反，基彭霍伊尔出版社的另一个编辑赫尔曼·凯斯滕[1]毫不怀疑《柏林午报》的头条已彻底改变了他们的生活。他与兰兹霍夫约好，午餐后他来接兰兹霍夫和凯泽。当他走进克兰茨勒咖啡馆时，两人正在点咖啡。他坐到桌前，也点了一杯，却没有心情喝。突然他跳起来，跑回了家。

他的母亲、妹妹吉娜和妻子托尼都因流感卧床，自己也刚刚才康复。1918—1920 年那场让全世界数千万人丧生的西班牙流感才过去 13 年，任何人都不会掉以轻心。报纸每天都在报道新增的感染人数，仅在柏林，今天就新增 373 人。法兰克福那种城市，已有 2000 多人患病。但学校只在极端紧急的情况下才会完全关闭，因为许多学生的居住条件十分寒酸，一旦停课，哪怕天寒地冻，白天也不得不在街头打发时间。

凯斯滕知道，他暂时不能离开德国。尽管如此，他还是回家取了自己和妻子的护照，跑到法国领事馆申请签证。然后他从银行取出旅费，那是外汇法允许他带出国的上限。再回到家时，他碰见了给家人治疗的医生，医生严肃地警告他：至少八天内，他的妻子无法旅行。逃亡必须再往后推。

1　赫尔曼·凯斯滕（1900—1996），犹太人，德国小说家和剧作家，20 世纪德国新客观主义运动的代表人物之一。流亡美国期间，他积极援助受纳粹迫害的德国文艺界人士，并在战后长期担任德国笔会中心主席。1985 年，德国笔会中心以他的名义创立了赫尔曼·凯斯滕文学奖。

◎ ◎ ◎

快中午的时候，埃里希·艾伯迈尔在莱比锡收到克劳斯·曼的电报："今天 14 点 14 分到，克劳斯问候。"下午 2 点左右，艾伯迈尔开车到车站。这是个灰暗、阴沉的冬日。艾伯迈尔一走进巨大的休息大厅，卖报小贩的声音就扑面而来："阿道夫·希特勒，帝国总理。"他买了一份《柏林午报》。在站台接到客人时，他仍脸色苍白。

克劳斯·曼刚开始还在微笑，可一看到艾伯迈尔递给他的报纸的头条，立刻大惊失色。他从没想过这种事会发生。他盯着报纸，没敢再看下去："太可怕了……"开始他走得很慢，然后越来越快，可他自己也不清楚究竟要去哪儿。下一个念头是他的父亲："这对魔术师[1]来说也太可怕……"

他和艾伯迈尔去了一家餐馆吃东西，试图平静下来。他们想不出更好的主意，就打算饭后去艾伯迈尔家探讨《夜航》那个编剧项目。他们决定今天构思出第三幕的雏形，但因心思不在工作上，没有任何进展。两人突然对这项工作有种渺茫的感觉。显然，在新的政治形势下，国内没有一家剧院会对一部由法国小说改编的剧本感兴趣，何况编剧是同性恋、纳粹反对者克劳斯·曼和他同为同性恋的朋友艾伯迈尔。为什么还要在这上面浪费时间？"你只要不提我的名字就行……"曼建议道。"胡

---

1 魔术师是家人对托马斯·曼的称呼。托马斯·曼曾创作小说《马里奥和魔术师》。

扯！我们把这部剧先搁置一年。"艾伯迈尔安慰他。

他们早早收工去剧院，看了《赞美大地》，这是奥地利人里夏德·比林格创作的喜剧。他最近大获成功，去年还与埃尔泽·拉斯克－许勒一起得了克莱斯特文学奖[1]。克劳斯·曼对这部剧很好奇，但很快意识到自己不喜欢这部剧，对他这样的大都市人而言，里面的自然神秘主义太多了。更重要的是，演员们讲不好奥地利的方言。

午夜时分，艾伯迈尔送他到车站，二人在卧铺车厢前告别。艾伯迈尔说好两周后去慕尼黑找克劳斯·曼，把《夜航》继续做下去。这是那种虽然有约，双方却都不相信能够守约的拜访。克劳斯·曼在车厢内落座，向站台上的朋友挥了挥手。然后，火车消失在夜里。他们再也没有见过彼此。

◎ ◎ ◎

下午，希特勒站在总理办公桌后拍摄了就职的官方照片。照片上，他越过镜头侧看向空处，两手插在双排扣外套的口袋里。一个古怪而倔强的姿态——当然是为显示决心，但看起来更像是在手里藏了什么。他没有多少活动空间：面前是几乎空无一物的总理办公桌，左边是套着天鹅绒的总理椅，后面是半

1　德国历史最悠久、影响力最大的文学奖之一。1912 年为纪念著名剧作家、小说家海因里希·冯·克莱斯特逝世 100 周年而设立。在毕希纳文学奖创立以前，该奖被视为德语界最重要的文学奖。

人高的文件柜，右边是一张边桌。虽然场景庄重死板，摄影师还是在希特勒背后的文件柜上放了一篮铃兰花，让画面多了些明亮和友好的气息。

在随后的第一次内阁会议上，希特勒和胡根贝格因为新选举又吵了起来。可胡根贝格的抵抗现在已无济于事，他别无选择，只能把决定权交给兴登堡。身为总统的兴登堡可以下令同意或拒绝解散议会。

傍晚，人们开始在巴黎广场和威廉大街两侧聚集，新政府已宣布举行大型火炬游行。流动小贩们冒出来，卖热香肠和暖身的饮料。晚上八点半开始，冲锋队、党卫队以及德国国家人民党的部队钢盔团列成长长的纵队，从西边穿过蒂尔加滕区向勃兰登堡门行进，共计约25000人。在笔直穿过公园的夏洛滕堡大道时，队伍左右两缘穿制服的人举起火把，仿佛夜幕中两条窄窄的光带。鼓声隆隆，煤油味在空气中弥漫。旗手和乐队在纵队间行进，演奏着德国或普鲁士的歌曲。但当他们穿过勃兰登堡门，一踏上法国大使馆所在的巴黎广场，音乐戛然而止，随后擂鼓震天，乐队奏响了一首古老军歌的旋律，中心句是："我们要胜利地打败法国。"

同样在巴黎广场，马克斯·利伯曼的别墅就紧挨着勃兰登堡门。他现在85岁了，与兴登堡同岁。几年前他给这位帝国总统画过像，这在当时几乎成了一件国事。一些右翼民族主义报纸批评说，为什么偏偏是犹太人利伯曼受托为德国的国家元首画像？利伯曼当时泰然处之，毕竟，他不仅是德国最受尊敬的画家之一，还是具有国际地位的印象派画家，而且在本国的知识分子圈和艺术界人脉极佳，更何况他还是普鲁士艺术学院的院长。他不想被几个右翼的叫嚣者打破平静，反正他们也动摇不了他的名气。他不是虔诚的犹太教信徒，自从父母去世后，就再没去过犹太教堂。他天经地义地认为自己是德国人、是柏林人，对于犹太民族同化的成功深信不疑。

然而，如今外界对犹太人的态度急剧改变了。利伯曼是一个保守派，彻彻底底的资产阶级，他坚信旧式普鲁士的宽容和魏玛共和国的自由靠得住。但近年来，他不得不注意到，即使在所谓较好的、有教养的社会圈子里，也蔓延着越来越有攻击性的反犹主义。

去年夏天，他辞掉了任了12年之久的学院院长之职。为感谢他的工作，学术委员会授予他名誉院长的称号。可接任他的是马克斯·冯·席林斯，这位不再作曲的作曲家公开承认自己对国家和犹太人的敌意，轻蔑地称魏玛共和国为"闪米特之地"。希特勒的胜利让利伯曼明白，自己的民族同化之梦破灭了。与妻子一起看着穿制服的人们行军而过时，他说："我想吐的太多，根本吞不下。"

游行纵队从巴黎广场右转进入威廉大街。火把向路边的建筑和人投下不安的光。兴登堡在老总理府一扇亮着灯的窗后检阅游行队伍，不时用他挂着的手杖随行军音乐的节奏敲打地面。再往前一栋楼，希特勒站在新官邸一扇敞开的窗后。他被斜对面的聚光灯照亮，在鲁道夫·赫斯与他的部长戈林和弗利克的簇拥下，反复高举右臂向人群致意。人们甚至走出纵队，搭起一架梯子，向窗内的希特勒递去玫瑰。后来，由于寒冷，他不得不套上褐色的冲锋队夹克。但几小时的游行让他激动不已，对于组织这一切的戈培尔，他兴奋地问道："这么短的时间他从哪儿搞到这么多火把？"

戈培尔操办一切。他安排了火炬游行的转播，要求国内所有电台进行播送，有些台长并不情愿，但只有巴伐利亚电台抗拒成功。他和戈林发表了热情洋溢的演讲，这些也必须被发送出去。直至午夜，他才离开那些冒着严寒、仍死守在街上高呼希特勒和兴登堡万岁的人们。

柏林的火炬游行，1933 年 1 月 30 日晚

这是一场声势浩大的宣传表演。但在戈培尔眼中，这还不够宏大，不够成功。尤其令他失望的是，电影镜头寥寥无几，对比度低，又常常晃动不清，对于每周的影像新闻来说，视觉冲击力太小了。他想为观众呈现一支真正的凯旋之师，仿佛它会碾碎挡在路上的一切。因此，为了更好的摄像效果，他决定夏天再导演一场更震撼人心的火炬游行：更多的人，更多的火炬，更紧凑的队伍，更好的摄像机机位。第二次的游行以超宽行列行进，几乎人人都举着火把，而不只在两缘。于是，队伍如同熊熊燃烧的洪流，从勃兰登堡门穿涌而过。细看影像就会发现，在这次追加的拍摄中，街边并没有人头攒动。但戈培尔无所谓，经过精巧剪辑，没有谁会注意到。

◎ ◎ ◎

《世界舞台》的主编卡尔·冯·奥西茨基总是那么不知疲倦。希特勒宣誓就职总理的消息传来时，他正在编辑部工作。下午晚些时候，他动身去了哈勒门附近的一家酒吧，参加德国作家保护协会的会议。这个协会类似于作者的工会。素来暴烈的埃里希·米萨姆[1]说着说着就勃然大怒，要求坚决抵制纳粹。然而大多数作者对米萨姆的愤慨不屑一顾，认为希特勒的胡闹

1　埃里希·米萨姆（1878—1934），德国作家、政治活动家，无政府主义者。他积极参与德国十一月革命，并在巴伐利亚苏维埃共和国的建立过程中发挥了重要作用，革命失败后遭到监禁。国会纵火案当夜，他再次遭逮捕，并于1934年7月10日被党卫队杀害。

很快就会结束。然后奥西茨基站起身，酒馆安静下来，他轻声说道："一切都将比诸位所想的更漫长。也许是几年。对此我们无能为力。但我们每个人都可以下定决心，绝不向现在的掌权者伸出哪怕是一个小指头。"

会议结束后，奥西茨基乘地铁前往蒙比修广场，参加人权联盟的集会。地铁驶入凯撒霍夫站时，他下了车，想亲眼看看纳粹的喧嚣。他爬上楼梯，看见望不到尽头的冲锋队行列一排排走过，火把跳动的光照在他们的脸上。奥西茨基看了一会儿表演，紧闭双唇，转身走下楼梯。他乘坐了下一班地铁，以便能及时赶到联盟会议现场。联盟要为下周五在贝多芬大厅举行的示威做准备，届时奥西茨基将发表演讲。

◎ ◎ ◎

哈里·凯斯勒伯爵晚上去了凯撒霍夫酒店，不是为庆祝新总理上任，而是参加一场很早就定下的晚宴。随后他还听了一场讲座，发言人是里夏德·尼古劳斯·格拉夫·库登霍夫-卡莱基，一位奥地利作家，母亲是日本人。只要他出场，就会宣传一个经济和政治上统一的联盟欧洲。

凯斯勒了解这类泛欧提议，他觉得它们虽然有吸引力，但终究还是缺乏说服力。库登霍夫-卡莱基虽然能用令人难忘的言辞滔滔不绝地描绘出统一欧洲的优势，却过于轻描淡写地略过了分裂欧洲大陆的种种冲突和政治对立。对于这些冲突和对立，凯斯勒心知肚明。因为一战结束后，他也有几年献身政治的时光。他倡导的是另一种国际联盟的理想，其中的代表并非国家，而是跨国机构，即贸易协会、宗教团体、工人组织或学会。这是为了抵制国家利己主义，最重要的是，让跨国力量掌握更多权力。但该计划的阻力太大，它始终只是个乌托邦。凯斯勒最终对此死了心。

毅力不是他最大的美德。凯斯勒不需要。他的家庭极其富有，母亲是英国人，父亲是德国人，他本人在法国长大，然后在阿斯科特和汉堡上学。这种背景对他来说既是诅咒，也是福气。不论是接受法学教育，还是实现外交或政治上的抱负，他都半途而废。他把大部分时间都用来收藏艺术品、做赞助人和环球旅行。很少有重要的欧洲艺术家或作家与他没有私交，据说他的笔记本中记有上万个名字和地址。

许多不熟悉他的人认为他是典型的花花公子，无拘无束，异常聪明，对艺术风格有异于常人的感受力。但他也因自己的不羁而痛苦。他缺乏一种能赋予生活以方向的基础或意义。由于小心翼翼地隐藏自己的同性恋身份，他也从未找到长久的生活伴侣。他缺少典型的花花公子形象所需的玩世不恭。

库登霍夫-卡莱基的演讲结束后，凯斯勒离开了凯撒霍夫酒店。很快，他感觉自己闯入了一场军事狂欢。还在酒店走廊，他就遇到巡逻的冲锋队和党卫队。穿着制服的党卫队在大厅和正门前夹道而立。走上大街，他看到冲锋队纵队从威廉广场走过酒店。在凯撒霍夫酒店入口上方的阳台上，站着罗姆与柏林冲锋队队长赫尔多夫以及其他几个纳粹党第二等级的人物。他们挡不住诱惑，效仿着他们的伟大领袖，也在检阅游行。和希特勒一样，他们站了一个又一个小时，注视着走过的行军队伍，不停向人群伸出右臂致意。

人行道和威廉广场挤满看热闹的人。凯斯勒和他的朋友们本来想去波茨坦广场的菲尔斯滕贝格酒馆喝杯啤酒，却在人群中寸步难行。甚至在波茨坦广场上，部队首长仍然让手下人以军事队形行进。可谁都不知道到底该去哪儿，因此队伍始终在来回转。凯斯勒不想看这个，和同伴们一起消失在菲尔斯滕贝格酒馆。这里也是一派狂欢的气氛，但正合适。

◎ ◎ ◎

刚过 10 点，埃里希·凯斯特纳[1]和赫尔曼·凯斯滕在离陶恩齐恩大街不远的施万内克酒馆见了面。这里位于城西，很安静，街上只有零星几个从火炬游行回家的人。这家酒馆其实叫斯蒂芬妮，但大多数客人都用它的主人——演员维克多·施万内克的名字来称呼它。地方不大，才 20 张桌子，有几张在窗台边。施万内克在戏剧界和作家中无人不知，因此他的酒馆很快成为

1　埃里希·凯斯特纳（1899—1974），德国作家、编剧和诗人。他以批判社会和反军国主义的诗歌、评论和散文而著名，并创作了多部广受欢迎的儿童读物。他是唯一一目睹纳粹焚烧自己作品的作家，也是为数不多的在纳粹上台后依然选择留在德国的知识分子。

城中最重要的艺术家聚会场所之一。剧作家如布莱希特、楚克迈耶、厄登·冯·霍瓦特，评论家如阿尔弗雷德·克尔[1]，出版商如恩斯特·罗沃尔特，演员如弗里茨·科特讷、维尔纳·克劳斯、伊丽莎白·伯格纳和克特·多施，都会来这里坐一坐，尽管未必在同一张桌子上——太强的意识形态或个人的敏感让他们很难坐到一起，但毕竟是在一个屋檐下。

"我们必须离开德国，"凯斯滕坐到朋友凯斯特纳身边，"这个地方，我们无法再创作，什么都印不出来。希特勒搞独裁，让人头落地，大搞战争。"

"不，"凯斯特纳说，"你必须走，我必须留。"凯斯滕是犹太人，他不是。他解释说，他想写关于第三帝国的小说。必须有证人，必须有人去讲述这个即将到来的时代。他已经下定决心。

◎ ◎ ◎

夏洛滕堡的第 33 冲锋队可谓臭名昭著，整个柏林都达成了共识：它所到之处，必将一片血腥。这支队伍的头领是弗里茨·哈恩和汉斯·迈科夫斯基，两人都只有 20 多岁，却已是有着多年经验的街头恐怖行家了。第 33 冲锋队最爱干的事，就是在周日与其他冲锋队一起开去选帝侯大街骚扰行人。部分身穿制服的冲锋队队员会走在大街正中央，高喊口号，挥舞纳粹旗

1　阿尔弗雷德·克尔（1867—1948），犹太人，德国作家、戏剧评论家和记者，是德国自然主义时期到 1933 年期间最有影响力的德国评论家之一。

帜。那些特别强壮的队员则身着便衣在左右两侧的人行道上进行护卫，推搡或殴打每一个他们眼中的犹太人，或是那些对游行和旗帜没有表现出应有热情的人。

然而，哈恩和迈科夫斯基并不满足于小打小闹。两人都曾在街头斗殴中枪杀过共产党员，从那时起，他们的部队就被称为"杀人冲锋队"。杀人后，哈恩和迈科夫斯基各自在国外躲了几个月，但后来几乎是畅通无阻地返回了柏林。警方并没有严查冲锋队的袭击。去年，迈科夫斯基在审讯中不得不承认杀害了一名共产党员，随后被捕入狱，然而几周后他就因兴登堡颁布的圣诞大赦令重获自由，仿佛杀人只是不值一提的小过错。

第 33 冲锋队当然也参加了致敬希特勒的火炬游行。这些人无论如何也不会错过这场游行。然而，在行军经过了兴登堡和形形色色的纳粹大人物之后，迈科夫斯基和他的手下还不想回家。他们正在为非作歹的兴头上，于是开向"红区"——这个夏洛滕堡的街区被认为是共产党的据点。他们在这里高喊口号，辱骂路人，砸碎窗户，最后遇到了房屋保护队——这是人们为抵抗冲锋队的侵犯而成立的自卫组织。迈科夫斯基和因发色显眼而被称为"红公鸡"的哈恩在这里可不是无名之辈，人们认识他们，痛恨他们，有人对他们破口大骂，形势剑拔弩张。

然后，华尔街上枪声响起，迈科夫斯基倒下了。一同倒下的还有警察局局长约瑟夫·佐里茨，当时他正监视着第 33 冲锋队，并准备请求增援，因为他意识到局势已经恶化。两人都躺在华尔街 24 号房前。有人叫了救护车，可救援来得太迟。不久后，两人都在医院身亡。

终于，几支警队赶来，搜查了附近的房屋。警员们找到 3 名带枪伤的居民，共逮捕了 15 名被列为嫌疑人的男子。紧邻现场的华尔街 24 号房住着精密机械师鲁迪·卡里乌斯。他还很年轻，26 岁，是共产党干部，也被调查人员登记为嫌疑人。但他们无法拘捕他，因为枪击发生后他立即躲了起来，始终不见人影。

新掌权者对警方不依不饶，他们要看到结果，但卡里乌斯似乎就地消失了。他有个女朋友，一位红金发的丰腴美女，在选帝侯大街的舞伎夜总会或鹦鹉酒吧做陪酒女郎。她真名叫埃米·韦斯特法尔，但自称奈莉·克勒格尔，35 岁的她已不再是这个行当里最年轻的人。她爱喝酒，也能喝，酒精还没有把她泡肿，依然魅力十足。1929 年 6 月，奈莉在"舞伎"遇到一位快 60 岁的稳重绅士。他留着灰白的唇髭，下巴上的胡须细长，看起来像个西班牙的大人物。他是作家亨利希·曼，当时正和特露德·黑斯特贝格闹分手，或者说，她离开了他。他有点孤独，像他的小说主人公垃圾教授一样，喜欢在夜总会消磨时间。奈莉，渔夫和女仆的女儿，与显贵之子亨利希·曼来自截然不同的世界，对于艺术和文学她说不出什么。但他不介意，他喜欢听她无拘无束地胡扯，尽管有人会说那是喋喋不休。二人都来自吕贝克地区，这是搭在他们之间的第一座桥梁。另外，曼会讲故事，在奈莉听来，那就像画报社会版面上的事儿：他不仅会讲到放肆的特露德·黑斯特贝格，还讲到了新巴贝尔斯贝格的乌法电影公司片场，那里正在筹备《蓝天使》的拍摄。1929

年秋，亨利希·曼的弟弟托马斯·曼获得了诺贝尔文学奖，报纸上满是他和他家人的照片。

难怪奈莉觉得自己抽中了大奖：她，一个酒吧女，和亨利希·曼，国内最著名的作家。春天，他邀请她去尼斯，两人在尼斯酒店——城中心一家古老的豪华酒店里住了几个星期。

但奈莉并没有因此与年轻的卡里乌斯分手。亨利希·曼和鲁迪知道彼此，并且两人出乎意料地合得来。有时他们会在奈莉位于康德大街上的小公寓里见面，聊聊政治。曼愿意借此机会了解一些无产阶级共产党人的境况，这是他平时接触不到的。虽然亨利希·曼能想到，他给奈莉的钱有些会落到鲁迪·卡里乌斯手里，但还是对她出手阔绰。汉斯·迈科夫斯基死后，卡里乌斯不得不从警察的视野中消失很长一段时间，但至少金钱方面他无需太过担忧。

◎ ◎ ◎

火炬游行结束后，戈培尔还与希特勒谈了预定的新选举的时间，如果兴登堡同意，他们想安排在 3 月 5 日。随后，戈培尔开车去波茨坦找普鲁士的奥古斯特·威廉王子一起庆祝掌权，快到 3 点才回家。"杀人冲锋队"的弗里茨·哈恩已经等在那里，向他汇报了迈科夫斯基的死讯，以及一位名叫约瑟夫·佐里茨的警察也被枪杀。戈培尔太累了，没法长谈，他和哈恩告了别——好在哈恩靠得住。然后他倒在了床上。

临门之斧

托马斯·曼很紧张，但并非由于昨天的政治结果，而是文学原因。他的儿子克劳斯刚从柏林和莱比锡回来，想和他谈一谈希特勒。可他现在没这个心思。

过去几周，他不得不再次搁置小说《约瑟夫在埃及》的手稿，为 2 月 10 日将在慕尼黑大学举办的理查德·瓦格纳逝世 50 周年纪念日的演讲做准备。关于瓦格纳的音乐剧，他已经写了很多东西，这是他此生最伟大的一种艺术经验。最初他以为会速战速决，结果却一发不可收，讲稿变成论文，然后发展成一本小书。他的想法和灵感喷涌而出，最后不得不努力构思，才能让它不致太过臃肿。

不仅如此，在他答应去慕尼黑之后，荷兰的瓦格纳协会也请他去阿姆斯特丹的国家音乐厅，希望他再做一次演讲。另两份法语演讲的邀请也接踵而至：比利时笔会请他去布鲁塞尔，然后去巴黎的大使剧院——在巴黎他甚至要讲两次，一次用法语，另一次用德语。这是一轮光荣的小型欧洲巡演，却也给托马斯·曼添了额外的麻烦。还在写稿期间，他就不得不请他的

托马斯·曼在慕尼黑的别墅中，1932 年

法国朋友、日耳曼语学者费利克斯·贝尔托帮忙翻译。几天前他才写完文章，现在必须马上把它缩短成适合演讲的长度，这无异于直接对自己的肉下刀。译稿一出来，他还得不断练习，至少别把法语讲得太磕磕巴巴。

没什么时间留给政治。更何况在过去一年中，他已经在各种文章和演讲中斩钉截铁地谈论过自己对纳粹的看法——一场试图以革命之名欺世的骗局。他不能一再老调重弹。普鲁士文化部前部长阿道夫·格里梅鼓动他去柏林参加社民党的竞选活动，但他只打算明天或后天写一份关于社会主义的详细声明，好让格里梅能在会上宣读。他还能怎样？

茶余饭后还是免不了谈论政治话题。埃丽卡和克劳斯对局势感到紧张，克劳斯显然读过了所有报纸，连《人民观察家报》也没放过，还模仿左翼媒体面对政权更迭时故作克制的痛苦语气说话。饭后，两个孩子出发去埃丽卡的胡椒磨歌舞剧团彩排，2月份的节目明天就要首演了。对于卡巴莱小品来说，希特勒上台当然是求之不得的好话题。

◎ ◎ ◎

戈培尔睡饱了觉，开始与同僚们讨论近在眼前的选举计划。宣传的第一个高潮应该是迈科夫斯基和佐里茨的葬礼。他宣称这两人是"民族运动"的"烈士"，在"胜利之夜"被"红色谋杀犯""卑鄙"地枪杀。他要在柏林大教堂为两人大摆排场，要极尽奢华，还要安排声势浩大的游行。虽然柏林大教堂是新教教堂，而佐里茨是天主教徒，但戈培尔可不管这些。

尤其顾不了迈科夫斯基和佐里茨之死的真相。最近几个星期，许多冲锋队队员担心纳粹党会让他们干脏活。他们和共产党打了好几年街头战，现在，当政治目标终于触手可及时，党首却想摆脱掉他们，独吞所有胜利的好处。圣诞节后不久，六十多个夏洛滕堡冲锋队队长曾会面商讨此事，他们认为，上面会不择手段，尤其是戈培尔。戈培尔的线人报告说，迈科夫斯基曾放开嗓门宣布，若是那样，他就亲自动手，击毙戈培尔，没有半点迟疑。

因此，对于戈培尔来说，采取反制措施是聪明的政治行为。

作为柏林的党部头目，他身边始终围着冲锋队，他不得不盲目地相信他们，但不能放任迈科夫斯基吹嘘什么用一颗子弹让他脑袋开花。戈培尔必须让每个冲锋队队员明白，企图暗杀他而不受到惩罚，想都别想。幸运的是，弗里茨·哈恩对他手下第33冲锋队的人了如指掌，知道有个叫阿尔弗雷德·布斯克的人靠得住，此人会为了一笔不错的赏金干掉迈科夫斯基。前一天，布斯克找准时机完成了任务，并顺手一起解决了警方唯一的证人佐里茨。若有其他人察觉到发生了什么，戈培尔也没办法。警告四处传开，他可不会任人威胁。

想到已被他除掉的迈科夫斯基还能为自己派上用场，戈培尔很满意。宣布迈科夫斯基是"烈士"，对他来说只是小儿科。他要让迈科夫斯基像国王一样下葬，还要亲自在迈科夫斯基的棺材旁讲话。希特勒和戈林也在大教堂，献花圈，默哀，演奏管风琴乐，发表感人的演讲，然后穿城送殡。一出相当热闹的大戏。

◎ ◎ ◎

傍晚，一支冲锋队小分队冲进威尔默斯多夫位于特劳特瑙大街12号的宁静的房子。一到目标公寓门口，这些人就踹开门，冲了进去——却发现房间里已是空荡荡。没有租客，没有家具，没有画，什么都没有，只有光秃秃的墙。他们犹豫了片刻，从这个意外里缓过神来，然后跑回街上，右转跑向拿骚大街。他们冲进拿骚大街的一栋房子，用斧子砸开门，可画室里依旧空荡荡。没有人，目标人物都走了，他们来得太晚。

冲锋队在找乔治·格罗兹，他是一名画家、设计师和漫画家。纳粹恨他，就像恨其他几个艺术家那样。他不仅用画作攻击他们信仰的和认为神圣的一切——他们的元首、他们的男子联盟、他们对战争的热情，还嘲笑他们，把他们表现为自负的傀儡、酒鬼、麻木的暴徒、嫖客和流氓。任何想在政治斗争中被认真对待的人，都不会低估这样的对手——讽刺可以致命。可就算控告他侮辱国防军或攻击公共道德也无济于事。格罗兹曾在《闭嘴，当你的差》这幅画里给十字架上的基督画了防毒面具和士兵的靴子。因为渎神，他和出版商威兰·赫兹费尔德被一次次告上法庭。诉讼拖了四年，从 1928 年一直拖到 1931 年。

这些案子最后均以无罪释放或小额罚款而告终。让纳粹怒不可遏的是，格罗兹因此越来越出名。但持续不断的法律攻击也令他身心俱疲。没完没了的仇恨和争端对格罗兹毫无益处。他越来越怀疑，理性究竟能否坚持到底，随之增长的还有他对自己艺术的内在推动力的怀疑。无论讽刺得多妙，讽刺的影响力究竟是否被过度高估了？他还能寄希望于仅仅通过愤怒的艺术就让愤怒的大众睁开眼睛吗？

这时纽约来信了。艺术生联盟为他提供了 1932 年夏季的教职。格罗兹很兴奋，因为从小美国就吸引着他。他立即接受，仿佛凭借它能突破眼下无望的局面。五个月后，他乘坐横跨大西洋的巨型汽轮返回德国。还在舷梯上时，他就告诉前来迎接的妻子伊娃，他回来只为带她和孩子们最终移民美国，过完圣诞节就走。

这样做，他赌上了很多。在德国，他是功成名就、人脉极广的艺术家；而在美国，他几乎什么都不是。他将要度过一段艰难的时期，不得不重回艺术学校当老师，每月赚 150 美元。能否再次以画家的身份闯出名声，他还不确定。但他心意已决，什么都改变不了，甚至是他自己的怀疑。他要离开这个国家。

他和伊娃把公寓退掉，只收拾了一点东西。格罗兹送光家具，清空画室，将画作和书籍存放在岳母那里，然后就像块木头，从一条不为人知的暗河上漂走了。1933 年 1 月 12 日，"斯图加特"号从不来梅港起航，船上载着格罗兹和伊娃。他们所有的财产，都装在了三个箱子和三个手提箱里。孩子们被留在格罗兹的姐姐家，他们会在那里住到夏天。在这次跨洋之旅中除了忍受颠簸之苦，他们还在纽芬兰附近遇上了 12 级大风。不过，1 月 23 日他们在纽约上岸时，已是一片春光。一周后，希特勒成为总理。八天后，冲锋队拿着斧头站在他们的旧公寓和画室门前。

今日要闻

● 一个十到十二人的纳粹小队还刺杀了社民党的国会议员尤利乌斯·莱贝尔，当时他正带着两个保镖行驶在回家的夜路上。

他们袭击了莱贝尔的车。其中一个保镖把一个纳粹分子打成了重伤，莱贝尔也在战斗中受伤。袭击发生后，警察逮捕了莱贝尔，据说是因为他袭警。

- 在布雷斯劳，一名警察中尉向一支共产党游行队伍开枪，杀死了一名示威者。
- 在杜伊斯堡－汉博恩，在一场共产党员和纳粹党成员的巷战中，一名纳粹党成员和一个本地人被杀。另有三名官员受枪伤。
- 在埃森附近费尔贝特，一名共产党员因试图拆掉纳粹旗帜而被打死。傍晚，共产党员冲入一个冲锋队住宅，两名纳粹党成员受伤。
- 在汉堡附近哈尔堡，一名铁路官员在工区里因政治争论杀死了一名同事。肇事者随后开枪自杀。
- 在齐陶，纳粹报纸《上劳西茨早讯》的当地代理被发现死亡。
- 流感迅速蔓延。仅在柏林，今天就有572例新增病例。

劣等外族血统

布莱希特在达姆施塔特惹上了麻烦。他的《屠宰场的圣约翰娜》原定在黑森邦剧院首演，却遭到纳粹党抗议。在市议会的一次关键会议上，纳粹议员得到了德国国家人民党和天主教中央党的支持。他们联合要求警方出具禁演令。为戏剧爱好者协会举办的内部演出也被禁止。只有社民党捍卫着剧院总监古斯塔夫·哈通自由安排剧目的权力。

哈通算是德国国内最重要的导演和戏剧创新者之一。布莱希特认识他，也了解他的作品。哈通1931年来到达姆施塔特，此前他曾在柏林的文艺复兴剧院担任过三年负责人。《屠宰场的圣约翰娜》是布莱希特对教会和资本主义半嘲讽、半教育性质的清算。这部作品三年前就完成了，但至今仍只能以删减版的广播剧形式在广播中播出，卡萝拉·内尔、海伦娜·魏格尔、弗里茨·科特讷和彼得·洛尔等优秀的演员均曾为其配音。

和之前在柏林一样，古斯塔夫·哈通在达姆施塔特的剧院也不采用民间作者的作品，而是选择了埃尔泽·拉斯克-许勒、埃里希·凯斯特纳、弗朗茨·韦尔弗或卡尔·楚克迈耶的剧目。

《屠宰场的圣约翰娜》极为轰动的首演将把这份名单延续下去。但这也足以成为纳粹在《黑森报》上大肆诽谤哈通的理由。他们指责哈通上演"外族血统的劣质品和陈腐的杂耍伎俩",指责他的剧院偏爱雇佣犹太人。

这是对宪法保障的艺术自由的侵犯,可自由派德国国家党的市长鲁道夫·米勒没有反对,而是做出了妥协,以迎合市议会中被激怒的议员:他谴责布莱希特戏剧中的马克思主义和反教会倾向,但为古斯塔夫·哈通的总监工作作了辩护。在他看来,纳粹的反犹指控尤为荒唐:州剧院的 361 名工作人员中只有 13 名犹太人。他说,这不能称作"犹太化"。

◎ ◎ ◎

流感继续迅速蔓延。今天柏林上报约 800 个新增病例,其间,本市学校 200 多个班级不得不停课。英国已有千余人死亡。作家汉斯·米夏埃利斯从日本向《柏林晨邮报》发回报道,提及了一种预防感染的新措施:"病菌面具,一块剪成椭圆形、系于口鼻前的黑布,担负着抵御病菌入侵的重任。"然而,让米夏埃利斯惊讶的是,日本人只在户外佩戴这种面具,在地铁或办公室里就会摘下来。他们坚信,流感病毒主要在大街上传播,而不是在密闭的室内传播。

今日要闻

- 负伤的社民党国会议员尤利乌斯·莱贝尔被警察暂时释放。但武装人员埋伏在市警察局前，向送他去医院的汽车开了火。不久后，莱贝尔再次被捕。吕贝克的工人们决定为此举行24小时的抗议罢工。

- 在阿尔托纳，共产党员和纳粹分子爆发枪战。一位与妻子散步的行人被击中肺部，死于医院。另有10人受伤，部分伤者伤势严重。

- 在柏林－夏洛滕堡，一名共产党员在与纳粹分子打斗的过程中被刺身亡，另一名共产党员负伤。

被缝上的舌头

在基希投宿的莫茨街，还住着埃尔泽·拉斯克 - 许勒。她在萨克森霍夫酒店有个小房间，这里离纪念教堂边的罗曼咖啡馆、施利希特餐厅和施万内克酒馆都不远。埃尔泽·拉斯克 - 许勒喜欢有作家、艺术家、出版商、画商、演员们聚集的地方。这是她逃离现实的避风港。曾有几年，她是柏林当之无愧的波希米亚女王：她顶着一头醒目的黑色短发，孩子般娇小的身体总裹在宽大的袍子和天鹅绒夹克里，戴着玻璃项链、哗啦啦响的手镯，每根手指都套着戒指。她仿佛是来自东方的舞女，却给自己起了童话似的男性名字，自封了一个贵族头衔——底比斯的优素福王子，因为她对任何界限都不以为然，不论是虚实、阶层，还是性别。

她下周就 64 岁了，日子过得很艰难。5 年前，她的儿子保罗死于肺结核，即使夏利特医院的主治医师费迪南德·绍尔布鲁赫也无力回天。事出意外，令她猝不及防。很长一段时间，她几乎不赚钱，如她所说，每天靠 15 芬尼过活，一直欠着酒店的账。

现在情况有所好转，她正重返舞台。去年，她同时有两本

埃尔泽·拉斯克 – 许勒，1933 年前后

书在罗沃尔特出版社出版，一部新诗集，另一部短篇小说。她还写完了新剧本《阿图尔·阿诺尼穆斯和他的父辈》，与里夏德·比林格一起得了克莱斯特文学奖。起初她很委屈，因为只能得一半奖、拿一半奖金（750 马克）。但随后她就收起了骄傲，乖乖领奖，用奖金还了欠酒店的债。

她过去的情人，戈特弗里德·贝恩，发来电报祝贺："您让常因颁奖者或获奖者受辱的克莱斯特文学奖重返高贵。"他们的情事已经过去二十年了。在 1913 年那会儿，他们是很不般配的一对：他，26 岁，事业刚刚起步；她，44 岁，已是德国先锋派的核心人物。他是牧师之子，却不信教，一心要把宗教的最后一丝希望之火浇灭在自己的文学作品里；她是拉比的孙女，信仰和信心天经地义地弥漫在她的诗中。虽则如此，或正因如此，激烈的爱情让他们在几个月里难舍难分。两人都在诗中提到过那种"兽爱"[1]。贝恩写道："欲望所向，用牙齿抓牢。"拉斯克﹣许勒则说："我总把你带在身边，安置在我的齿间。"连分手也被定格在诗行里，她固执："我是你的过客。"他同样坚决："无人是我的过客。"

当然这都是老皇历了。今天，埃尔泽·拉斯克﹣许勒给她在伍珀塔尔的"财政大臣"克劳斯·格博哈特写了信。格博哈特是丝绸制造商、艺术收藏家，也是个很好的朋友。每次她要和出版社谈合同时，他就会出手相助，对于这些事她一窍不通。有时候，格博哈特还会催促那些稿酬支付太迟的出版商。因此她任命他为她的私人"财政大臣"。她喜欢给自己认为重要的人起新名字，他们由此成为她诗意世界里的生命。比如，贝恩是她的"野蛮人吉泽赫尔"或"老虎吉泽赫尔"。

那是一封活泼的信，干脆利落，热情洋溢。她擅长此道，几乎给所有人写信都是如此。她受到邀请，去她的出生地埃尔伯费尔德参加一场读书会，因此请他出面谈一笔200马克的报酬。她还盛赞席勒剧院为《阿图尔·阿诺尼穆斯和他的父辈》

1　用于描述人类对（某些）动物的普遍或个别感情的术语，有时被认为是过度的感情。它更侧重于同情等方面的个人动机，如宠物主人对宠物的情感，往往在动物之爱中处于首要地位。

首演排练所付出的"巨巨巨巨巨大的努力":"大事件!"

然而,她没对任何人说过她的真实处境,包括格博哈特。去年的成功并非皆大欢喜。原本她几乎已从公众视野中彻底消失了,但克莱斯特文学奖却让纳粹重新注意到她。她是犹太人,看起来像来自东方的梦幻人物,她写现代的、极富表现力的诗——在纳粹眼中,这一切都罪不可赦。《人民观察家报》恼羞成怒:"贝都因酋长的女儿得了克莱斯特文学奖!"几个男人迅速出现在她的酒店前等她,他们辱骂她、推搡她,直到她摔得倒地不起。有一次摔倒时,她狠狠地咬到了舌头,不得不缝了几针,成了一位被缝上舌头的女诗人。

《阿图尔·阿诺尼穆斯和他的父辈》也惹上了麻烦。去年春天,剧本终于完成时,大导演和剧院总监们蜂拥而至。古斯塔夫·哈通反应最快,他从达姆施塔特来信说他有多么欣喜,希望她把首演的权利给他,她同意了。随后,她还同意了马克斯·莱因哈特和莱奥波德·耶斯纳将分别在柏林的德国剧院和御林广场剧院这两个国内最好的舞台上演该剧。两人都只能排在哈通的首演后,而一般像莱因哈特和耶斯纳这样的明星可不愿意等。

然而,前天,哈通心情沉重地给她写了信:很遗憾,他不得不推迟首演。目前,他正在达姆施塔特艰难地反抗纳粹党,因为他把布莱希特的《屠宰场的圣约翰娜》列入了演出计划,也因为他的剧院被认为雇了太多犹太人。在这种情况下,如果他推出《阿图尔·阿诺尼穆斯和他的父辈》,一部犹太女人创作的剧,就会让基督徒和犹太人之间的冲突雪上加霜。这像是在公然挑衅，眼下他做不到，请她再等等。

所以，她现在把赌注押到了席勒剧院，耶斯纳正在那儿排练。商定的首演时间或是 2 月 12 日，或是 2 月 19 日，但还没确定。无论如何，耶斯纳为这部剧投入的心血让她感动。希特勒上台之后，它正好能展现出非同寻常的意义。《阿图尔·阿诺尼穆斯和他的父辈》讲述了近百年前发生在威斯特法伦一个村庄里的反犹大屠杀。在一个犹太地主、他极富魅力的小儿子阿图尔·阿诺尼穆斯和帕德博恩主教的共同努力下，情势最终化险为夷。最后一幕中，睿智的主教表率性地参加了地主家的逾越节晚餐，并为以色列人民祈神赐福。当纳粹越来越肆无忌惮地在德国煽动对犹太人的仇恨时，埃尔泽·拉斯克-许勒却在她的剧中赞美宗教的和解。耶斯纳是犹太人，也是个政治上很清醒的戏剧人，难怪他向她保证，拍戏时会投入"巨巨巨巨巨大的努力"。

晚上，卡尔·冯·奥西茨基将为人权联盟演讲。活动争取到贝多芬大厅的场地，那里空间很大，是柏林爱乐音乐厅的扩建工程，环绕着明艳的壁画、水晶吊灯和石膏花饰的立柱，是经常举办音乐会的场所。联盟的执行主席库尔特·格罗斯曼为此很是自豪。然而，当格罗斯曼带人在入场前一个半小时到达时，大厅所有的门都上了锁。他紧张地把管理员从办公室叫出来，后者却递给他一封警察局局长的信：禁止集会。原因荒唐不堪：鉴于激烈的政治局势，"不同见解"的参会者可能会对奥西茨基的演讲不满。有了这种理由，选举周内任何地方的任何言论都可以被禁止。

可时间太紧，活动没法叫停。格罗斯曼迅速作出决定，让到场的客人移步，去不远处波茨坦广场的弗里迪格咖啡馆——这家咖啡馆几年前还叫乔斯蒂咖啡馆，至今仍是市内最受欢迎的咖啡馆之一。他也把奥西茨基引去了那里，但一位友好的警官明确告诉他，无论如何都不能演讲。奥西茨基灵机一动，坐

卡尔·冯·奥西茨基开始在柏林泰格尔监狱服刑。照片从左到右为：库尔特·格罗斯曼、鲁道夫·奥尔登（记者）、卡尔·冯·奥西茨基和阿尔弗雷德·阿普费尔（律师）、库尔特·罗森菲尔德（律师），1932年5月10日

到咖啡馆的一张桌子旁，开始与朋友们大声谈论社民党和共产党的统一战线，其他桌的客人都饶有兴致地听着。这种事警官干涉不了。

对于许多民主人士与和平主义者，奥西茨基近年来已成为重要的政治导向人物，是一位共和国的英雄。1929 年 4 月，《世界舞台》刊载了一篇文章，披露了德国军方不顾《凡尔赛条约》的禁令，建立空军的秘密计划。结果，受审的不是相关的国防军官员，反倒是文章作者和责任编辑奥西茨基。他们因叛国罪被判处十八个月的监禁。此案引起了国际轰动，德国竟不打自招，承认自己在蓄意违反《凡尔赛条约》的禁令。

许多朋友和政治伙伴警告奥西茨基不要真去坐牢，恳请他到国外躲一躲。但他另有打算。1932 年 5 月，他开始服刑，但并非出于对法庭的尊重，而是，如他所写，以此向不公正的司法机构"亲身示威"。他在政治斗争中赌上了个人自由。若干同事、作家和名人一路护送他去往泰格尔监狱，其中包括阿尔伯特·爱因斯坦、埃里希·米萨姆、莱昂哈德·弗兰克[1]、利翁·福伊希特万格[2]、恩斯特·托勒和讽刺作家亚历山大·罗达·罗达。就这样，他们把他入狱的第一天变成了针对这一可

---

[1] 莱昂哈德·弗兰克（1882—1961），德国作家，写作风格简洁而客观，大多带有现实批判倾向，被认为是 20 世纪上半叶重要的社会批评家之一。代表作包括半自传体小说《强盗团伙》，反战短篇小说集《人是善良的》，以及中篇小说《卡尔和安娜》。

[2] 利翁·福伊希特万格（1884—1958），犹太人，德国作家。他是魏玛共和国文坛上最有影响力的人物之一，其历史小说将历史化的表现与当代批评相结合，影响了布莱希特等一批当代剧作家。

耻判决的抗议集会。

六周前，奥西茨基才因兴登堡例行的圣诞大赦提前出狱。今天的演讲本应是他获释后的首次公开露面。听众想听一听他对希特勒新政府的看法。

今日要闻

- 在厄尔士地区安娜贝格，一名黑红金国旗团的成员在人民之家[1]前被纳粹枪杀。
- 在杜伊斯堡－汉博恩的一场混战中，纳粹将一名共产党员打成了重伤，这名共产党员最后在警察局里不治身亡。
- 纳粹在柏林－莫阿比特枪杀了一名18岁的年轻人，在柏林－新卡伦枪杀了一名21岁的德国共产党员。

---

1 人民之家，也称工人之家。19世纪末，欧洲城市中出现了大量工会组织和工人政党。由于缺乏合适的会议空间，许多城市的工会便自己建造房屋或收购和改造现有建筑物，以满足办公、开会和普及教育之用。

不知道如何是好

今天早上，库尔特·格罗斯曼在位于蒙比修广场的人权联盟办公室桌子上发现了禁止他们昨天在贝多芬大厅集会的文书。有那么一刻，他很想向警察局局长申诉，但他知道，这无济于事。11点左右，维利·明岑贝格打来电话，声称有两个法国记者想采访他。格罗斯曼很惊讶，但还是同意了，与明岑贝格约好下午在选帝侯大街的一家咖啡馆见面。

明岑贝格是共产党员，也是德国共产党中央委员会的成员，最重要的是，他是天才的出版商，毫无教条之气。一战期间，他生活在瑞士，在那里结识了列宁，还为他工作过，这使他拥有了某种让许多德国共产党员终生触不可及的圣人形象。与此同时，明岑贝格几乎无需党派的支持，仅凭一己之力，就建立起一个德国最大的媒体集团。他有好几家报社、出版社和电影制作公司。他的报纸在政治上是片面的，但制作精良，风格活泼，有娱乐性，它们以新闻准则为导向，而非一味死守党的路线。与大多数德国共产党干部故作无产阶级姿态和忠于莫斯科的偏执截然不同，明岑贝格是个张扬的人，敦实，宽肩，喜欢优渥的生活，总让他的司机兼保镖开一辆重型美国豪华轿车载他兜风。

当格罗斯曼在约定的咖啡馆见到他时，明岑贝格却只字不提那两名法国记者。他们只是借口罢了。他反倒说起格罗斯曼前段时间与众多作家一起成立的自由言论委员会。明岑贝格问格罗斯曼是否想召开该委员会的代表大会，以弥补昨天被禁止的联盟活动。他的报社会从方方面面支持格罗斯曼，包括经济上。格罗斯曼立刻同意了，他不想在选举活动中无事可做。为了让共产党的影响不至于太过明显，他与明岑贝格商定，只把与德国共产党无关的名人列为组织者：阿尔伯特·爱因斯坦、亨利希·曼、哈里·凯斯勒伯爵，以及柏林最杰出的记者、《柏林日报》的鲁道夫·奥尔登。此外，他们还将邀请托马斯·曼作开幕演讲。

明岑贝格点头记下了这些名字。一回到出版社，他就把这份名单交给了报纸编辑，打算第二天就在明岑贝格周日的报纸上刊出，而此时提名者中尚无人同意参加。

◎ ◎ ◎

两则新闻引来柏林文化界一片哗然：《福斯日报》报道，最早的纳粹党成员、前教职人员伯恩哈德·鲁斯特将接管普鲁士文化部。另外，希特勒的崇拜者、党卫队总司令海因里希·希姆莱的密友、作家汉斯·约斯特将成为国家剧院的负责人。克劳斯·曼在慕尼黑听闻此事时也大吃一惊。作为戏剧作者,他深知柏林最重要舞台的掌管者有多大的权力。

克劳斯·曼小时候就间接见证了约斯特的飞黄腾达。这个名字偶尔会在家庭圈子里出现。1918 年父亲在慕尼黑与约斯特结识时,克劳斯还只是个 12 岁的早熟的孩子。当时,工人和士兵委员会刚在城中掌权没几天,"十一月革命"山雨欲来,托马斯·曼感觉自己被迫卷入了政治风暴。另外,还有一个智力劳动者委员会成立了,为支持或反对退位的皇帝、支持或反对即将到来的共和国,委员会里的各路宣言,乱哄哄地你方唱罢我登场。托马斯·曼乘坐有轨电车去市中心参加辩论。那时候,他自己还坚决支持艺术至上的看法。因为塑造他世界观的,是艺术和文学,而不是对经济或社会利益的分析。委员会讨论期间,他认识了魁梧的萨克森人汉斯·约斯特,那时他留着黑鬈发,鼻子坚挺,不到 30 岁。他们很合得来。两人都确信,民主和西方文明截然不同于他们自己所理解的德意志精神和德意志文化。

约斯特住在施塔恩贝格湖畔,他娶了个富有的女人,因此可以专心搞文学创作。他迄今为止最重要的作品是剧本《孤独者》,这让他有了点小名气。它描述的是一个痛苦的天才,他远远领先于时代,却因同代人的不理解而失败。虽然其中已经隐约有了鼓吹德意志的、种族主义和反犹主义的色彩,但在他们相识之初,托马斯·曼丝毫没有为此困扰。他给约斯特写信说:"我很喜欢您,因您在场而高兴。"

贝托尔特·布莱希特更为警觉。在慕尼黑戏剧节上看到《孤独者》时，他才 18 岁，但在他看来，约斯特对这个畸形的、不容任何批评的天才独行者大唱赞歌，太脱离现实，太不合时宜。他因此写下了自己的第一个剧本《巴尔》，通过批判性改编嘲笑了约斯特对艺术家的狂热崇拜。

三位作家，一战后在慕尼黑不期而遇，而他们的后续发展可谓天渊之别，这形成了一种迷人的局面。看到约斯特可能被任命为柏林剧院总监的报纸简讯时，克劳斯·曼对这三个人的履历了如指掌。如今，布莱希特算是当下最重要的马克思主义作家之一。作为世界级的作家，托马斯·曼与他早期的唯美主义决裂，并成为魏玛共和国最有声望的资产阶级捍卫者。而汉斯·约斯特现在是纳粹党成员，很少有作家会像他那样坚决地拥护阿道夫·希特勒。

约斯特布道般在全国各地巡回演讲，他壮怀激烈，用饱满的、独具诱惑力的声音宣传其政党的思想：个人什么都不是，民族共同体就是一切。他认为，历史告诉我们，国家和种族之间充斥着无情、凶残的权力和生存斗争。正因如此，像德国这样的优秀民族必须义无反顾地捍卫其种族的纯洁性和文化同一性，抵制一切能使之虚弱的外部影响。对于约斯特，所有形式的宽容、多元、妥协意愿都与国家的团结统一背道而驰，都不过是颓废的症状。他对理想社会组织的想法简单得让人想到蜂群的结构：伟大、孤独的国家领袖不容任何批评，他以超人的、几乎是神的洞察力引领着民族的命运。个体必须跟随并服务于这个领袖，一旦服务失败就应消失。

托马斯·曼和汉斯·约斯特也公开较量过他们在意识形态上的分歧。在 1922 年的演讲《论德意志共和国》中，曼明确表示拥护民主和新德意志国家。随后，约斯特在一封公开信中指控他背叛了德意志的民族性。然而，约斯特所谓的民族性恰恰不包括对理性、正义和人性的信仰，而是要毫无保留地献身于民族共同体和神话般的神秘思想，如命运、血液或天意。此外，托马斯·曼则在他的《魔山》中赋予狂热分子纳夫塔某些约斯特的特征，让纳夫塔歇斯底里地称颂顺从的乐趣和自我的否定。不仅如此，纳夫塔还是个犹太人——这尤其冒犯了反犹主义者约斯特。

克劳斯·曼马上就明白了，以他的戏剧、政治立场和家庭背景，在约斯特这样的总监手下永远不会有出头之日。他还随即意识到，约斯特的任命只是第一个征兆。现在，随着希特勒的上台，文化界要重新洗牌了。对纳粹意义上的政治置若罔闻、觊觎着一官半职的人，国内到处都是，他们当然不是他的朋友。他才 26 岁，工作勤奋而高效，已经出版了 8 本书和 5 部剧本。但他还远远不是能自立门户的作者，扛不住有政治偏见的文学圈的抵制。他的书若要成功，仍然需要支持，或者至少需要某些友好的善意，但现在这已经指望不上了。未来几年他注定不会好过。次日晚上记日记时，他写道："不知道如何是好。"

◎ ◎ ◎

执政第一周快结束时，希特勒试探了兴登堡，看他是否接受彻底改变国家、废除公民基本权利。希特勒呈交了一份由弗朗茨·冯·巴本内阁起草、但尚未推行的紧急法令《保护德意志人民紧急条例》请兴登堡签字。兴登堡毫不犹豫地签了字。按照该法令，集会和出版自由将由内政部裁决，而该部从周一开始就由纳粹党成员威廉·弗利克掌管。如此一来，在 3 月 5 日新选举之前的四周，所有政治集会和报纸都可以被含混其词的标准取缔。任何一篇所谓提倡不服法、美化暴行或呼吁罢工的文章，都足以让整份报纸被叫停。而且，该法令不是单纯的威胁或摆设，其条文之细密，几乎可以让共产党和社民党在竞选期间无法举办任何活动，他们的报刊也将暂停发行，暂停时间长达数周。

今日要闻

- 柏林一日内报有 1055 例新增流感病例。市内医院人满为患，以至于要通过报纸呼吁，寻找能立即加入工作的助理医生和助手。
- 在马格德堡附近的施塔斯富特，社民党籍市长赫尔曼·卡斯滕在他的花园门口被枪杀。警方逮捕的犯罪嫌疑人是一名自称效忠纳粹的 17 岁高中生。但该生否认犯罪，很快又被释放。没有进一步的调查。
- 在波鸿 – 格特，一名冲锋队队长被一名共产党员 5 枪击毙。
- 在柏林，纳粹党成员斗殴时枪杀 2 名共产党员。

雨中葬礼

下午1点，迈科夫斯基和佐里茨的葬礼在柏林大教堂举行。戈培尔真的把葬礼打造成了一部大型宣传剧。仪式开始前，教堂神职人员反对公开停灵，希望大教堂不要被党派政治活动所滥用。天主教徒佐里茨的家人也不想让他的葬礼在新教教堂举办。但戈培尔对此满不在乎。教堂里装饰着万字旗，到处都是穿制服的冲锋队队员。希特勒开着敞篷奔驰车到达。在大教堂里，支持者们高举右臂向他致敬，他则在灵柩旁献了两个花圈；霍亨索伦的前王储、普鲁士的威廉王子，也跟着他献了一个花圈。

葬礼结束后，佐里茨被转送到他在上西里西亚的家乡，迈科夫斯基的棺材则被一辆黑色的殡仪车从大教堂运到了柏林荣军公墓。警察的骑兵分队在大雨中一路护送。6万柏林人沿街而立，其中有若干摄制组，他们把送葬过程录制成了新闻片。戈培尔、戈林和柏林冲锋队队长赫尔多夫伯爵在墓前发表了演说。

几乎同时，一场小型的葬礼在夏洛滕堡悄悄开始了。德国共产党的成员在谋杀现场华尔街24号房前摆了两个花圈。花圈装饰有红色丝带，上面的题词是："夏洛滕堡的革命工人向他们的朋友，被纳粹党杀害的警官约瑟夫·佐里茨致敬。"不久后，花圈被警察没收。

◎ ◎ ◎

克里斯蒂娜·格劳托夫才 15 岁，却已是成熟的美女，苗条，金发，男孩气，并且才华横溢。她被认为是柏林的戏剧神童，12 岁时就被马克斯·莱因哈特带上舞台，14 岁时与亨尼·波滕、古斯塔夫·格林德根斯联手拍摄了她的第一部电影。但恩斯特·托勒，这位剧作家、诗人和革命家，比明星们更让她难忘。虽然他名声在外，她却总感觉他是那么脆弱，好像需要帮助。

她的戏剧老师莉莉·阿克曼是蒂莉和卡迪佳·韦德金德的朋友，一年前介绍她认识了托勒。这位作家快 40 岁了，比克里斯蒂娜整整大了 23 岁。但她还是爱上了他，这很快就成了令所有人困扰的大问题。不仅是克里斯蒂娜，这段爱情也让托勒一再陷入新的情绪波动。她常去看他，而他会给她读未完成的手稿，问她作为演员的看法。当然，他们试图保密。但几个月后，克里斯蒂娜向她的一个姐妹坦白说，她遇到了想结婚的人。她对父母保证，她与托勒的友谊完全是柏拉图式的，但他们不信。克里斯蒂娜的父母都是稳重、保守的人：父亲奥托·格劳托夫是艺术史学家、德法协会主席，从学生时代起就与托马斯·曼交好；母亲埃尔娜是作家，翻译法语和英语诗。克里斯蒂娜与比她年长这么多的男人交往，他们两个当然放心不下，希望把她重新置于自己的羽翼之下，以防她做出不成熟的决定——这最终迫使女孩离家出走。

托勒向来是极端的人。早在1914年，他就主动参军上了前线。作为犹太人，他想最终有个归属，而不再是局外人。他被派到凡尔登，参加了这场令数十万人丧生的战役，一直坚持到身体和精神完全崩溃。离开医院时，他成了激进的反战者。1919年，他与埃里希·米萨姆、奥斯卡·玛丽亚·格拉夫[1]等作家一起抵制民族主义，以捍卫巴伐利亚苏维埃共和国，因此被判处五年有期徒刑。

文学上，他再未像身陷囹圄时那样多产和独创。托勒在服刑时写的剧本在战后迷茫的德国掀起风暴，让他成为国内最著名的囚犯。巴伐利亚政府提出提前赦免他。但他拒绝了，他不想接受比以前的革命战友更好的待遇。

出狱后，他又写了5个剧本，还有无数广播剧、游记、演讲稿和报纸文章。几乎没有他不曾写过的争议性政治话题。但他找不准时代的调性了，他在狱中写就的剧本中那种炽热的人类悲情已经过时了。他现在不再属于任何党派，却还是被打上社会主义卫道士的标签。左派认为他政治上不可靠，右派视他为颠覆者和无政府主义者。

1　奥斯卡·玛丽亚·格拉夫（1894—1967），德裔美国作家。她的小说《深渊》和《安东·西廷格》被认为是"对小资产阶级与法西斯主义之间关系最敏锐的文学分析"。

克里斯蒂娜·格劳托夫和恩斯特·托勒

　　1931 年，托勒的朋友兼编辑兰兹霍夫与妻子离婚，托勒借此搬到了兰兹霍夫位于威尔默斯多夫的家里。但托勒和克里斯蒂娜二人都很清楚，必须小心行事。公寓门牌写的依然是"施瓦茨科普夫"，他们保留未动。这种时候，不要轻易被发现才好。

　　1 月，克里斯蒂娜申请去古斯塔夫·哈通在达姆施塔特的剧院当演员。父母家她实在是待不下去了。哈通真的给她寄来一份合同，他不想错失柏林的神童。于是，克里斯蒂娜决定未来住在达姆施塔特，一有机会就绕回柏林见托勒。

　　不久后，托勒动身去瑞士巡回演讲。时间不长，只有两周，但如此短暂的分离也让恋爱中的克里斯蒂娜很难熬。托勒本想在 1 月 31 日返回柏林。可现在希特勒上台，他不敢回德国了。

克里斯蒂娜已经五天没有托勒的消息了，这让她无措、不安。今天，她去造船工人大街剧院看了下午场的演出，是席勒的《强盗》。演出结束后，她感到极其孤独。她不想回家，在家里只能和父母吵来吵去。雨中的柏林灰蒙蒙的，她走进最近的电话亭，拨通了兰兹霍夫公寓的号码，但没人接听。她沮丧地握着听筒，让它没完没了地响个不停，该怎么办呢？她不知道去哪儿。突然，线路传来咔嚓一声。然后又响了一次，一个刺耳的声音喊道："谁啊？马上说，你是谁！你在哪儿打电话？！喂？喂？谁在说话？"

克里斯蒂娜吓了一跳，这不是托勒，也不是兰兹霍夫的声音。她上不来气，放下听筒，惊慌失措地逃出电话亭，盲目地跑到街上。她一直认为，父母和托勒对纳粹的恐惧很夸张，甚至有点可笑。可现在，他们的警告在她的脑中闪过。她心慌意乱，跑了起来，跑啊跑，穿过大雨，一直沿着造船工人大街跑下去，用尽力气，大口大口地喘着气。只是，应该跑去哪里呢？

今日要闻

- 亲社民党的钢铁阵线在布雷斯劳和开姆尼茨的集会结束后，两名参会者被纳粹党成员用刀刺死。

- 在汉堡，纳粹党成员聚会的酒馆里，一名锁匠学徒从院子走去厕所时，被人从打开的窗户处枪杀。

- 在多马根，一名共产党员在纠纷中枪杀了一名纳粹党成员。这名肇事者逃跑时被警察打死。

- 在柏林舍讷贝格区，冲锋队突袭了共产党的联络点纸箱酒馆，女店主被当场枪杀。

例 会

亨利希·曼现在住在法萨恩大街 61 号，柏林西部一幢豪华的高档公寓楼。奈莉和他去年 12 月时搬了进来，这是他们同居的第一套房子。他们对公寓的大部分进行了重新布置，对很多东西感觉新鲜，甚至有点陌生。他们想长久地定居在这里，新地址就是他们生活新阶段的背景。

前几年，亨利希过得不太平静，与妻子米米的分手一波三折。报纸肆无忌惮地拿他与特露德·黑斯特贝格的婚外情取乐，这当然让局面更加不堪。第一批流言蜚语刚浮出水面时，米米恼羞成怒地从慕尼黑赶到柏林，在酒店里向她的情敌发动进攻。之后，她继续用电话和信件纠缠了亨利希好几个星期，时而愤怒，时而绝望。可最终，她还是阻止不了离婚。他们的婚姻充其量只是相互迁就，何况她自己也有绯闻，尤其是和招蜂引蝶的恩斯特·乌德特的那一段。他靠特技飞行表演走遍全德国时，经常会给米米发亲昵的消息，告诉她自己现在停留在哪个城市、哪家酒店。

在膳宿公寓和酒店生活了几年之后，亨利希·曼现在想重新让自己安定下来。这并非为了顾及所谓的上层社会，他向来喜欢和他们作对——*épater le bourgeois*（让中产人士震惊）。但如今，他已年过花甲，开始觉察到年龄的重力。他在大众心中日渐消退的知名度因《蓝天使》的世界性成功而重焕生机。他在文学界的声望当然也纹丝未动。可老实说，他不得不承认，近几年他的作品不尽如人意。他那两部名震天下的伟大小说《垃圾教授》和《臣仆》，不过是当年之勇。他不甘心止步于这种状态，终究还是想再全力拼一次，专注于文学创作。

另外，他在两年前被普鲁士艺术学院的作家同行们选为文学系的主任。在国内政治氛围紧张的情况下，这几乎就是一个需要稳定的生活节奏的政治职务。动荡的气氛吓不倒他，相反，他偏偏要参与时代辩论，这是他作为作家的秉性。帝国的市侩之气和狭隘的军国主义让他痛苦不堪，现在他丝毫不想掩饰自己对共和国和民主的热情。通过撰写报纸文章或在公开呼吁的书及宣言上签字，他比弟弟更积极地宣传：德国最终应更坚定地以西方为榜样，或以社会主义思想为导向。他热爱法国，精通法语，甚至用法语为法国报纸写作，并像库登霍夫‐卡莱基一样，构想出了欧洲国家联盟的宏图。这不足为奇，多年来他一直是右派和顽固民族主义者的眼中钉。但是，纳粹丧心病狂地迫害他，也许另有原因。

1931 年，亨利希·曼和他的朋友、作家威廉·赫尔佐格提请在普鲁士自由邦内政部密谈，并受到了国务秘书威廉·阿贝格的接待。阿贝格是个名人，自由党派，也是不受欢迎的魏玛共和国的捍卫者，是那种典型的戴夹鼻眼镜、蓄着精致胡须的无可指摘的国家公仆。深谋远虑、精力旺盛的他，把普鲁士警察发展成了一支有战斗力的队伍，几乎等同于军事武装部队。两人之所以想找阿贝格谈话，正是因为阿贝格负责警方事务。希特勒曾在一次演讲中恬不知耻地宣布，虽然他要通过法律手段上台，但事后他将设立最高法院，找他的反对者算账，让他们"人头落地"。这让两位作家警觉起来。

曼和赫尔佐格恳请阿贝格，决不要容忍这种嘲弄所有民主法律的威胁。他们希望共和国动用一切法治手段强硬反击。他们还提出详细建议，说明普鲁士的武装警察应如何对付纳粹暴徒，结束街头恐怖。

阿贝格耐心地听着客人说的话，最后请他们把建议口述给他的秘书。据威廉·赫尔佐格回忆，这位秘书是个上了点年纪、满头金发的德国甘泪卿[1]。然而，阿贝格和两位作家都没有料到，这位金发碧眼的甘泪卿当时是鲁道夫·迪尔斯的女朋友，后者是一位年轻英俊的公务员，领导着打击共产党地下工作的部门，而且私下里与戈林联系密切。迪尔斯知道，若要在事业上有所发展，他就需要戈林。因此，在部里发生的一切，他都会主动上报给戈林，尤其是在警方主管阿贝格办公室中进行的反纳粹讨论和计划。作为犒赏，戈林一周前刚刚宣誓就任部长，就立即把迪尔斯升为内政部普鲁士政治警察的负责人。

1　《浮士德》的女主人公，象征善良、无辜、虔诚的女性形象。

纳粹对亨利希·曼的恨意与日俱增，监视行为也越来越肆无忌惮。前不久，他的弟弟托马斯路过柏林时，两人彼此坦白说，他们所承受的政治攻击超过了他们能够容忍的程度。亨利希·曼竟然还阴差阳错地有了个"保镖"，为他分担了很大一部分威胁。这位守护天使也叫亨利希·曼，是个退休的保险职员和教会歌手。他的地址和号码都在柏林的电话簿上，因此收到了无数本来是针对作家亨利希·曼的侮辱性电话和信件。泼在他身上的极端敌意自然让重名者大为惊骇，但他很勇敢，继续扮演着避雷针的角色。

亨利希·曼今天下午很晚才去学院。有两个会议正等着他这位文学系主任。然而，在希特勒已手握总理府命脉的此刻，他们要讨论的话题琐碎得令人难以置信，而且脱离现实，无非是例行公事罢了。但亨利希·曼对此无能为力。即使身为主任，他也不能在学院随心所欲，不能即兴发布抗议声明。以他对民主游戏规则的理解，他必须执行大多数人的决定。这却使得学院异常迟钝。

本也如此。学院已经成立200多年了，这个令人敬畏、享有盛誉的机构，更多地活在历史中而不是当下。但文学系1926年才成立，距今6年多了，是魏玛共和国真正的孩子。亨利希·曼因此认为，它也应该为共和国效力。然而，即使是这样根本性的问题，也要费尽周章，才能在成员之间达成一致。

新系部是否要为民族知识分子发声？公众往往如此理解，因此总会满心怀疑地打量它、批判它、反对它。其内部却始终矛盾重重。这始于一桩丑闻。抒情诗人、戏剧家阿尔诺·霍尔茨是个爱计较的刺头，被任命为新系部仅有五人的小型创始委员会成员，这让他受宠若惊。随后他读了规章，在一份报告中逐字逐句地吹毛求疵。的确，这部学院的规章充满设计缺陷，因为它不够果断，未能脱离普鲁士的旧封建结构。与人们所期待的新共和制相反，成员们工作时并非真正自主。虽然学院可以任命院长和各系主任，但任何选举都与其他决定一样，必须得到普鲁士文化部部长的批准。作为学监，部长要在政治上负责。

新的文学系成分上也不清不楚。学院虽然自称"普鲁士"，却有根本不在普鲁士生活的作家，比如托马斯·曼，他来自吕贝克，住在慕尼黑。国内其实需要一个德国学院，这也是开设新系部的原因和目的。但仅从法律上看，普鲁士就没有资格为全德国创建机构。说得更荒唐一点，在许多关键问题上，只有那些住在柏林及其近郊，因此很容易被召集到一起开会的成员才有投票权。其他所有人只能在全体会议上发言。换言之，这个名义上的普鲁士学院，希望被视作德国学院，却像柏林学院一样运作。

在彼此信任、公平相处的成员之间，这种显然没意义的事当然可以不了了之。学院院长马克斯·利伯曼也正是这样委婉地向求全责备的阿尔诺·霍尔茨做出了解释。他向霍尔茨保证，规章执行得非常宽松，除了霍尔茨，之前再没有哪个成员读过，更不会按章程办事。然而，在艺术、音乐等其他系部可能的事，在作家这里行不通。他们一开始就形成两个集团，分歧非但没有随着时间的推移减弱，反倒愈来愈深，而且掺杂了意识形态上的怨恨。

没完没了的争吵围绕着不断变化的概念，最终却总能归结为同一个问题：系部的任务是什么？抵制新的、现代的文学潮流，还是帮助它们取得突破？支持那些代表德意志专属的、超越时代价值的诗歌，还是那些与时代息息相关、世界通行、以欧洲眼光重新定义国内传统的文学？一个阵营抵制来自国外的廉价娱乐，以防图书市场和剧院剧目因之过度异化；另一个阵营则警告说，要谨防退缩为思想上的地方主义。一个批评大城市——特别是大都市柏林——的文学生活是"为经营而经营"；另一个则抨击"彻底乡土之地"的自满和狭隘。一个视诗人为先知或牧师，用作品赋予民族内在凝聚力和身份认同；另一个则认为作家是知识分子，在一个越来越机械化、越来越高度分化的社会中，他无法再承担促成统一的功能，而是要充当精神上独立、只对自己负责的批评家。

瞎子都看得出，在这些关于艺术自我理解的争议背后，自然也存在政治信念的对立。右派对左派，反民主派对共和派，民族主义者对国际主义者，神话的崇拜者对启蒙的追随者。一个抨击"文化布尔什维克主义"，另一个则抨击"文化反动"。然而，文学系最棒的地方也正在于这里对意识形态的对立进行了不妥协的争论。也许，正是这种郁结的无休止的冲突，使该系部果真成了这个国家的某种映射：分裂民众的罅隙也使作家们两极分化。

两年前，纷争升级。民族主义保守派出人意料地强推出一套新议事规程，却立即被对手通过颇有些可疑的法律鉴定废除了。随后，坚定的民族主义分子埃尔温·吉多·科尔本海尔、埃米尔·施特劳斯和威廉·舍费尔在抗议中辞职，报纸称这是左翼作家的胜利。学院内部的合作现在更和谐了，但文学系却更容易受到右翼民族主义反对派的攻击。

下午6点左右，曼到达巴黎广场。这是个不友好的冬季雨夜，但至少前几天无情的严寒已经褪去。学院夹在占地广阔的阿德隆酒店和宏伟的弗兰格尔宫外墙之间。但它也不差。学院楼矗立在市内最著名的广场上，曾经属于冯·阿尼姆内务大臣的家

普鲁士艺术学院文学系会议，从左至右：阿尔弗雷德·德布林、托马斯·曼、里卡尔达·胡赫、伯恩哈德·凯勒曼、赫尔曼·斯特尔、阿尔弗雷德·蒙伯特、爱德华·斯图肯，1929年11月

族。大臣的儿子，诗人阿希姆·冯·阿尼姆就是在这里长大的。如今，房子已被彻底翻修，但仍保留了它威严的贵族气质。曼从台阶极其宽敞的侧门进入，穿过前廊，爬上主楼梯，来到上层门厅和会议室。

文学系的34名成员来了5人，还有亚历山大·阿默斯多佛，作为学院秘书长，他总有点像监视者。亨利希·曼并不怎么失望，他本来也没抱太大希望，因为超过5人参会的情况极其罕见。但他还是有点吃惊——面对上周的政治地震，成员们应该想见见同事，也许还能达成一些共识，可他们竟仍然无动于衷。

寥寥几人在太过空旷的会议室落座后，议题很快就被逐一列出。阿尔弗雷德·德布林起草了一份简短的抗议书。他亲自宣读，但建议不要发表。抗议书涉及一个重要的甚至可能是核心的问题，一个从未被系部真正掌控的问题：最近，评论家保罗·费希特尔出版了一部题为《德意志之诗》的文学史作品。这本大部头被一个出版组织低价大量推销给读者。书里的反犹和民族主义倾向过于明显，学院觉得有必要对它提出警告。诸如利翁·福伊希特万格、斯蒂芬·茨威格、库尔特·图霍尔斯基等最重要、最畅销的犹太作家，根本没在书中出现，恩斯特·托勒、卡尔·施特恩海姆、雅各布·瓦塞尔曼等其他人只是被很不屑地草草提及。但在抗议书初稿中，关于这部书的内容所占比重太大，显得好像学院想赞颂而不是批评它。戈特弗里德·贝恩随后又写了一个版本，从非常高的格局批判了普遍的反动文化倾向，而不仅仅针对费希特尔一个人。但文本的某些段落听起来过于复杂、文雅，学院因此请阿尔弗雷德·德布林再改一次。

这是个棘手的请求，因为贝恩是个有着精英主义自信且高度敏感之人，自己写的文章竟然需要被他人修改，这种事他无法谅解。结果，今天的会议他根本就没出现。德布林尽职尽责地澄清了贝恩草稿中的晦涩之处——可此时，政治已经完全变天了，几天前还只是文化政治声明的东西，现在必然会被理解为对帝国新总理的正面攻击。所以，德布林只能对自己所写的抗议书提出警告，也赢得了同事的普遍赞同。学院不得不承认，在希特勒上台前的最后几周里，讨论一本劣质书的声明确实是浪费时间，现在声明写完了，却根本不敢发表。

后来，当亨利希·曼坐下来给慕尼黑的弟弟写信说明系部决议时，一切都让他尴尬至极，对那份被悄悄埋葬的声明，他只是一笔带过。相反，他细述了当晚的第二场会议——与普鲁士文化部协商一个新文学奖。关于评委团成员组成的问题，会上争论不休。

但他在信中最关心的根本不是学院的事，而是自由言论大会，主办者问都没问，就把他列为大会的组织者。"整件事都是无耻的滥用，"他在信中认为弟弟也被卷了进来，"会议流程中，你'可能'要做开幕演讲。"他迫切要求弟弟不要参加活动，因为它注定会失败："还能发生的最有利的事就是会议禁令。但也许，他们会对此睁一只眼闭一只眼，以表明我们今天的抗议多么没用。"

今日要闻

- 兴登堡颁布《在普鲁士建立有序政府》的紧急法令，并解散了普鲁士议会。新选举将于 3 月 5 日与帝国议会选举一起举行。紧急法令任命戈林为普鲁士临时的内政部部长，戈林因此对普鲁士警察和行政部门有了支配权。

- 在杜伊斯堡，在一名 2 月 1 日被谋杀的党卫队士兵的葬礼上，出殡队伍遭到枪袭。警察和送殡者进行了还击。一名旁观者在交火中死亡。在哈尔堡－威廉斯堡，一名 27 岁的工人在离开社民党的会所时，被三名纳粹党成员杀害。

丑陋、狭隘、暴力的天性

晚上 8 点，希特勒在波茨坦大街的体育馆向大约一万名听众发表了他第一次重要的竞选演讲。他穿着冲锋队制服，也就是说，他不是作为总理发言，而是在以纳粹党领导人的身份宣传他的党派。尽管如此，戈培尔还是设法让德国所有广播电台向全国民众转播了此次演讲。

希特勒的演讲听起来很有纲领性，但几乎没透露任何具体内容，全靠浮夸的比喻和宏大词汇的音调支撑。那些被他按节奏不断重复的信号词[1]甚至让一些句子失去了意义。他郑重申明，他要"以德意志农民为所有民族生活的支柱来建设这个民族。要为德意志的未来而战，我就必须为德意志的土地而战，必须为德意志农民而战。他让我们重获新生，他为我们的城市输入人口，他是几千年来的永恒源泉，他必须得到悉心维护。然后是我们民族性的第二个支柱——德国工人，在未来的德意志帝

---

1 指一些在文章中起提示作用的词或短语，预示着将要读到的内容与上下文存在什么样的关系，或具有什么样的逻辑意思，如英语中的 however、what's more 等。

国，他不应也不会再是陌生人。我们要引领他重新回归我们的民族共同体，我们要为他撬开大门、砸开大门，让他作为德意志民族的捍卫者进入德意志的民族共同体"。

插入其间的，是泛泛但明确的政治威胁，就像一颗脱靶的流弹：他还宣称要与"我们的议会民主制现象作斗争"。

继而又是高谈阔论的激昂节奏。他反复向听众强调，他的目标是"恢复我们民族的洁净。我们所有生活领域的洁净，我们行政管理的洁净，公共生活的洁净，也是我们文化的洁净"。他宣称，他将"用应当反映我们灵魂的真正的德意志文化、德意志艺术、德意志建筑和德意志音乐使人民重获幸福"。他要"唤醒人们对我们民族伟大传统的敬畏，唤醒人们对过去成就的深深敬畏，让人们对德意志历史上的伟人肃然起敬"。

这些概念听起来再崇高不过：敬畏、洁净、民族、民族性、民族的、民族共同体，而且总是德意志、德意志、德意志。然而现实情况是，一个在基本问题上众口如一的同质化民族根本就不存在，国内的民众早已分散到利益和意见相左、只能彼此妥协的不同阶级、阶层和环境之中，但希特勒对此只字不提。民粹主义者希特勒为他的听众杜撰出一个有机的"民族共同体"梦境，在这个梦境中，所有差异和个性都被熔炼消失，成为"德意志农民""德意志工人"那样不可分割的集体，或"德意志文化""德意志历史上的伟人"那样难以定义的想象。

◎　◎　◎

　　同样是从晚上 8 点开始，托马斯·曼在慕尼黑大学最大的礼堂发表了关于理查德·瓦格纳的演讲。卡蒂娅陪着他。克劳斯和他们最小的女儿伊丽莎白也在。后来的传记作者会说观众席人满为患。但克劳斯·曼的目光更清醒，他环顾父亲演讲的大厅，记录道："不是很满，但观众不错。"

　　自 12 月中旬以来，托马斯·曼一直在改他那篇名为《理查德·瓦格纳的苦难与伟大》的文章，将其删减至刚好适合演讲的长度。他对瓦格纳的热情和热爱毋庸置疑："作为享受者和学习者，我永远不会忘记他对我的成全，永远不会忘记在剧院人群中深沉、孤独的快乐时光。那些时光充满神经和智力的战栗与狂喜，充满对动人的伟大意义的洞见，那一切唯有这种艺术才能提供。"为表明瓦格纳作为艺术家的地位，托马斯·曼把他置入一系列无与伦比的作家之中：托尔斯泰、左拉、易卜生、陀思妥耶夫斯基、叔本华、尼采。他称赞瓦格纳是歌剧神话的发现者，是浪漫主义大家，是伟大的心理学家和激情的戏剧艺术家。

　　但他没有止步于罗列显赫的名字和丰功伟业。他要勾勒一幅与众不同的肖像，要表达他对艺术人物瓦格纳非常个人的看法。托马斯·曼将瓦格纳描述为颓废派诗人的先驱，他们在世纪之交赞颂迷醉和沉沦、朽病和怪诞。只需列举瓦格纳在《帕西法尔》中搬上舞台上的人物，就能看到惊人的证据："这是多么极端、多么不成体统的光怪陆离！亲手阉割了自己的巫师；有着双重人格的绝望女人，她是堕落者，是忏悔的抹大拉，也是两种存在形式之间被催化的过渡状态；久爱成病的大祭司，苦等着被一个贞洁的男孩救赎……"换言之，曼没有对瓦格纳一味空唱赞歌，而是追踪着促成他歌剧艺术的秘密的灵魂动力，这与庸俗的风化或性道德无关。当然也与希特勒同时在柏林提出的德意志文化的"洁净"要求无关。

这是挑衅，甚或：亵渎。对于民族艺术的追随者来说，瓦格纳的作品是一方圣地。他对德意志文化传统和北欧神话的热情，使他成为这些追随者心目中不可侵犯的人物。把瓦格纳视作一位在歌剧中呈现极端特殊的心理状态、偏好怪异趣味的现代派艺术家，让他们感到奇耻大辱。

最可恨的是，托马斯·曼竟以瓦格纳为挡箭牌，谴责了所有瓦格纳崇拜者中的民族主义者。虽未提名，但他针对的显然是希特勒本人。毕竟，他用了一整套当前政治斗争中的敏感词来装饰他的演讲。他称瓦格纳是"社会主义和文化乌托邦主义者"，谈到他音乐的"世界主义"精神，赞扬他的"欧洲造诣"而非德意志成就，甚至声称，瓦格纳如今"一定会被称作是文化布尔什维克主义者"。似乎这还不够，托马斯·曼又攻击了希特勒在柏林体育馆赞颂的所谓决定历史的"伟人"。他引用了瓦格纳极富预见性的话——它曾被用来分析许多自恋型领袖人物的心理——称这些"天性丑陋、狭隘、暴力的人贪得无厌，因为他们自身根本就一无所有，所以总想要吞掉外面的东西"。

掌声雷动，托马斯·曼很满意。慕尼黑大学最著名的罗曼史学者卡尔·沃斯勒走上前来，对他赞不绝口，称这是他在这个大厅里听过的最好的讲座。托马斯·曼非常高兴，他邀请沃斯勒随他和他的家人一起去四季酒店的酒吧。当晚要庆祝的不仅是演讲成功，还有午夜后他和卡蒂娅的 28 周年结婚纪念日，以及他即将开始的小型欧洲之旅：明天下午 4 点，他将与卡蒂娅带着行李中的演讲手稿前往阿姆斯特丹，之后还要在瑞士度过几周的假期。总而言之，六个星期的辛苦工作愉快地结束了。14 岁的伊丽莎白第一次来酒吧，既害怕又兴奋地四处张望，她对成人夜生活胆怯的好奇让克劳斯·曼忍俊不禁。

然而，两个月后，这个惬意的晚上引发了严重后果。对于托马斯·曼的演讲，很久都没有公开异议。但当文章在 4 月完整发表后，托马斯·曼将体验到苦涩的惊喜。起初，他只听到传言说一个电台攻击了他。两天后，《慕尼黑最新消息》的复活节版摆在了他面前，其中有一篇对他的瓦格纳讲座的抗议声明。有一些签了名的人他很熟悉，比如讽刺杂志《同步画派》[1]的漫画家奥拉夫·居尔布兰松，还有作曲家理查德·施特劳斯、汉斯·普菲茨纳等人。

他的反对者们写道，一直等到"德国的民族起义发展出稳

1　《同步画派》，创刊于 1896 年，1944 年 9 月停载，是德国著名的讽刺性周刊，以对德皇威廉二世、资产阶级道德、教会的辛辣讽刺，以及出色的版画艺术而著称。黑塞、托马斯·曼等许多德国作家都在《同步画派》发表过文章。但在纳粹掌权后，《同步画派》选择了与当局妥协，成为纳粹的宣传者，引起德国文艺界的尖锐批评。

固组织"，他们才终于来谴责托马斯·曼，他用他的祝词贬低了"人们对伟大的德国大师理查德·瓦格纳的记忆"。也就是说，他们要先确保背后有新纳粹政权撑腰，才在公开信中对托马斯·曼采取行动。他们和他们的民族自豪感无法容忍曼把瓦格纳描绘成颓废派和世界主义者。曼在瓦格纳的音乐中不仅听到了德意志，还听到了"世界的正义，世界性的享受"，这就已经被他们认为是对"我们伟大的德意志音乐天才"的贬损。

这件文学丑闻的特殊之处在于，若在 15 年或 20 年前，托马斯·曼可能会亲自签署这份抗议宣言的某些部分。直至帝国结束后很久，他仍属于那些喜欢拿德意志文化抵制国际特别是西方文明的艺术家和知识分子群体，那时候这些人害怕主要出现在美国、英国和法国的大众娱乐可能会取代制定标准的精英文化。

当时，托马斯·曼自视代表着独特的德意志艺术，其"使命"至少是，在所有社会关系日益民主化的趋势下，坚守贵族和中上层阶级对文化的理解。他明确认为自己是艺术家，只需对美学法则负责，而不想被政治纠缠。更极端的是，在他眼中，德国人整体上是不关心政治的民族，民主环境对他们来说基本上是陌生的，他们已经在"声名狼藉的集权国家"中找到了适合自己的国家形式。

然而，这种态度却带来了政治上的后果。一战之始，托马斯·曼陷入民族主义的狂热中不能自拔。在他长达 600 页的著作《一个非政治人物的反思》中，民族主义论调不时响起。曼不仅捍卫德意志文化的特殊传统和色彩，还在魏玛古典主义、德国理想主义和德国浪漫主义美学的背景下，产生超越其他民族文化的优越感。在此意义上，对任何外国文化的接纳都必然被他理解为对德意志理想的削弱和贬低。艺术家中的世界主义者，像他哥哥亨利希一样，把文化视为各种外界影响与自身传统脉络交织的无限网络，一度成为他要坚决反对的假想敌。

直到 1922 年，也就是十年前，他才在《论德意志共和国》的演讲中为民主价值观和国际主义文化辩护。这是出于政治而非美学原因的转变。战后最初几年，暗杀、政变等形式的民族主义暴力频繁发生，这让托马斯·曼大为震惊。泛滥的血腥事件让他发现了民主共和思想的核心，即通过妥协来解决冲突。他在文中强调，这恰恰才符合德意志的品质，因为"德意志性"绝非侵略、排他和破坏，而是"在最人性的意义上自由，文化上温和，有尊严且和平"。

可现在，针对瓦格纳讲座的抗议声明让他明白无误地看到，自己已经成了咄咄逼人的排他性民族主义的一个靶子。他自认为是德国和德意志文化的代表，对此却无计可施。虽然纳粹的残暴和他们对犹太人的仇恨一直让他心有余悸，可被迫移民的现在，他开始在脆弱的瞬间悄悄自问：是否，在什么条件下，可能与希特勒的人达成妥协。他随手记入日记的沮丧的斟酌，听起来令人震惊："如果德国人在摆脱犹太精神的控制后不是那么危险，如果德意志性情没有愚蠢到不分青红皂白地连我这种人也一起赶走，他们对犹太人的反叛在某种程度上会得到我的理解。"

这种恐怖且自私的反犹想法会让人误以为，倘若托马斯·曼没有受到牵连，可以不受干扰地留在国内，他就会真的接受犹太人被驱逐出德国。"犹太精神对德国人的控制"，这种不可思议的措辞已经表明，虽然他信仰共和，但在政治上却是多么无知。如果注意到，托马斯·曼的妻子和他的岳父岳母均有犹太血统，这种在无法控制的绝望时刻写下的日记就更让人难以理解了。

今日要闻

- 流感疫情退潮。柏林的新增病例已经下降到每天不到1000人。
- 在柏林－韦丁，一名46岁的共产党员、五金工人被4个人袭击并枪杀。

作家卫队

普鲁士文化部的新头目伯恩哈德·鲁斯特决定：让此前在魏玛担任总监、经验丰富的剧院领导弗朗茨·乌尔布里希担任御林广场剧院的负责人。谣传的候选总监汉斯·约斯特将协助乌尔布里希，担任首席编剧，负责排出一套有民族意识倾向的剧目。去年，乌尔布里希在魏玛排演了贝尼托·墨索里尼和乔瓦基诺·福尔扎诺的拿破仑主题的戏剧《一百天》，首演时阿道夫·希特勒出席了。两位新领导的第一项计划是在 4 月 20 日希特勒生日那天首演约斯特的《施拉格特》。

◎　◎　◎

1 月 30 日以来，伯恩哈德·冯·布伦塔诺一直无所事事，这让他很不甘心。他想有所行动，只是不知道该做什么。他现在 31 岁，身体结实，有点缺乏安全感，还不是著名作家。但他人脉极佳。父亲是黑森人民邦的司法和内政部部长，从他那里布伦塔诺学到了建立关系网有多么重要。布伦塔诺的第一位导师是约瑟夫·罗特。1925年，罗特为他在《法兰克福日报》的柏林编辑部找了份工作。后来布伦塔诺认识了布莱希特，开始热衷于马克思主义，并有意加入德国共产党，但约瑟夫·罗特像反对纳粹一样坚决反对德国共产党。罗特向来翻脸不认人，这次也一样，他与布伦塔诺反目成仇，宣称和他势不两立："我可以像把烟摁掉那样毫不在乎地杀死三四个人，他就是其中之一。"

布伦塔诺与布莱希特计划共同创办一份杂志——这份友谊为布伦塔诺打开许多扇结交左翼作家和记者的大门。很快他就与他们打成一片，比如安娜·西格斯、莱昂哈德·弗兰克、阿尔弗雷德·德布林和最近升入德国共产党中央委员会的约翰内斯·贝歇尔，还有海伦娜·魏格尔、亨利希·曼、赫尔曼·凯斯滕和鲁道夫·奥尔登。

今天，他邀请这些作家来家中进行私下会面，地点在选帝侯大街和动物园之间的布达佩斯大街。他们全都来了。安静的背街公寓，房间很宽敞，窗子宽大明亮，从这里能俯瞰杂草丛生的院子。

希特勒已经上台两周了，无疑，他会找这些作家算账。布伦塔诺想知道，作为作家，他们能如何应对？让人害怕的理由，只要一翻开报纸就能找到。去年他出版了一本报告文学作品《野蛮在德国的开始》，这是前所未有的针对纳粹的论战。他当然必须考虑到，在希特勒想要算账的作家名单上，他现在位居前列。作为作家，他们能做什么？有什么策略？应该如何应对？

布莱希特的反应最激进。他已经明显感觉到权力的更迭。

在爱尔福特，《措施》的演出被警察打断；在达姆施塔特，他的《屠宰场的圣约翰娜》也被禁止首演。不止如此，几天前，他的妻子海伦娜·魏格尔在一次共产主义活动中表演布莱希特的《无产阶级母亲的摇篮曲》时被捕。布莱希特立即警觉起来。幸运的是，很快她又获释了。但情况已经足够危险。

布莱希特向布伦塔诺家中的这个圈子宣布，他随时准备就绪。选举前需要的一切，现在他都写了出来：公告、呼吁书、演讲、戏剧。这是他能做的，是他在这里的原因。但他需要保护。他已经收到了几封警告信，通知他将有五名冲锋队的人来访。他不想等到他们真的出现在家门口时自己仍毫无准备。布莱希特问大家，难道就不可能"为受威胁的作家搞一支护卫队"？他说，他正考虑找几个强硬的保镖，四五个有格斗经验的家伙，如果可能的话，再配上武器。

这个提议在他《三分钱歌剧》的世界里很合适。一如强盗头子"尖刀"麦基有随从护卫，深受欢迎的演说家布莱希特登台时也得有保镖。

但鲁道夫·奥尔登把他从幻想中拉了出来：他打算如何实际操作？比如说他的住处："你又不能在家里弄个警卫室。"亨利希·曼对此也只是挖苦地笑了笑："布莱希特的卫队是守卫还是监视？是保护还是保护性监禁？是捍卫作家还是出卖他们？"

亨利希·曼借此提醒说，暴力不是作家的明智策略，因为暴力最终总会反噬自身。暴力是纳粹的斗争手段；他们可以招募数以万计的冲锋队队员。作家和艺术家的护卫队永远敌不过这样的军事力量。唯一理性的前景是回归文明的政治环境，而不是内战似的街头斗殴。

莱昂哈德·弗兰克认为，也许应该召开一次大会，集合起名字最响亮的作家，抗议希特勒当帝国总理。像盖哈特·豪普特曼[1]这样的作家，他的一句小评语就会传遍全世界！但必须是规模尽可能大、意识形态中立的集会，也就是说，不能局限于左翼或自由派资产阶级作家，而是要追求那种人人都能支持的理想："为我自己，为精神自由，或诸如此类的废话。"

不是什么新鲜的提议，这个想法只让其他人不屑地耸了耸肩。奥尔登已经召集过最著名、最重要的作家，他们将在他的领导下于2月19日举办抗议活动，即自由言论大会。现在连场地都找好了：国会大厦对面的克罗尔歌剧院大宴会厅。可亨利希·曼已经拒绝，因为他不想在未经自己同意的情况下被拉入组织者行列。托马斯·曼的开幕式演讲可能也要泡汤，他正在国外做瓦格纳的巡回讲座呢。

弗兰克在这个圈子里本来就混得不轻松。许多维护共产党的作家都对他持怀疑或嘲讽的态度。虽然他是真正的无产阶级，是木匠的儿子，饱经磨难才争取到高等教育，但这几年来，他快要被成功和认可宠坏了：他的书收获好评无数，销量亦然，

1　盖哈特·豪普特曼（1862—1946），1912年诺贝尔文学奖获得者，被誉为魏玛共和国的"文学之王"。他将19世纪小说的叙事手法引入戏剧，以高超的艺术技巧逼真地再现了现实环境，将德国戏剧艺术提升到了一个新的高度。著有《日出之前》《织工》《群鼠》等戏剧。代表作《沉钟》为他获得了世界性的声誉，我国新文学团体"沉钟社"便以此命名。

普鲁士学院也接受了他的加入。尤其是短篇小说《卡尔与安娜》的成功——一个战争归来者的爱情故事，他改用战友的名字赢得了战友的妻子——让他一夜暴富。他喜欢显摆刚刚收获的财富：穿量身定做的英式西装和手工鞋子，热爱美食和昂贵的酒店。

其他人看不上这点。他们——布莱希特、安娜·西格斯、约翰内斯·贝歇尔、海伦娜·魏格尔、阿尔弗雷德·德布林——全都在资产阶级家庭长大，上过好学校和大学，但现在常常以一种明显的非资产阶级形象示人。布莱希特把无产阶级的皮夹克作为自己的标志，喜欢不刮胡子、戴扁帽和金属丝框眼镜出现。年轻的左翼作家中有很多他的模仿者。但这不只是外表的问题。说到底，其他人认准弗兰克是个叛徒，为成功而牺牲了自己的信念。莱昂哈德·弗兰克注意到布伦塔诺的客人们今天是多么优柔寡断、垂头丧气，颇有些吃惊地对布莱希特说："我还以为要在这里搞革命呢。"布莱希特刻薄地答道："那您可就要舒舒服服地失望了。"

布伦塔诺还是太欠考虑了，他没想过自己召集的会面将有什么效果。他们没有能达成共识的打算或计划。一种无助感因此迅速蔓延开来，这不但没有改善气氛，反而让他们更加沮丧。大约四个星期前，希特勒还没上台的时候，在一次非常类似的会议上，布莱希特、福伊希特万格、贝歇尔和弗兰克似乎理所当然地谈到了可能到来的流亡。当时，布莱希特恳请其他人，无论如何都不要失去联系："流亡中能威胁到我们的最糟糕的事就是分离。我们必须努力在一起。"现在形势危险多了，却显然没有人愿意提起流亡的事，也没有人愿意做具体的准备。连赫尔曼·凯斯滕也没有，虽然两周前他的口袋里就已经有了法国签证。

只有约翰内斯·贝歇尔又最后试了一次，想让大家振作起来。他说，情况还不至于那么糟，在他们身上能发生的最坏的事，无非就是全都被纳粹装上火车运到莫斯科去。贝歇尔觉得，这也没什么不幸。

这种前景对于他这个德国共产党的领导成员来说或许没什么，但其他人并不乐观，尽管他们也自认为是共产主义者。最后，大家心情压抑地道别并离开了。

莱昂哈德·弗兰克在书房，1930 年

◎ ◎ ◎

在这一天，埃贡·埃尔温·基希收到了柏林警察局局长的命令。他生在布拉格，有捷克斯洛伐克护照。这给了当局驱逐他出境的机会。公函通知，他必须在两周内离境，因为他从事了"颠覆德意志帝国的活动"。基希的确参加过一些不怎么亲政府的活动。该命令威胁他，如果不主动离开，则会被驱逐出境，如果未经许可返回德国，则会被拘留六周。这种情况基希甘之如饴。他当然不会走，宁愿被强行驱逐。这将为他的下一篇报道提供素材，它会自动成为对纳粹政权的控诉。

◎ ◎ ◎

广告柱子上贴了革命民主社会主义者战斗同盟的《紧急呼吁！》，批评社民党和共产党无法超越其意识形态上的对立以共同抵制纳粹党。海报上写道：

"如果不能在最后一刻团结起所有力量，一致反对法西斯主义，而仍要顾忌原则上的冲突，那么德国所有个人和政治自由就将毁于一旦。下一个机会是 3 月 5 日……我们紧急呼吁每一个与我们有同样信念的人，协力实现社民党和共产党在此次选举活动中的联合……努力不因天性怠惰和心灵懦弱而陷入野蛮！"

海报上有 16 个人的签名，包括版画家凯绥·珂勒惠支和作家亨利希·曼。

今日要闻

- 在哈雷以西的艾斯莱本，约 600 名冲锋队和党卫队队员参加了一次宣传游行。行进过程中，他们用手枪和铁锹袭击了该市共产党使用的两座建筑。3 名共产党员被枪杀，24 人被铁锹打伤。还死了一名党卫队队员。

- 在黑森邦本斯海姆一场共产党和纳粹党的街头战中，一名无辜路人胸口中弹而亡。

黑衣人

威廉·赫尔佐格12月就回德国了，人权联盟邀请他到柏林做几场讲座。他已经在马赛偏东一个叫滨海萨纳里的渔村生活了三年。纳粹对犹太人的挑衅和仇恨让他忍无可忍。他坚信他们迟早会夺权。所以他在萨纳里租了一栋廉价的小房子，享受着蓝色海岸的美景，庆幸自己躲过了德国每日的恐怖报道。但他没有和老朋友们失去联系，尤其是亨利希·曼。

今天晚上是他计划中的最后一场演讲，题为《共和国将军》。一想到施莱歇尔，这个题目听起来就极富政治时效性。可它指的是德雷福斯事件之时法兰西共和国的将军。然而，当时狡诈且反犹的法国军方与魏玛共和国的德意志将军如出一辙，赫尔佐格无需为他的听众专门强调此事。

活动地点是经济部的会议厅。亨利希·曼首先走上讲台，用几句话介绍了赫尔佐格。然后他下台为朋友腾出演讲的位置，并低声对他说了句很短的话：前排有两个黑衣人，他认为是特务。果然，赫尔佐格一开始说话，就看到那两个人在奋笔记录。

赫尔佐格吃了一惊，警觉起来。他中断演讲，对那两个人说:"我有过很多认真的听众。但还没有这么认真的。"观众中有几个人站起来,仔细打量起这两个人,但他们毫不在乎。赫尔佐格一开讲,他们就继续做笔记。

讲座结束后,帝国议会的议员、社会主义者奥斯卡·科恩把赫尔佐格带到一边,建议他尽快离开德国。科恩催促说,最好就是今晚,十二点后不久还有一列开往马赛的火车。

赫尔佐格认为这很夸张,他拒绝了,他已经计划在柏林过夜,明天快中午时再走。但当科恩再次迫切恳请他不要拖延时,赫尔佐格明白了,两个特务的出现已经表明,真的有危险在即。他立即下定决心:哪怕仓皇出逃,他也要连夜乘车回法国。紧张之余,他建议亨利希·曼随他一起走,毕竟,那两个显眼的人可能也在监视着曼。

曼摇摇头:"不,可惜我不能。4月3日我要在学院演讲,庆祝雅各布·瓦塞尔曼的60岁生日。"

"你讲不了的。"赫尔佐格说。

"为什么?"

"你讲不了的。"赫尔佐格重复道。

"唉,您把事情看得太黑暗了。"曼回复说。

"我不知道是不是看到了黑色,但我看到了褐色[1]。好吧,我在萨纳里等您。您可以住我那儿。来的时候给我电报。"

---

1 双关语。悲观者在德语中为"看到黑色的人"(Schwarzseher),"褐色"指纳粹,因冲锋队制服为褐色。

◎ ◎ ◎

　　普鲁士临时文化部部长伯恩哈德·鲁斯特在柏林大学演讲，内容是"纳粹党的文化意志"。他宣布，今后所有培训、教育和文化形式都将严格遵循民族主义观念："让我举个例子来说明我打算做什么。比如说，有个诗歌学院，它也有领导。这几天，有人看到这位亨利希·曼的名字在广告柱上闪闪发光，呼吁社民党和共产党组成'共同防线'。在我看来，不仅这位领导有罪，所有把这个人，把这位曼先生选为他们学院领导的人也同样有罪。别担心！我会结束学院这桩丑闻的！"

今日要闻

● 在多特蒙德、波鸿、不伦瑞克和德绍附近黑克林根发生的政治冲突中，4 名男子被杀，2 名妇女受重伤。

发烧和逃亡

阿尔弗雷德·克尔病了，得了讨厌的流感。1月29日，他还在造船工人大街剧院看了法国人勒内·福舒瓦的喜剧《油漆未干》。克尔无疑是德国最有影响力的戏剧评论家之一，素来不留情面，心高气傲，但他也喜欢这样轻松的小戏："制作精巧的喜剧。光彩照人的演员。令人捧腹的成功。"这是他在《柏林日报》上的概括。

克尔也试着以一种轻松的方式对待疾病。他在病床上写了一首小诗，让《柏林日报》的读者们了解《流感的病程和治疗》。这对他来说并不稀奇。他认为自己是足够重要的作者，公众理应对他的病感兴趣。他现在 65 岁，不仅为《柏林日报》写作，还为《法兰克福日报》供稿，这是国内档次最高的两家报纸。他的稿费很高，让他能住得起格鲁内瓦尔德区道格拉斯大街 10 号的一栋相当气派的别墅。

克尔是犹太人，他从不怀疑自己对希特勒和纳粹党的看法。在报纸上，也在广播中，他警告人们要提防他们，与他们论战，拿他们取笑。他一年前发表的一首诗里说：

我们，真正的国民 / 搅局搅到底。

我们投票兴登堡 / 只在公开选举上。

就算选举乱成粥 / 哪怕国家乌烟瘴气——

德国，德国高于一切 / 高于世间一切。

去年，他与患病的诗人、小说家特奥尔多·多伊布勒一同当选德国笔会中心的主席——这一职务也许使他对纳粹的警告在自由派读者中更有影响力了。

下午，电话响了，一名警官要求与他通话。尽管他的流感症状仍然严重，克尔还是挣扎着接了电话。显然，这位官员不是纳粹人士，对他很友善，并警告说：他的护照次日就将被当局吊销，此后他就再也不能离开德国了。内政部的新主人们显然无论如何都不想让他逃跑，他们要确保，可以在任何他们认为合适的时机逮捕他。

克尔没有丝毫迟疑。尽管烧到 39 度，他还是爬了起来，几分钟内就收拾出一个装有基本必需品的背包，拿上现在还有效的护照，让人把自己送到了安哈尔特火车站。他在那里登上最近一班开往布拉格的火车，在接到那位谨慎官员电话的三个半小时后，到达了捷克斯洛伐克。没有钱，没有工作，没有妻子和两个孩子的陪伴。14 年后，他才再次见到德国。

◎ ◎ ◎

傍晚 8 点左右，在离伯恩哈德·冯·布伦塔诺居住的房子不远处，布达佩斯大街上的国会大厦电影院里，一大群名流熙来攘往。外面下着瓢泼大雨，街上的出租车和大型豪华轿车尽可能挤到电影院门厅附近，以便乘客下车。电影《大饭店》今日首映，这是一部极尽美好与奢华的好莱坞作品：由葛丽泰·嘉宝、琼·克劳馥、约翰·巴里摩尔担任主角，一举斩获当年的奥斯卡最佳电影奖。

舞台合作社在这个晚上邀请众人前来，是为了给失业的合作社成员募集资金。但凡想在电影界混出点名堂的人，都不会错过这场首映式。绅士们穿着燕尾服，女士们穿着惊艳的晚礼服，大厅被装饰得富丽堂皇。意大利女高音马法尔达·萨尔瓦蒂尼在开幕节目中献唱，两周前的新闻舞会上她曾与卡尔·楚克迈耶一起摆姿势让摄影师拍照。柏林国立歌剧院的芭蕾舞团在舞台上翩翩起舞，管弦乐队由队长里夏德·莱特指挥——《柏林午报》颇有些拙劣地戏称他是"维基·包姆"先生。

因为，里夏德·莱特的妻子维基·包姆才是今晚真正的主角。直到前不久，她还是乌尔斯坦出版社的编辑，为出版社的各种杂志写评论和报道。此外，她不费吹灰之力就能写出故事和小说，这些经年累月的作品也由乌尔斯坦出版社出版，为她赢得了忠实的读者群。她是一个大眼睛的娇小女人，也是国内备受瞩目的明星作家之一。她对具有时代特征的人物形象有着惊人的感受力——那些在战争中失去支撑、把自己藏到冷漠外表后的男人，或是那些为独立新生活奋斗却因此遍体鳞伤的年轻女人。她总是在书中紧跟最新的潮流。她描绘时代精神，而且不对此嗤之以鼻，并且一直都大获成功——但她所有的成就都比不了 1929 年出版的小说《大饭店》带来的胜利。

刚起步时她不是作家，而是音乐家。这位才华横溢、工作繁忙的竖琴演奏家，曾在维也纳为古斯塔夫·马勒和布鲁诺·瓦尔特的乐队演奏。她偶然发现自己的文学天赋，是因为她为第一任丈夫——一位有写作障碍的记者写过一些文章，然后让他以他自己的名字发表。当与第二任丈夫里夏德·莱特有了孩子之后，她就搁置了竖琴演奏的职业，专心写作。

维基·包姆称自己是一流作家里的二流作者。她写作快得惊人，三个月甚至仅仅几星期就能写出一部长篇小说。语句和构思喷涌而出，如有神助。然而在动笔写《大饭店》之前，她酝酿了很久。

这是一部没有中心人物的小说。在书中，维基·包姆把阶层和出身环境极其迥异的人物聚集在一家上流酒店里，巧妙地把他们的命运编织为一个个短暂的生命瞬间，直至他们再次分道扬镳。一位当年曾举世闻名的首席芭蕾舞演员抱怨着事业风光不再；一位秘书与企业濒临破产的老板纠缠不清；一位身患绝症的会计想在贵族宅邸的奢华生活中度过最后的日子；一位非常注重时尚、在战争中作为士兵失去了财富的年轻男爵，本想偷年老的芭蕾舞演员的东西，后来却爱上了她。

故事紧贴着烂俗小说的边界滑行。维基·包姆引导她的读者在这部集社会、犯罪和爱情元素于一体的放肆作品中高速穿行，毫不避讳戏剧性效果。但她的书并不平庸。她写得冷静而清醒，对于那些在没有道德和方向的社会中挣扎度日的人们，她有着敏锐的洞察力。

一如雷马克的《西线无战事》，乌尔斯坦出版社也知道怎样通过有效营销正确助力她的小说上市。再一次，本书先以连载的形式刊登在乌尔斯坦的《柏林画报》上；再一次，乌尔斯坦的其他报纸也都加入了这场声势浩大的公关活动。维基·包姆告诉记者，为了做调查，她在豪华的布里斯托尔酒店做了几个星期的女工，还装模作样地拍摄出具有传奇色彩的照片：穿皮草的维基·包姆，穿查尔斯顿礼服的维基·包姆，办公桌前拿一根荒谬的孔雀翎当书写工具的维基·包姆，甚至是在拳击馆训练的维基·包姆。

成功是压倒性的。书卖了几十万册，外国出版社竞相争抢翻译权。古斯塔夫·格林德根斯导演的戏剧版成了全国大事，纽约的百老汇跟着上演了这部剧，好莱坞买下了电影版权。这是一部小说的凯旋。

最后，美国道布尔迪出版社邀请维基·包姆去美国巡回宣传。原本计划是去几个星期，她却逗留了七个月。她喜欢美国的生活。派拉蒙影业与她签了一份高薪的编剧合同，让她与天才导演恩斯特·刘别谦合作一部新电影，这次的故事发生地不是酒店，而是在百货公司。突然她的剧本遭拒，合同终止，但挫折也没能浇灭她对美国的热情。更何况，在此期间她在德国报纸上看到，纳粹认为她是典型的犹太"沥青作家"，必须尽快禁止她从业，防止她肤浅的煽情小说毁了德意志文化。

和乔治·格罗兹一样，维基·包姆1932年回到德国，安排她的家人移居美国。她在加利福尼亚州的圣莫尼卡租了房子，打算用《大饭店》带来的财富在附近建一栋别墅。

如今，维基·包姆正在为道布尔迪出版社写她的第一部美国小说。与里夏德·莱特和孩子们离开德国，她并不怎么伤感；多愁善感不符合她的气质。对她来说，这本来就应该是永别。现在，只有她的丈夫又回到柏林，在电影首映式上指挥柏林国立歌剧院的乐队演奏。然而不断有传言说维基·包姆也在城中。有人固执地宣称，两周前的新闻舞会上曾看到她坐在乌尔斯坦出版社的包厢里，就在楚克迈耶、乌德特和雷马克身边。

现在，《大饭店》盛大的首映式结束了，国会大厦电影院再次亮起灯，终场掌声雷动，英国导演埃德蒙·古尔丁走到屏幕前致谢，却不见她的身影。维基·包姆果真留在了美国？她让丈夫独自来参加她的电影首映式？还是说，在纳粹党掌控国家命脉15天后，她不敢公开露面了？

今日要闻

● 两天前，冲锋队冲入艾斯莱本的共产党书店，导致两名共产党员受重伤。这两人今天在医院死去。

● 一名党卫队士兵在锡格堡的人民之家前被枪杀。

摔门而去

马克斯·冯·席林斯被普鲁士临时文化部部长伯恩哈德·鲁斯特传唤到部里。席林斯对这种传票并不陌生。20年代中期，当他还是柏林国立歌剧院总监时，就与当时的文化部部长、无党派的自由主义者卡尔·海因里希·贝克尔就钱的问题激烈争吵过。席林斯当时声称，"这年头不亏损的剧院简直就是乌托邦"。可柏林国立歌剧院的预算毕竟透支得太厉害，于是贝克尔没有通知就解雇了他。即使这样也吓不退席林斯，他对自己被解雇一事提起诉讼，并达成了和解。

然而席林斯已经今非昔比了，他感到精疲力竭，身体不适。作为作曲家，他曾希望能追随伟大的榜样理查德·瓦格纳的足迹，却从未实现过理想。多年来，他没有任何新作取得过成功，有时候他认为自己知道失败的原因：犹太人主导的音乐界不给他机会，不让他这个雅利安人、重视德意志音乐的代表展现才能。1931年，他的新歌剧《吹笛者之日》反响平平，对此他写道："批评家先生们毁掉这部作品也不足为奇，对他们来说，任何源于心灵和情感活动的音乐都是可怕的。一部信奉德意志灵魂、德意志祖国甚至'艺术严肃性'的剧——如瓦格纳展示给我们的那种可能，终究要遭受践踏。"

三个月前，席林斯从马克斯·利伯曼手中接过普鲁士艺术学院院长之职。他算是精明的谈判者，但对自己的新职务还没什么经验。鲁斯特在部里当着他的面批评学院时，他几乎一声没吭。凯绥·珂勒惠支和亨利希·曼在广告柱上的《紧急呼吁！》海报上签名，要求社民党和共产党建立反法西斯和反野蛮的统一战线，这让鲁斯特勃然大怒。鲁斯特认为，这也是对他这个纳粹人士的直接攻击。他硬是说，身为学监的他是学院的主管领导，却被学院成员诋毁为野蛮人。

对于从帝国遗留下来的学院规章的积弊，以前马克斯·利伯曼还能睁一只眼闭一只眼地遮掩过去，现在这些规章却显现出强劲的破坏力。学院无法真正自主，其章程赋予了在职部长过多的权力。鲁斯特要求辞退或开除珂勒惠支和亨利希·曼，而且要求立即执行，否则他就彻底解散学院或至少是文学系。

席林斯没有被这个虚张声势的最后通牒唬住。毕竟，珂勒惠支和曼不是作为学院成员，而是作为拥有宪法保障的言论自由权的公民签署了《紧急呼吁！》。他们是国际知名艺术家，而不是有义务保持政治中立的学院雇员。

当然，讨论如此细微的区别，像鲁斯特这种纳粹部长能不能听进去不好说。但鲁斯特也下了赌注。倘若在文化部上任仅仅十天，只因为两名成员在竞选期间的一份政治呼吁书上签了字，他就要关闭有着悠久传统、享有盛誉的普鲁士艺术学院，随之而来的风险将难以估量。这个决定势必引起轩然大波，甚至连他自己也可能会被赶下台。

可席林斯居然根本没想过为其学院的两名成员辩护。与许多觉得自己过去受了亏待或是输给犹太对手的人一样，他对新的反犹当权者颇有好感。在他眼里，只要投身于社民党和共产党的人民阵线，就是一种政治挑衅。席林斯只打算保护学院这个机构。他宣称，如果鲁斯特真的动手解散，他就立即辞职。辞职会闹得满城风雨，而且必须得到普鲁士国务大臣的批准，这样就会把鲁斯特的内阁领导弗朗茨·冯·巴本卷进来。但除此之外，席林斯接受了鲁斯特对珂勒惠支和曼的谴责，声称将负责他们的辞职，然后匆匆返回了学院。

照片正中为马克斯·冯·席林斯（光头），赫尔曼·戈林站在他身后

◎ ◎ ◎

如果席林斯在从文化部到巴黎广场学院大楼的路上花一点时间，从报摊上买一份《德意志文化守卫》，就能读到汉斯·约斯特的一篇短文。这份杂志是纳粹党首席理论家阿尔弗雷德·罗森伯格所领导的德意志文化战斗联盟的喉舌。该联盟是右翼激进知识分子和艺术家的组织，他们喜欢针对犹太人发表仇恨言论，或因所谓的"反种族主义文化圈"和"此在的污化和奴化"感到愤怒。最近几天，约斯特与文化部部长鲁斯特谈过几次话，内容是任命约斯特为普鲁士国家剧院首席编剧的事。约斯特反应很快，马上就在文章中提到了两天前鲁斯特在大学里对普鲁士学院的作家们暗示的威胁，还指名道姓地说："托马斯·曼、亨利希·曼、韦尔弗、凯勒曼、富尔达、德布林、弗里茨·冯·翁鲁等都是自由主义的反动作家，绝无资格以官方身份触碰德意志概念的诗。我们建议解散这个已经彻底过气腐朽的团体，并根据民族的、真正的德意志观点重新组建。"

◎ ◎ ◎

回到学院办公室，马克斯·冯·席林斯首先叫来了凯绥·珂勒惠支。1919 年，她成为普鲁士学院一百多年来接纳的第一位女性成员。作为版画家和雕塑家，她天赋超群，在欧洲和美国享有盛誉，以至于学院固执的先生们无法再对她视而不见。但与一口柏林腔、喜欢以画家王子的身份出场、住在巴黎广场和万湖的两栋别墅里的马克斯·利伯曼不同，凯绥·珂勒惠支生活清简，住在柏林最贫穷的一个工人社区普伦茨劳贝格。对她来说，承担社会责任永远比获取账务自由更重要。虽然她不属于任何政党，但她对左翼思想及组织的认同不容置疑。

她现在 65 岁，是全世界敬仰的艺术家，但与席林斯的冲突她实在消受不起。席林斯转达了部长的威胁，并明确告诉她，一旦被学院开除，她将立即失去进入大师工作室的资格。多年来，她不仅在那里教书，也在那里工作——目前有一个她很看重的大型陶土团队。对她来说这将是一场灾难，因为再没有什么其他合适的地方能让她做雕塑。席林斯提出，如果她自愿退出学院，就可以在 10 月 1 日之前全薪任教，还可以继续使用工作室。她很快做出了决定。凯绥·珂勒惠支从没把地位放在眼里，不论是教授头衔，还是学院的成员资格，最后她让步了，宣布辞职。

◎　◎　◎

席林斯发了电报，召集所有能联系上的学院成员参加特别会议——只有一个人例外。柏林的气动邮递网络非常发达，几乎能在最短的时间内通知到城内的每个人。会议将在当晚 8 点开始。不可思议的紧迫时限就足以表明，要讨论的问题有多么严重。因此，50 位先生和一位女士（即文学系成员伊娜·赛德尔），冒着冬夜的风雨赶到巴黎广场，穿过学院装饰有立柱的侧门，聚集在大会议室里。

席林斯一进门就让人感觉气势汹汹。他把自己与鲁斯特部长的谈话以及后者对学院的威胁告知了参会者。席林斯希望尽可能静悄悄地解决此事，因此会议的保密性对他来说特别重要。要讨论的东西丝毫也不能泄露出去——包括他在此事中的角色。因此，在简短的介绍之后，他让在场的每个人都宣誓保密。然后他解释说，亨利希·曼和珂勒惠支在《紧急呼吁！》上的签名不符合他们学院成员的身份，他还补充说，珂勒惠支在此期间意识到了这一点，傍晚时已经提出辞职。现在还需对亨利希·曼在学院的去留做个决定。

简短开场白之后发生的事情就像一部荒诞的五幕悲剧。第一幕展现了一位被迫防御、寻找借口的院长。戈特弗里德·贝恩此时四处张望，却没有在会议室里看到亨利希·曼。他提出两个一目了然的问题：曼是否知道这次会议的主题？如果要责难签名的事儿，鲁斯特部长为什么只威胁解散文学系，却不打算动珂勒惠支所属的美术系？席林斯避而不谈第一个问题，只对第二个问题给出了一个不是很有说服力的答复：身为文学系主任，亨利希·曼在学院里身份特殊。

剧作家路德维希·富尔达[1]跳了出来，支持贝恩——他再次

1　路德维希·富尔达（1862—1939），犹太人，德国剧作家、诗人、翻译家。一生共创作舞台剧 50 部，翻译戏剧 29 部，是那个时代最多产、演出场次最多的剧作家之一。他致力于保障作家的权益，在将版权保护期从 30 年延长到 50 年方面发挥了重要作用，是德国笔会中心第一任主席。

追问，亨利希·曼是否知道这次会议。席林斯不得不承认，目前待在柏林的学院成员中，唯有曼没收到会议邀请。

难以置信。席林斯不给亨利希·曼任何表态的机会，就决定开除他。这种让人无法接受的卑劣手段，正常情况下会让席林斯在学院威信扫地。为了给自己辩解，也为了强调情况的严重性，他立即向集会者提出了相当于最后通牒的备选方案：要么亨利希·曼离开学院，要么他席林斯辞职。

可席林斯已经无法阻止他一心想避免的事：会议中断了，文学系的秘书奥斯卡·勒尔克接下任务，追加电话通知亨利希·曼参会。因此，悲剧的第二幕是出人意料的停顿：等待被告。大厅里的骚动当然不会平息。在场的六位作家凑成小圈子，讨论如何攻击他们的院长。路德维希·富尔达尤其愤慨。他说，他一生都在反抗各种形式的审查制度，不想与一个因表达政治观点而开除成员的学院有任何关系，他要辞职。莱昂哈德·弗兰克和德布林也在斟酌离开学院的事。伊娜·赛德尔显然很紧张，她下不了决心该怎么办。贝恩和勒尔克反倒是有所保留。勒尔克的情况还掺杂着物质原因，他自认为是一个根本不掺和政治的作家，但作为系部的受薪秘书，辞职就会失去部分收入。

时间紧迫，富尔达、弗兰克和德布林商定：亨利希·曼一到学院大楼，弗兰克就拦住他，迫切请求他不要主动辞职。这样一来，席林斯就必须通过投票才能开除他。然而，投票的结果不可预测，如果确实是学院全体会议决定开除曼，其他人就有了宣布辞职以示抗议的理由——此事本来就应该有政治信号的效果和意义，这样就光明正大了。

接下来的第三幕最怪、最短。亨利希·曼在众人的沉默中进入会议室。莱昂哈德·弗兰克已按照约定，在楼下学院入口处与他简短谈过，提前通知他了。现在，席林斯立即走向曼，请他在讨论开始前与部门秘书勒尔克一起到他的院长办公室里说几句话。又是等待。

大约十分钟后，席林斯脸色苍白地回到会议室，亨利希·曼不见了。席林斯通知的事，让会议彻底成为多此一举的闹剧：曼放弃了文学系主任的职务，宣布退出，以免危及学院的生存。

阿尔弗雷德·德布林仿佛被当头一击。他认为亨利希·曼是一个信念绝对坚定、政治上警觉的共和国捍卫者，可曼却在为共和国的基本权利而战时退缩了。德布林感觉自己四面楚歌。歌德的一句话在他脑中闪过："亨利希，你让我毛骨悚然。"

尽管如此，德布林还是跳起来发言，开始了针对席林斯行为的辩论——也就是第四幕。他同时抗议几件事：全体会议前没有与亨利希·曼谈话、席林斯关起门谈辞退的伎俩、50名学院成员中居然无人大声质疑席林斯的辞退程序的可怕事实。他要求文学系自己开会，决定曼的去留。

然而，曼自愿辞职，席林斯已经达到了目的，他几乎连肩膀都没动一下：他只是不想让亨利希·曼在会上遭到尴尬的审讯，另外，曼还在院长办公室，当然做好了发言的准备。德布林随即要求，虽然曼已经辞职，还是要当众问一问他。但德布林的提请直接被会众驳回。

显然，多数人不想继续讨论下去，而是希望迅速而安静地了结此事。就在这时，第一个不是作家的人开口了，他是建筑师、城市规划委员马丁·瓦格纳。他以一种前所未闻的坚定态度争论说：这对凯绥·珂勒惠支和亨利希·曼不公平。他们签字的呼吁书不犯法，他们只是行使了言论自由的权利。这种权利是有宪法保障的，就像鲁斯特部长也是根据宪法宣誓就职的。席林斯根本就不应该答应鲁斯特负责两名成员的辞职。就算万不得已，席林斯也可以回应鲁斯特说：学院的全体会议将投票决定。瓦格纳最后说，会议结束前，他将不得不考虑是否要继续留在一个能容忍这种事情的学院。

　　瓦格纳还不到 50 岁，但早就是柏林市内抢眼的人物了。他属于社民党，为工会工作过，与布鲁诺·陶特一起在柏林布里茨规划了备受瞩目的马蹄形社区，后来作为城市规划委员聘任了米斯·范德罗厄、瓦尔特·格罗皮乌斯这些名声响当当的同事。然而，在魏玛共和国的最后几年，几乎所有生活领域都高度政治化了，城市规划也不例外。瓦格纳的项目，尤其是他为工人阶级建造的大型社区，被攻击为受到现代主义和社会主义的侵蚀。他话音刚落，立即又有人发言，没有人会感到惊讶，因为这是一个意识形态上的对手——前一年加入纳粹党的建筑师阿尔贝特·格斯纳。格斯纳没有用任何一个字来回应瓦格纳的论点，而是对他进行了人身攻击，格斯纳嘲讽地说，瓦格纳可不是学院选的，而是由鲁斯特的前任、社民党文化部部长格里梅钦定的成员。似乎瓦格纳低人一等，在被学院选出来的学院成员讨论时，他无权发言。

作为院长，席林斯当然不能让辩论滑入私人口角。于是他试图再次突出这件事的核心。他强调说，自己只关心一个问题：他是否可以为两名成员牺牲整个学院。他相信，每位成员都必须基于其成员身份的事实，意识到自己在公众场合的言行举止所造成的后果。

不清楚席林斯这些暗示性的表述是指什么，但显然，在他看来，加入学院后放弃《紧急呼吁！》这种决定性的政治表态是理所当然的。为了使这一难以成立的论点更有说服力，席林斯现在不再谈政治，转而说起了风度问题，他声称，珂勒惠支和曼的签名，违背了一种不可或缺的体面——毕竟，他们签署的呼吁书一定让鲁斯特部长觉得自己被公然侮辱成了野蛮人。

席林斯这样做不是在挽救讨论，而是让它彻底脱轨。在应该讨论危及学院生存和独立的粗暴政治攻击之时，退到风度问题上合适吗？马丁·瓦格纳忍不下去了。他先与格斯纳和席林斯在修辞上过了几招，然后提了一个问题，它定然会被理解为对院长的正面攻击：当席林斯建议珂勒惠支和曼辞职而不是为他们辩护时，难道不是体面更尽失？

这是对席林斯公开的不信任表决。当学院成员受到一位政治家言辞蹊跷的攻击时，院长非但不挡在前面保护，反而逼他们主动辞职；不邀请亨利希·曼来参加审判他的会议，却要用可疑的风度问题来为自己辩护——这样的院长是领导学院的合适人选吗？

在这个情况很可能反转的爆炸性时刻，居然是一位作家出面帮了席林斯一把。戈特弗里德·贝恩说，瓦格纳正在用他的问题扭曲事实。唯一的问题是，席林斯是否采取了正确的行动来拯救学院——他做到了。

贝恩基本上没说什么新东西，只是重复了席林斯忠于上级的论点。但这足以打破马丁·瓦格纳的耐心。他无法谅解，一个机构的成员如此缺少正义感。他起身，宣布辞职，走向出口，摔门而去。

然而——没人跟上去。只有瓦格纳一个人辞职示威了。再没有第二个人起身离开。路德维希·富尔达、阿尔弗雷德·德布林、莱昂哈德·弗兰克都义愤填膺，但他们把抗议忍到了几天后即将召开的文学系会议上。他们希望在此之前做足准备，与今天不在场的同事们一同决议。

会议的结束词再次落到一位建筑师身上，他是学院的副院长汉斯·珀尔齐希。珀尔齐希和瓦格纳在所有专业问题上都看法相近。珀尔齐希是城市规划领域新客观主义最重要的代表人物之一，他在法兰克福、布雷斯劳和柏林建成了几座令人叫绝的建筑，并于今年年初接手管理柏林的艺术学校。他绝不是两耳不闻窗外事的书呆子，而是清楚地知道，最近几年艺术问题如何被政治化了。尽管如此，珀尔齐希还是明确感谢席林斯院长没有在会上决议曼的成员资格。因为，珀尔齐希申明，学院只关注艺术，而不涉政治——因此在他看来，会议根本不可能为此投票。显然，珀尔齐希似乎也认为，学院的存亡比成员的基本权利更重要。

现在还剩下的第五幕，也就是最后一幕，是发生在紧挨会议室的院长办公室里的绝望尾音。文学系的成员当然想知道，他们辞职的主任为什么还没开始战斗就放弃了。尤其是明确请求他坚守的德布林、弗兰克和富尔达，感觉自己受到了愚弄。亨利希·曼站起来，与所有人握手，也许是为了安慰他们，也许是为了道歉。但他给出的理由却出奇的单薄。曼说，规章中没有任何能把他踢出学院的合法理由，可他——此时他的话听起来简直就像论及体面问题的席林斯——不想让对手把学院内的一场夺位之争强加在自己头上。这不是他的风格。他不依赖职位。但对于其他人，比如勒尔克，学院的解散将产生严重的经济后果。这些事情也需要考虑。

那么，哪怕席林斯漏洞百出，最终还是大获全胜？起码在一个点上，院长算错了。在对会议的保密性表决时，亨利希·曼不在场，严格说来他根本没参会，而是直接被席林斯带去了院长办公室。因此，他不必受制于普遍的封口要求，可以向媒体通报他离开学院的消息。虽然会议到夜里快 11 点才结束，但报纸次日就详详细细地报道了整个事件。对于亨利希·曼的辞职，自由派报纸深表惋惜，民族主义倾向的报纸则欢呼雀跃。但所有文章都表明，希特勒上台 16 天后，纳粹党的政治家是多么肆无忌惮地践踏基本权利的。

这些文章当然立即惊动了未能参加会议的文学系成员。德布林宣布后续会议将于 2 月 20 日星期一举行。在此期间，外界对信息的需求量巨大，尤其是系部秘书勒尔克受到了各种问题的狂轰滥炸。但可想而知，他目前状态很糟。近几年政治的两极化让他战战兢兢。他是一个需要和谐的人，喜欢把自己埋在艺术问题里。让他处理任何一种日常问题，特别是政治问题，他都认为是无耻的苛求。

20 年前的 1913 年，他取得了自己在文学上最大的胜利：克莱斯特文学奖。许多作家和艺术家都很欣赏他的作品，尤其是他的诗歌和构思精巧的散文。但他在读者中并不成功，他的版税收入很低，不可能以此过活。因此，当 S. 菲舍尔出版社为他提供了一份编辑的工作，当学院请他当系部秘书时，他立即抓住了机会。两份工作共同为他提供了丰厚的收入，并让他成为文学界的重要角色。三年前，他才与女友和一个共同的朋友一起在柏林北部的弗罗瑙建了一栋房子，这里环境迷人，有宽阔的花园、小型艺术收藏室和一个女管家。这一切都让他有了得到认同的满足感，但同时也在折磨着他，因为他发现，赚钱的工作把他的写作时间压缩得越来越少。

学院里的争论真的让他陷入了恐慌。他担心会失去秘书的岗位，感到自己因夹在右翼和左翼的恐怖分子之间而心力交瘁——他根本不能正大光明地表达。他鄙视阿尔贝特·格斯纳等纳粹党成员，但德布林或莱昂哈德·弗兰克这类人也让他吃不消，他觉得他们好斗、不合作、爱出风头。他怀疑，就是德布林和弗兰克这两个在文学上比他成功得多的人，在学院会议后向媒体通风报信——虽然有些文章明确提到消息来源是亨利希·曼。

勒尔克不堪其苦。他觉得现在自己应付不了被卷入其中的冲突。托马斯·曼告诉他自己已经从纪念瓦格纳的巡回演讲中回来了，想多了解一些关于哥哥辞职的情况，于是他回了一封混乱的信。在勒尔克看来，破坏言论自由的不是部长鲁斯特，而是《紧急呼吁！》，它指责所有不听从呼吁的人内心既懦弱，又野蛮。在他眼里，这就是恐怖。

此外，其他系部成员表达怀疑的信件也大多送到了勒尔克这里。德布林申请召开的作家会议意义何在？计划抗议鲁斯特吗？这样的抗议难道不会让文学系或学院再次陷入被解散的危险吗？这将毫无意义。毕竟，亨利希·曼公开辞职，就是为了避免受到解散的威胁。

只有两名未出席会议的成员决心承担严肃的后果：阿尔方斯·帕凯和里卡尔达·胡赫[1]。帕凯是约瑟夫·罗特的同事，他也主要为《法兰克福日报》撰稿，曾作为通讯记者驻扎在斯德哥尔摩，1918 年还在莫斯科写过关于俄国革命的报道。他最大的成功归功于他的剧本和游记。作为坚定的和平主义者，他与哈里·凯斯勒伯爵、亨利希·曼一样，战后一直在宣传一个和谐、和平的欧洲的愿景。在时下这场争论中，他的论点非

1　里卡尔达·胡赫（1864—1947），德国诗人、小说家。她是德国最早的女博士之一，也是普鲁士艺术学院第一位女院士。1933 年，她因抗议纳粹的种族主义和对学院的"一体化"改造，愤然退出学院。面对纳粹的专制和残暴，胡赫没有离开德国，成为"内心流亡作家"，被托马斯·曼誉为"德国第一女性"。她在文学创作和文学研究领域都有很高的成就。

里卡尔达·胡赫，1934 年

常简单：作家所属的学院最重要的目的是捍卫文学和作家的自由——包括政治方面。对于亨利希·曼的被迫辞职，如果所有作家一起抗议，他就加入；如果没有集体抗议，他就独自辞职。

里卡尔达·胡赫持相似看法，也许更深入，触及根本。她相信，作家的工作需要一种与国家机构的成员身份不相容的、彻底的独立性。当时只是因为托马斯·曼好话说尽，她才同意加入学院。她是德国文学界无可争议的伟大的老夫人，同时也是国内最重要的文学学者和历史学家之一。年近古稀的她虽然给人一种稳重的中产阶级印象，但她一如既往是个倔强、好斗的女人。18 岁时，她与姐姐的丈夫相爱了。她之所以追求文学和学术事业，是为了与她的家庭保持距离。她与姐夫的婚外情持续超过 25 年，其间她与另一个男人的婚姻也失败了，后来他们终于结了婚，又在三年后彻底分手。

文学方面，里卡尔达·胡赫也从不墨守成规。她写过感伤的中篇和长篇小说——洋洋洒洒的德国历史研究或是浪漫派生活及艺术的精彩著作，也写过侦探小说和俄国无政府主义者巴枯宁或意大利自由战士加里波第的传记。她绝对不是循规蹈矩的沙龙作家。

相反，她欣赏那些坚持自己信念的人，那些吓不退的反叛者。即使是纳粹党掌权后的现在，她依然不为所动。她给勒尔克写信说，她认为亨利希·曼主动辞职不对。等一等就好了，倒是要看看，鲁斯特是否真有胆量解散文学系。她宣布，一旦确切了解到凯绥·珂勒惠支和亨利希·曼是怎么被逼走的，她就立刻退出学院。并不是因为她认为《紧急呼吁！》正确，而是因为，身为作家的她，不能放弃言论自由的权利。

◎ ◎ ◎

布莱希特的《措施》1 月 28 日在爱尔福特帝国剧院的首演中断后，帝国法院今天启动了对相关人员的刑事诉讼。他们被指控煽动叛国。该剧再次被指称"以共产主义革命的方式表现了引发全球革命的阶级斗争"。

晚上，在希尔德斯海姆的市立剧院，布莱希特《三分钱歌剧》的演出被打断。一群观众向舞台扔臭鸡蛋和苹果，一个年轻人跳上乐池护栏，企图在喧嚣中演讲。被请来支援的警察逮捕了 20 人，并将他们带离剧院。该市纳粹党在《希尔德斯海姆观察家》上发文要求停演该剧。

今日要闻

- 南德意志广播电台转播了希特勒在斯图加特市政厅的演讲。21 点 17 分，广播中断，无法恢复。原因是四个人用斧头切断了入口处的传输电缆。警方立即逮捕了许多人。但肇事者不在其中。

- 广播局副局长瓦尔特·康拉德被免职。据传，电台今后将听命于纳粹党宣传部领导约瑟夫·戈培尔。

- 普鲁士发生了大规模人事变动，斯德丁、布雷斯劳、多特蒙德、美因河畔法兰克福、汉诺威、哈雷、魏森费尔斯、哈尔堡－威廉斯堡、科布伦茨、奥伯豪森及波鸿等地属于社民党或中央党的警察局局长，被属于或亲近新执政党的官员取代。在柏林，纳粹党的国会议员马格努斯·冯·莱韦措被任命为警察局局长。若干县长和县议员同样遭到撤换。

- 英国《泰晤士报》称，普鲁士内政部正计划武装冲锋队、党卫队、钢盔团等右翼政治组织以辅助警方。赫尔曼·戈林对此进行辟谣。

- 在多特蒙德，一名共产党员背后中刀而死，一名冲锋队队员遭五枪枪击，受重伤。
- 在波鸿和西里西亚地区洛伊特曼斯多夫的政治冲突中，共四名纳粹党成员被杀，三名成员受伤。

小老师

安哈尔特火车站一如既往地熙熙攘攘。玛格丽特·斯特芬登上开往瑞士的火车。她有很多远离纳粹以自保的理由。她才24岁，但在工人体育俱乐部的云杉朗诵团登台表演很长时间了。她在马克思主义工人学校向海伦娜·魏格尔学习演讲技巧，还作为女演员出现在各种宣传剧中。她与布莱希特恋爱已有一年多，两人是在布莱希特的戏剧《母亲》首演排练时认识的。布莱希特的妻子魏格尔当时扮演女主人公。她是女仆，一个小角色。

然而，她现在乘火车去瑞士，并不是因为她是共产主义者或是一个受纳粹迫害的左翼剧作家的情人，而是因为肺结核。她是工人的孩子，纯正的无产阶级，柏林阴冷的后院和糟糕的饮食让她深受病痛折磨。前不久，夏利特医院的明星外科医生费迪南德·绍尔布鲁赫刚刚给她做了手术，他也曾治疗过拉斯克-许勒的儿子保罗。为了能处理肺部问题，绍尔布鲁赫不得不切除她的一块肋骨。她部分患病的肺组织已经与腹膜长合，因此手术格外危险。

布莱希特不怎么在乎婚姻的忠诚。他绯闻不断，多是短暂的风流韵事。但与玛格丽特·斯特芬的恋情不同：他真的爱上了她。这并没有逃过魏格尔的眼睛，几个月来她一直在考虑与布莱希特分手。不仅是因为她的丈夫与其情人之间稳定的关系伤害了她，也出于对自身健康的考虑。布莱希特和格雷特——他喜欢这样叫玛格丽特——难舍难分，她也会时不时地住到他在动物园车站正对面哈登贝格街的家里。虽然布莱希特称，她的病一直都没有传染性，但也不是万无一失。而魏格尔再清楚不过，不能拿结核病开玩笑，她的妹妹史黛拉已经与这种病斗争了多年。

现在，格雷特对布莱希特来说不仅只是情人。虽然她 14 岁就被迫辍学、帮工赚钱，但她读了很多书，写过校园剧和诗，还会说俄语。她为布莱希特的手稿打字，越来越多地承担起秘书的工作。尤其重要的是，布莱希特从未密切接触过马克思主义者所说的无产阶级，她则让他真切地了解到工人阶级的语言、思维和生活状况。他把这位瘦弱的年轻女子称作他的小老师。

但与此同时，她的结核病的确已经开始传染了。医生警告布莱希特，继续与格雷特一起生活对他来说太危险。两个人必须重新安排日常生活。其实无需医生警告——布莱希特不想等到警告信所言成真，被冲锋队找上门来，他必须放弃他的住所。使自己接受逃离和移民的想法并不容易。他还在犹豫，但已经把手稿和资料装进箱子，还给维也纳的一位书商朋友写了信，让他邀请自己参加朗诵会，这样就可以在边境出示去奥地利的正式理由。

绍尔布鲁赫推荐了卢加诺湖畔提契诺的"德国之家"疗养

院，让玛格丽特·斯特芬去那儿做术后康复。那是一家相当豪华的温泉酒店，建在高高的山坡上，可以俯瞰壮阔的湖景。玛格丽特根本住不起，于是布莱希特和汉斯·艾斯勒承担了费用。当她吃惊地问及此事时，两人称这不是朋友间的关照，而是一次投资：他们认为玛格丽特的表演天赋极高。就像有人赌马，他们则给玛格丽特下注，想让她成为未来的明星。但她必须先恢复健康。

布莱希特现在也有麻烦，所幸比玛格丽特轻多了。医生诊断为疝气，必须做手术，一种常规手术。布莱希特已经拖了一段时间，但现在他觉得时机正好。在哈登贝格街的公寓里他已经没有了安全感，冲锋队随时会破门而入。而威尔默斯多夫的魏格尔家目前不怎么欢迎他。酒店或膳宿公寓要求客人登记住宿时出示身份证件，所以在那里他也很容易被警察和冲锋队找到。相反，医院没有义务向警方申报病人，仅此一点就可以成为极好的藏身之所，何况还能提供舒适的全方位护理。因此，布莱希特在迈尔医生的私人诊所挂号预约了疝气手术。诊所在城中心的奥格斯布格尔街，当局很难发现，朋友们却容易找到。只是玛格丽特·斯特芬来不了，她已经坐上了南下的火车。

◎ ◎ ◎

埃尔泽·拉斯克 - 许勒收到了坏消息。去年夏天，国内最重要的剧院总监马克斯·莱因哈特、莱奥波德·耶斯纳、古斯塔夫·哈通还郑重地拜倒在她膝下，请求获准首演她的《阿图尔·阿诺尼穆斯和他的父辈》。两周前，哈通却从达姆施塔特写信给她说，不得不推迟排演。现在，本想把该剧搬到席勒剧院的莱奥波德·耶斯纳也把首演推迟了一个月，定在帝国议会选举之后。或许是寄希望于到时候内战气氛会平息下来，甚至希特勒也会下台。

埃尔泽·拉斯克－许勒了解到，耶斯纳想在汉斯·约斯特和弗朗茨·乌尔布里希接管御林广场剧院前上演另一部剧。剧本恰恰来自里夏德·比林格——那个她不得不与之平分克莱斯特文学奖的人。那些讲述乡下悠长生活的剧本让他出尽风头，这样的乡土题材剧目前很火。她只能等，看看哈通和耶斯纳是否会在选举后履行诺言。

今日要闻

- 昨天，斯图加特的"攻击电缆"事件打断了南德意志广播电台播送的希特勒演讲，肇事者仍无法确定。邮政部负责技术广播业务的三名官员被停职。
- 在柏林新克尔恩区，政治对手清晨包围了两名纳粹党成员。其中一名纳粹党成员掏出手枪，击中一名攻击者的头部。
- 来自吕贝克的社民党国会议员尤利乌斯·莱贝尔下午获释，他曾被纳粹党成员袭击，随后被警方逮捕。他必须去医院，在纳粹党成员突袭时受的伤仍需治疗。

我走了，我留下

昨天电报来了。一时间，两人如释重负。希特勒掌权已经19天了，19天里，他们对冲锋队、别动队的恐惧与日俱增。在慕尼黑，暴徒并不像在柏林那样肆无忌惮，可社民党和人民党的老朋友们还是一个接一个地消失了。没有人知道，到底是谁接走了他们，他们遭遇了什么。然而，可怕的传言四起。

奥斯卡·玛丽亚·格拉夫和米丽娅姆·萨克斯并非一对胆小怕事的夫妻。他们在施瓦宾生活多年，是当地艺术家酒吧、剧院和咖啡馆里的名人。可现在，他们几乎不敢上街了。有时他俩一大早起床，决心收拾行李去国外某处，但接下来算算账，数数钱，手头还是那么紧，最终意识到，靠这点钱是走不远的。昨天午后，他们听到楼梯上沉重的脚步声，有人一直爬到三楼，直奔他们而来。门铃响了，就是他们家，两个人站在门后听着，大气都不敢出。门仿佛随时会被砸碎。铃又响了，外面有人敲着门，压低了声音喊道："格拉夫先生，格拉夫先生——电报！"

发件方是维也纳教育中心。他们邀请格拉夫去奥地利参加早已预告的阅读之旅："定于2月20日至3月中旬的巡游。"

组织者请格拉夫尽快启程，以便在维也纳提前确定巡游的所有细节："若可，2 月 18 日来议。"

"哎，一起去吧！"格拉夫对米丽娅姆·萨克斯说。他松了口气，这是他们的机会。他们都很危险：米丽娅姆·萨克斯是犹太人，而格拉夫全市闻名，不仅是作家，还是无政府主义者、激进的和平主义者，也是巴伐利亚的原住民。即使现在，作为 36 岁的成年人，他朗读时还是更喜欢穿皮短裤和传统短上衣，就像一个乡下小伙子。

格拉夫有自我表现的天赋。如果不是当了作家，他就该去当演员了。他在两次大战期间服兵役时，竟然因为装疯装得太像，被送入精神病院，最后因"不适合服役"而退伍。后来，因出版反战报告而险遭逮捕时，他又成功地使警察相信，他根本不知道文章的内容。

在巴伐利亚苏维埃共和国的那几个月，他加入了革命审查机关，还因此在监狱里待了几个星期。让他在文学界崭露头角的，是一些放肆的巴伐利亚日历故事和一部小自传——《我们是囚犯》。这本讲述他在施塔恩贝格湖畔的痛苦童年的书，甚至让托马斯·曼提笔在《法兰克福日报》上写下赞词。

格拉夫正走在民族作家的路上。他无需按那套老生常谈的说法去深入民间，他本人就是在这个民族的语言和精神气质中长大的。但他的故事里有一种博爱和享乐人生的无政府主义氛围。他故事的主人公都是简单的人，粗俗，没受过教育，视野狭窄，但绝大多数都不是铁石心肠之辈。他们是老油条和自助者，不服从任何人。正是这一点，让格拉夫的文学成为纳粹的眼中钉。他们认为一切关于民族的事都只能由他们管，但他们理解的民族，首先是立正、并拢脚跟，还有仇恨异族和不听话的人。

格拉夫的存在是对纳粹政治宣传核心的公开挑衅。刻不容缓，他必须在冲锋队让他消失之前躲起来。来自奥地利的邀请如同雪中送炭，为他们俩，米丽娅姆和他，提供了出国的正式理由和必不可少的钱。

现在，逃跑的机会来了，米丽娅姆却突然有了其他计划。她不想一起走，她想留到 3 月 5 日的帝国议会选举，以投票反对希特勒。如果还有机会把他选下台，现在就需要每个人的票。

"什么？你疯了吗？"格拉夫大吃一惊。"你还想投票？——你居然相信？去自取其辱吧！要我说，收拾东西，一起走，搞定！"他骂骂咧咧。

但米丽娅姆坚定不移，她很温柔，却和格拉夫一样倔强。她坚持要在选举时投票反对希特勒。为避免争吵，他们一起去城中逛了最后一圈。对于格拉夫，慕尼黑和巴伐利亚不仅仅是家乡，它们还是身为作家的他最重要的主题，是他赖以生存的不可或缺的素材。出国后他还能写什么呢？作为巴伐利亚的小说家，去书写一个只存在于他记忆里的巴伐利亚，他又能写多久？他笔下的故事会不会越来越苍白？写作是格拉夫唯一学过的职业。如果不写作，他该何以为生？

可他别无选择，必须离开，只能盼着希特勒的胡作非为很快就会过去。因为，即使留下来，不被冲锋队害死，写作也到头了：在纳粹的统治下，他的故事永远不能出版销售。

两个共产党朋友突然出现在他们面前。他们惨遭追杀，看起来精疲力竭。他们已经好几天不敢回住所了，怕冲锋队等在那里。他们急需一处能休息几个小时的地方。格拉夫给了他们钱和家里的钥匙，但不得不警告他们自己也在纳粹的名单上，他的住处也不安全。两人点点头，他们明白，但别无选择。

就连这次相遇也没能改变米丽娅姆的想法；即使两名共产党员让家里更危险，她也要留下来。第二天早上，格拉夫最后一次尝试说服她。但没有成功。"你知道的，"她说，"我们可不能，在不愉快或危险的时候，一而再、再而三地躲避、逃跑。如果我们认可的东西真的有价值，如果我们坚信不疑，那就必须去证实它。别再劝我了！"

于是，今天，奥斯卡·玛丽亚·格拉夫独自坐上了前往维也纳的早班车。米丽娅姆答应每天给他写信，紧急情况下会发电报。但她也告诉他，如果没收到消息，不要马上就大惊小怪。格拉夫很难做到，他是想保护妻子的男人。而米丽娅姆是有自己主见的女人。火车猛地一晃，开走了，离开了巴伐利亚，离开了格拉夫的文学之乡。选举之前，米丽娅姆面临着 17 个漫长的白昼和黑夜，让她感到威胁的白昼，以及恐惧汹涌来袭的黑夜。在这之后，她才会去维也纳找他。

尽可开枪。今天，赫尔曼·戈林以普鲁士临时内政部部长的身份，向所有普鲁士警察部队发出通告。他告诫军官，"不论何时，都不能对民族团体（冲锋队、党卫队和钢盔团）和民族党派表现出敌意，甚至要避免任何追踪的迹象"。相反，警察当局要全力支持这些团体。但戈林宣称，针对所有其他敌视国家的组织，警察应采取最严厉的手段。他不给自己的话留任何歧义："在履行这些职责时使用枪支的警察，不论用枪后果如何，均受我保护；相反，那些因错误的顾虑而渎职的警察，将面临公务员法规定的后果。"

枪击令表述得再明确不过。根据这条通告，任何不属于民族组织的人实际上都失去了法律保护。警察即使错杀，也不能放过任何开枪的机会。戈林亲自承担责任。如此一来，他使警察脱离了法律约束，把他们变成了内战部队。

◎ ◎ ◎

下午，15 名年轻人走进位于柏林舍讷贝格区格鲁内瓦尔德大街的国立艺术学校。一些人穿着冲锋队制服，另一些人戴着纳粹党党徽。不清楚他们是否已经知道戈林的枪击令。这所学校培训的是普鲁士未来的高中艺术教师。同时，它也是天赋超群的学生的跳板，他们会被教授推荐到市艺术学院继续求学。

这一天，学校格外安静，因为正在进行国考。

四点半左右，冲锋队小队进入大楼，制造噪声，高吼口号，用铁钩子堵住所有的出口和电话间。任何人都不准离开或进入学校。几个冲锋队的人冲进考场，用枪口对准四位教授，逼他们离开。他们是校长海因里希·坎普斯和该校最杰出的三位艺术教师：菲利普·弗兰克、库尔特·拉斯、格奥尔格·塔珀特。坎普斯和弗兰克都是普鲁士艺术学院的成员。两天前，他们参加了讨论开除亨利希·曼的会议，但二人都没有发言。格奥尔格·塔珀特尤其受到入侵者的巨大威胁，直到坎普斯校长站出来保护他。

四位教授最后都被带出大楼，正如他们被告知的那样，"被赶到街上"。与此同时，冲锋队钉死他们工作室的门，还在上面涂了锤子和镰刀的标志。分队其他成员爬到学校楼顶，挂起纳粹旗。被冲锋队认为是犹太人的男学生，必须去厕所接受检查，看是否受过割礼。反抗或试图帮助四名被赶走的教授的人，都被橡胶警棍打倒在地。在警方得到通知、救援队到达前，这些侵占者已经消失了。

很快查明，袭击的组织者和头目是艺术学校一个名叫奥托·安德烈亚斯·施赖伯的助理。2月11日，他曾写信给新任文化部部长伯恩哈德·鲁斯特，告发某些教师是文化布尔什维克分子。学校因此开会讨论过解雇他的事，但还没有最终决定。

在突袭中受到攻击的四位教授求助于鲁斯特，要求严惩凶手。鲁斯特宣布，他将首先调查致使冲锋队采取行动的学校的情况。内政部部长戈林接见了纳粹党大学生联盟的领导人，了解到"艺术学校某些教师的可憎行为"，宣布也将展开调查。是调查教师，而不是冲锋队的人。

就连两天前曾感谢学院院长马克斯·冯·席林斯在处理亨利希·曼事件时严格区分艺术和政治的汉斯·珀尔齐希，也被卷入此事。作为柏林所有国立艺术和设计院校的负责人，珀尔齐希也管辖格鲁内瓦尔德大街上的这所学校。突袭头目奥托·安德烈亚斯·施赖伯找到身兼此职的他，要求今后在所有国立艺术院校内，身着制服的冲锋队队员均有不受限的集会自由。

◎ ◎ ◎

晚上，汉斯·萨尔去柏林哈勒门附近的一家酒馆参加德国作家保护协会的会议。萨尔才三十岁，已是著名的记者和评论家。他为许多编辑部写作，特别是左翼自由派的《柏林证券交易信报》和《世界舞台》等周刊。预告说今天有卡尔·冯·奥西茨基的演讲，萨尔不想错过，他很敬重奥西茨基。

来了很多知名作家，路德维希·马尔库塞在场，还有鲁道夫·奥尔登和路德维希·雷恩。埃里希·米萨姆最后冲了进来，径直走到今晚演讲者的桌前，摊开一份刚印出来、才从街上买的晚报。该报刊登了节选的枪击令，戈林在其中承诺保护每一个向所谓国家敌人开枪的警察，宁可多一枪也不能少一枪。

这意味着什么，大家马上就明白了。开会的酒馆前站着警察，他们像往常一样全副武装。但他们今天会像往常一样行事吗？如果有警察按字面意思执行戈林的通告，法律还能保护作家吗？突然间，视角变了。大厅里是不是太亮了？是不是点了太多的灯？他们坐在这里是不是太明目张胆？几乎是葬礼般的气氛蔓延开来，仿佛共和国即将入葬。

路德维希·雷恩发言了，路德维希·马尔库塞和鲁道夫·奥尔登也讲了话。但汉斯·萨尔只记得卡尔·冯·奥西茨基说过什么。奥西茨基其实并不是大演说家，他扶着桌子，声音很细，垂下头，没有看观众。但他有大义凛然的勇气："我们可能不会再见了，但在我们最后相聚的此刻，让我们为一件事发誓：始终忠于自己，用我们的人格和我们的生命担当起我们相信和捍卫的东西。"

萨尔盯着会议厅的门。它是玻璃的，后面站着两名警察。萨尔尝试读出门上的镜像文字：GNAGNIE[1]。他想，现在我们还在自己人中间，但会议马上就结束了。警察可以在任何他们认为合适的时候向我们开枪，我们和他们，却只隔着一扇玻璃门。有些东西，像门上反写的字一样不可理解，我们与它们，只隔着一扇玻璃门。

这是一个寒夜，正下着大雪。会后，萨尔与奥西茨基一起走去哈勒门赶地铁。奥西茨基竖起大衣领子，他在咳嗽，他病了。萨尔偷偷从侧面观察他。他棱角分明的脸和有力的下巴总让萨

1　德文 EINGANG 的镜像文字，意为"入口"。

尔想到胡桃夹子。

"您必须逃走，"萨尔说，"您为什么还在这里？您会是第一批被带走的人之一。我们需要您，但不是作为殉道者。"

这时他们已经到了哈勒门。奥西茨基停下来道别。"我要留下，"他说，萨尔似乎听到坚果咔嚓一声碎掉了，"就让他们来抓我吧。我考虑很久了。我要留下。"

今日要闻

- 在内卡河畔奥伯恩多夫的德国国家党选举活动上，发言人、符腾堡自由邦经济部部长莱因霍尔德·迈尔不得不出手自卫以反抗纳粹党成员的袭击，最后他轻伤脱险。
- 约四十名共产党员在柏林－夏洛滕堡的华尔街袭击了两名纳粹党成员，那是 1 月 30 日汉斯·迈科夫斯基和约瑟夫·佐里茨被枪杀的地方。在穿过威尔默斯多夫到席勒街的追杀过程中，共产党的队伍开了三枪，其中一名纳粹党成员颈部中枪而亡。

银湖无宝

下午，哈里·凯斯勒伯爵应邀去海伦妮·冯·诺斯蒂茨家喝茶。她家中似乎一切如常。作为外交官的妻子和保罗·冯·兴登堡的亲戚，她办了一个老式沙龙，这是政治家、艺术家和富有的贵族们非常喜欢的社交舞台。今天由一个凯斯勒很喜欢的俄国合唱团为茶会伴唱。和凯斯勒一样，海伦妮·冯·诺斯蒂茨也在欧洲的不同国家里长大，会说几种语言，里尔克、罗丹和霍夫曼斯塔尔都是她的朋友。几年前，她写了一本感人的、略微怀旧的书，讲述了一战前所谓的欧洲美好社会的生活。

凯斯勒继而转往戈特弗里德·贝尔曼·菲舍尔的社交晚会，他是出版商萨缪·菲舍尔的女婿。凯斯勒目前正在与他们两人商谈其回忆录是否在 S. 菲舍尔出版社出版的事，他希望自己的来访至少能表明他有兴趣签合同。贝尔曼·菲舍尔家里坐满了人，气氛极其不安。出版社的许多作者都来了，几乎所有人都在说，近几天就要离开了。凯斯勒第一次见到了阿尔弗雷德·德布林和前剧院经理特奥多尔·塔格尔，后者现在正以费迪南德·布鲁克纳的名字写剧本。他们谈了很久的政治局势，紧张的气氛也让他们颇感忐忑。布鲁克纳甚至谈到了监狱的环境，他在暗指巴黎古监狱，法国大革命期间，数百名囚犯在那里等着上断头台。

◎　◎　◎

卡尔·楚克迈耶也感到危险正在加剧。越来越多的朋友、熟人和戏剧界人士离开了这个国家。他们常常不辞而别，连地址都不留，就直接走了。他的妻子爱丽丝夜夜焦虑不安，她怕警察会突然砸门，来逮捕他。

因此，楚克迈耶决定，今年提前从柏林的城市公寓搬去他在萨尔茨堡近郊的乡村别墅。他不认为这是逃跑，抑或是流亡的开始；也许3月初的选举一结束，他就能重返德国。但目前，让自己和希特勒之间隔着一道奥地利的国境线，他感觉更好一些。

离开前，他把海因里希·乔治留给自己的一串钥匙寄还了。世界大战刚结束时楚克迈耶就认识他了，到现在已经好多年，当时两人在戏剧界都还没什么名气。1920年，他应邀去乔治在法兰克福的家里参加一个庆祝活动。一进公寓，他就看到屋主一丝不挂地站在桌子上，醉醺醺地拉着小提琴。乔治阴阳怪气地唱着歌，破口大骂所谓的资产阶级艺术，赞美狂喜是唯一诚挚、真实、赤裸的表演。乔治是个舞台疯子，有公牛般的身体，可以瞬间从暴怒切换为最温柔的抒情语调。最初，主要是表现主义戏剧的导演欣赏他，让他成了明星。但这些年来，德国电影和戏剧界几乎无人能摆脱乔治的魅力。

楚克迈耶当然也很欣赏他的才能，但乔治的狂放不羁和自我中心主义让楚克迈耶心有余悸。尽管有些晚上也会和他一起酩酊大醉，但楚克迈耶总是与他保持一点距离。乔治过去常与立场鲜明的左翼导演合作，在布莱希特和恩斯特·托勒的剧里登台，在左翼的表演环境中如鱼得水。去年夏天，在波罗的海岸波美拉尼亚湾的科尔贝格，他却出人意料地担任了一出民族主义宣传剧的主角。不久后，他又充满热情地为冲锋队诗人埃伯哈德·沃尔夫冈·莫勒所写的世界大战剧的广播剧版本配音。反正很混乱。难道乔治对野蛮、狂喜的爆发和非资产阶级艺术的热情在纳粹那里找到了新归宿？

◎ ◎ ◎

格奥尔格·凯泽的新剧《银湖》同时在三个城市首演：莱比锡、爱尔福特和马格德堡。为获得首次把这部剧搬上舞台的荣誉，各个剧院简直是争先恐后。马克斯·莱因哈特希望马上就在柏林排演。严格来说，凯泽的文本不是台词，而是歌词。音乐来自库尔特·魏尔。自从布莱希特的《三分钱歌剧》获得世界性的成功，魏尔就成了德国一流的舞台作曲家。

批评家虽不是热情洋溢，但也颇为友善。当然，凯泽在这部剧中仍然不改本色，他构思了一个有些抽象的寓言，在其中探讨了义与不义、复仇与宽恕等哲学问题。它与政治毫无瓜葛。

几个响当当的名字让莱比锡的演出阵容显得尤为豪华：国内备受赞誉的指挥家古斯塔夫·布雷歇尔担任音乐指导，艺术总监德特勒夫·西尔克担任导演，舞台设计则由卡斯帕·内尔负责，他是布莱希特的老朋友和最亲密的合作者之一。

三场首演基本上没有受到干扰，但纳粹党已经在计划质疑该剧。库尔特·魏尔是犹太人，凯泽则被认为是左翼作家，只因为他的书是在左翼自由主义出版社基彭霍伊尔出版社出版的。在爱尔福特，民族主义团体只需表达几句不满，就足以让该剧在第二场演出后从舞台上消失了。

在马格德堡，这部剧不仅让纳粹党各组织恼羞成怒，也惹怒了钢盔团、德国军官国家协会、德国民族主义者的地方团体乡村同盟和君主派的露易丝女王妇女同盟。他们共同谴责艺术总监赫尔穆特·格策把剧院搞成了"完全无艺术性的布尔什维克化企图的工具"，批评这部剧含有"无数公开和隐蔽的对阶级斗争与暴力的呼吁"。《马格德堡日报》宣称，如果不把该剧从剧目中删除，就不再发表任何戏剧评论。随即，首映六天后，该剧被撤。

在莱比锡，《银湖》多坚持了一个星期。虽然凯泽不是犹太人，《莱比锡日报》仍称他是"文学的希伯来人"，老剧院是"犹太文人的游乐场"，并震惊于库尔特·魏尔"竟敢作为犹太人利用德国的歌剧舞台达到其肮脏的目的"。终于，3月4日，冲锋队的人通过叫喊和聚众寻衅扰乱了演出，犹太人古斯塔夫·布雷歇尔受到极其粗暴的攻击，最后不得不离开指挥台，结束演出。

接下来的几周，三个剧院总监均被解雇。格奥尔格·凯泽的文学生涯戛然而止。直到他 1945 年去世前，德国舞台上再未上演过他的戏剧。库尔特·魏尔不得不逃往巴黎。德特勒夫·西尔克与他的犹太妻子去了美国，他以道格拉斯·瑟克之名在好莱坞导演的轻喜剧大受欢迎。古斯塔夫·布雷歇尔辗转移民到荷兰。由于害怕德国军队，1940 年 5 月，他与妻子一起自杀身亡。

今日要闻

- 流感渐渐平息。柏林每天只有三四百个新增病例。
- 在罗斯托克附近多伯兰，冲锋队队员袭击了忠于共和国的黑红金国旗团。黑红金国旗团的一名成员被杀，该组织的九名男子和两名纳粹党成员受重伤。
- 在杜伊斯堡－汉博恩，共产党成员在一个船屋内遭到袭击。其中一名男子头部中两枪、胸部中一枪身亡。其他三人遭受严重的枪伤。
- 在开姆尼茨－埃尔芬施拉格，纳粹党成员和黑红金国旗团的人发生冲突，一名男子被刀刺成重伤，于送医途中身亡。

还写什么？

　　克劳斯·曼早上在父母家中醒来时，只有一种想死的感觉。除了仆人，房子几乎空了。父母在巴黎，兄弟姐妹分散在全国各地，只有埃丽卡和他在慕尼黑，有时他们会一起散步。但埃丽卡脑子里有很多别的事，尤其是她在卡巴莱剧团的工作，当然还有她的新情人特蕾泽·吉泽，没给他留多少地方。

　　他尽可能清醒地算着账，如果现在，此刻，立即顺从死亡的愿望，他会失去什么。他才 26 岁，但他预料到，真正幸福的结合对他而言希望渺茫。他太反复无常，受诱惑太多，太容易对其他人感到厌倦。长期稳定的伴侣关系无法让他快乐。唯一能无所顾忌地相处、能想象一起生活的人，是他的姐姐埃丽卡。如果在日常忙忙碌碌的琐事外，还能有机会和她聊上一小会儿，哪怕只是几句话，他也会写到晚上的日记里，就像是记录喜讯。

　　如今，他这样的人也不可能在文学上成名了。只要希特勒在位，德国的图书市场就没有他的位置，他不抱幻想。他已经好多天无法集中精力工作了，政治和个人的焦虑都太强烈。这使一切变得更加糟糕。平时他会像父亲一样，坚持上午坐在办

克劳斯·曼和埃丽卡·曼

公桌前。工作会让他的内心稍稍平衡，带给他一些稳定感。可现在，还写什么呢？

如果有毒药，他会毫不犹豫地喝下去——如果不是有埃丽卡和母亲。他不想让她们痛苦，是她们把他绑在生命上。但他越来越清楚，倘若埃丽卡死了，他也不可能活下去。他会立即随她而去。那个时候，工作也留不住他。他感觉不到死亡的恐惧。死只会是解脱。

◎　◎　◎

普鲁士前文化部部长阿道夫·格里梅与社民党的社会主义文化同盟在柏林人民剧场组织了一次集会。他们几天前就已经按规定报备并获批。然而，当格里梅在活动开始前一小时出发去往剧院时，却发现所有通道和入口全都被堵死了。他得知，冲锋队将于12点在人民剧院旁边的广场上举办音乐会，因此，"为安全起见"，附近的街道均被封锁。4天前由戈林安排上任的柏林警察局新任局长马格努斯·冯·莱韦措亲自监督这些措施的落实。

文化同盟的集会不得不取消，仅仅因为观众无法抵达剧院。格里梅当然很愤怒。文化同盟向普鲁士提出了赔偿要求。但同时，这件事让格里梅极为尴尬，毕竟，托马斯·曼托付给他一封内容翔实的信——《对社会主义的告白》，格里梅本应在活动上宣读。即将选举的现在，若不把诺贝尔奖得主的这篇告白公之于众，是不可原谅的。格里梅不会就此罢休。他必须想办法。

◎ ◎ ◎

哈里·凯斯勒伯爵上午到达克罗尔歌剧院参加自由言论大会时，等待他的是一个出乎意料的消息：大会组委会昨天晚上把他选为大会主席，却没有告知他。凯斯勒大吃一惊，但还是接受了。他知道，必须飞快做好一切准备工作。从库尔特·格罗斯曼和维利·明岑贝格在选帝侯大街咖啡馆萌生出变相选举的主意到现在，才刚刚两个星期——眼下有近千人坐在宴会厅里，其中约有一百名记者。

明岑贝格从他的共产党出版基金中预付了大部分费用，但谨慎地没有让他的名字或他的政党公开亮相。共产党至今仍不愿与社民党共建人民阵线。明岑贝格现在却暗中支持言论自由这一经典自由主义主题的活动，这表明，在抵抗希特勒的过程中，他的心胸变得多么宽广，左派是怎样地深感无力。几个星期以来，共产党的示威、集会、游行不断遭到纳粹的破坏、攻击、暴力驱散，或被警察提前禁止。

与鲁道夫·奥尔登一起组织大会的格罗斯曼，最初安排流程时就试图用大人物的名字造势。他想让这次活动非同凡响，得到公众关注。但后来，阿尔伯特·爱因斯坦、里卡尔达·胡赫和亨利希·曼拒绝参加。预告中托马斯·曼的开幕演讲也未能落实。现在反倒成了一些可敬但并不怎么鼓舞人心的教授们开办的一系列友好的专题报告。观众中唯一的名人是凯绥·珂勒惠支。格罗斯曼的预告让人满怀期待——现在观众们一定要大失所望了。

近午，格罗斯曼他被叫去大厅接电话。电话是阿道夫·格里梅打来的。格里梅简短地说了一下警察和冲锋队如何破坏了社会主义文化同盟在人民剧场的集会，然后问格罗斯曼是否可以在会上宣读托马斯·曼的致辞信——《对社会主义的告白》。对此格罗斯曼激动不已。

从一开始，就有一位警察中尉和一位刑警在监视。他们威胁说，根据2月4日的紧急法令，只要有一句话被认为是危害国家的，他们就立即解散活动。格罗斯曼请他们坐在舞台上的一张桌子旁，这样一来，所有人——包括大厅里的观众，就都能明白他们的意思了。但他们更愿意留在后台。

　　格罗斯曼和奥尔登当然已经料到监视的问题。谨慎起见，他们在任何能中断活动的理由出现之前，一上来就通过了大会决议，要求无限制地恢复言论自由。然后才是那些博学但出奇冗长的报告。大厅里没有多少听众能跟得上。警方的两位监视者也不行。有人低声告诉格罗斯曼，那位刑警已中途离开大厅，给总部打电话请求支持。他怎么能禁止根本听不懂的东西呢？

　　阿道夫·格里梅一走进大厅，奥尔登和格罗斯曼就打断了流程，把他请到讲台上。气氛瞬间变了，格里梅是名人，当他讲述纳粹如何卑劣地阻断了人民剧场的活动时，四下嘘声大作。然后，格里梅宣读了托马斯·曼的信，其中终于出现了几句能让观众兴奋起来的话。曼基本上是在重复他经常说的东西——民族主义是过去的想法，是19世纪的想法，未来属于各国的合作："每一个有情感和理智的人，甚至每一位比较好的政治家都知道，欧洲人民如今不再能够孤立、隔绝地生活和繁荣了，他们相互依赖，构成了一个命运共同体。以某种民族的自然–浪漫主义为论据去反对这种生活的必然性，只会是逆行倒施。"

　　格里梅刚离开讲台，下一位学究的报告就又让人昏昏欲睡。第一批听众起身准备回家了。格罗斯曼和奥尔登早有准备，安排了沃尔夫冈·海涅最后发言。海涅是社民党，也是很有天赋的论战者。他对新政府慷慨激昂又不失机智的抨击，让大厅里爆发出阵阵释怀的笑声——警察总部派来的新监督员跳了起来，厉声宣布活动解散。人们随即齐声高喊："讲下去！讲下去！""自由"和"红色阵线"的呼声不绝于耳。最后，离开大厅时，很大一部分观众唱起了《国际歌》和《兄弟们，向太阳，向自由》。这使走出歌剧院的队伍有了一种强烈的、动人的悲壮之感。格罗斯曼和奥尔登应该能对活动感到满意。

回家的路上，哈里·凯斯勒伯爵预感到，这是未来很长一段时间内在柏林公开为言论和意见自由发声的最后机会了。到家时，大会中断的消息已经传开。他从公寓窗户看到，门房的妻子——她的丈夫在冲锋队——在院子里对着他的楼层威胁着举起拳头，歇斯底里地喊道："他们活该。必须用完全不一样的方法帮一帮上面那个恶棍。"

城中热烈的气氛让凯斯勒很好奇。他再次离开家，下午去柏林大教堂前的卢斯特花园参加了黑红金国旗团的抗议大会。园内人满为患，凯斯勒估计来了三四万人，大多数都随身带着黑红金旗帜。集会过程表明，任何支持魏玛共和国的尝试都已变得十分危险。示威者先在不同城区分批集合，再渐渐走到一起，这只是为了在去卢斯特花园的路上互相保护。其中一支游行队伍在途中遭到纳粹党成员枪击，有两人受伤。紧急包扎后，两人都留在了集会上。因为，他们即使想回家，也不能独自上路，那太危险了。常规致辞之后，示威者还一起穿过法兰西大街，走去了御林广场。在剧院楼梯前再次集合后，他们才分头结队回到各自的城区。

◎ ◎ ◎

晚上,《福斯日报》的前主编格奥尔格·伯恩哈德在他的别墅里举办了一场包含家庭音乐会的大型聚会。客人包括哈里·凯斯勒伯爵和亨利希·曼。与凯斯勒和曼一样,伯恩哈德也是坚定提倡与法国和解的先导者之一。这是国内民族主义者对他进行攻击的原因——当然也因为他是犹太人。他把《福斯日报》办成了国内最有影响力的重要报纸之一。但1930年,他与出版方乌尔斯坦兄弟闹翻,不得不离开报社。此后他为一个商业协会担任说客,仍然拥有极好的政治人脉。他家里的晚会也总是消息的流通所。

亨利希·曼独自去了这次招待会,没带奈莉·克勒格尔。伯恩哈德邀请了几位外国外交官和一些最近被纳粹搞下台的自由派政治家。气氛压抑得可怕。许多客人都在三周前动物园大厅的新闻舞会上见过面,那时大家还能推杯换盏、谈天说地。当然,那个时候他们也因为施莱歇尔下台而感到不安。权力更迭可能影响他们的事业,这就是民主的游戏规则,有时在朝,有时在野,但说到底不会改变太多。他们自觉安全、自主,毕竟他们也算是国家的决策者。

然而今非昔比了。他们的立足之地如今已破碎不堪。对于在场的一些人来说,伯恩哈德的晚会将是他们近期在柏林的最后一场活动。他们已经收拾好行李、买好票。当然,他们认为出国只是暂时的,用不了多久,希特勒就会破产。只是目前形势难料，最好还是躲一躲。

聊天的主要话题是行政部门与警察对纳粹党的顺从和领导层人员变动的速度。最新的决定让许多人瞠目结舌。他们试图安慰自己说，戈林的枪击令大概主要针对共产党，而非资产阶级政党。可该法令没有任何法律依据，它无疑是违法的——令人震惊的是，这件事居然没有任何说法。

前国务秘书威廉·阿贝格也在客人当中。两年前，亨利希·曼和威廉·赫尔佐格曾去普鲁士内政部拜访过他，强烈要求他对希特勒和冲锋队的街头恐怖采取更果断的行动。如今阿贝格已被免职，而被他训练和武装得如此出色的警察部队现在听命于戈林。但阿贝格在部里当然还有亲信，他们会暗中给他提供信息。这些消息令人震惊，甚至难以置信。他告诉哈里·凯斯勒伯爵和亨利希·曼，纳粹党正在谋划一场屠杀。他们列了一张黑名单并分发了下去，名单上都是他们准备逮捕或系统性谋杀的人。有人向阿贝格透露说，纳粹很可能在 3 月 5 日选举前后不久动手。对于这些提示，阿贝格不敢掉以轻心。他自己每晚都换住处，以免被捕，而且马上就要去瑞士了。他说，留在柏林任人宰割毫无意义。哈里·凯斯勒也应该小心。他还苦口婆心地警告了亨利希·曼。

亨利希·曼被几位客人问及上周三学院的那场戏剧性会议。报纸详细评论了曼的辞职，这是全市热议的话题。

但亨利希·曼讲不出什么新东西，他实际上根本没有参会。法国大使安德烈·弗朗索瓦 - 蓬塞也是他的听众。他的官邸位于巴黎广场，正对学院大楼。尽管曼试图把离职当成小事轻描淡写地略过，弗朗索瓦－蓬塞的反应却非常严肃。他对曼说："如果您经过巴黎广场，我的房子对您敞开。"这种暗示明确无疑，弗朗索瓦－蓬塞认为亨利希·曼正处于非常危险的境地，所以提出在紧急情况下，他可以在享有治外法权的使馆避难。

今日要闻

- 在爱尔福特，午夜时分，两名冲锋队队员与两名共产党员发生争执并开火。其中一名共产党员当场死亡，另一名重伤入院。
- 在沃尔姆斯附近奥斯特霍芬，约250名纳粹党成员袭击了一个12—15人的黑红金国旗团。5人受重伤，一名儿童中枪。

来付款吧！

出版商威兰·赫兹费尔德催哈里·凯斯勒伯爵过来开会。两人在战时就认识了，赫兹费尔德当时还是非常年轻的士兵，是从未动摇过自己政治信仰的共产党员，但凯斯勒从未因此感到特别别扭。从希特勒被任命为总理那天起，赫兹费尔德就不在自己的公寓过夜了。他是为数不多头脑清醒的人，纳粹一掌权，他就立即看透这些人能干出什么来。希特勒刚上台，冲锋队就突袭了赫兹费尔德出版社最重要的艺术家乔治·格罗兹的公寓和工作室，这证实了他的担忧。

赫兹费尔德掌握的信息与哈里·凯斯勒昨天从前国务秘书阿贝格那里了解到的情况非常吻合。一个冲锋队的线人告诉赫兹费尔德，纳粹计划伪造一起暗杀希特勒的行动。这次袭击——希特勒当然会毫发无损地活下来——将会是一个信号，一个纳粹可以屠杀对手的理由。据说，冲锋队头领罗姆和希特勒确认此事的谈话也被偷听到了。赫兹费尔德认为，必须尽快把这个计划公之于众，还要在外国媒体上公布。在他看来，这是挫败阴谋最好的办法。哈里·凯斯勒应动用自己的国际关系出手相助。纳粹的算盘一旦尽人皆知，他们再执行计划就没有意义了。

◎ ◎ ◎

　　奥斯卡·勒尔克要崩溃了。昨天一整天他都焦虑不安，试图用工作分散注意力。今天，学院里安排了作家座谈，讨论亨利希·曼的辞职——或者更诚实地说，讨论开除他的事。勒尔克痛恨这类政治争论，这让他束手无策。他没有力量处理这些事，但有一点他心知肚明：意见不合的文学系仍处于危险之中。鲁斯特这种纳粹部长没什么耐心。如果座谈最后的结果是宣布亨利希·曼正直清白，甚至公开批评鲁斯特的行为，鲁斯特就会关闭或至少彻底重组这个系部，勒尔克则会很快，也许会马上失去学院秘书的职位。

　　会议还没开始，一种勒尔克从未经历过的沉闷气氛就蔓延开来。莱昂哈德·弗兰克气势汹汹地来回踱步，德布林阴森森地一言不发。人们的期待值很高，系部所有成员都得到参加座谈的邀请，但傍晚6点左右，到场的人却少得可怜，只来了7名作家。托马斯·曼结束瓦格纳巡回演讲后一直留在巴黎。副主任里卡尔达·胡赫无法从海德堡前来参会。周三亨利希·曼辞职时还在场的伊娜·赛德尔抱病请假。其他外地作家已写信致歉，只有鲁道夫·宾丁从黑森赶来。宾丁是学院最保守——有人说是最反动的——作家之一，他写的短篇小说情感丰富、结构精巧，被广泛阅读。但他的战争日记与雷马克的《西线无

阿尔弗雷德·德布林，1929 年

战事》宣扬的几乎是截然相反的意识形态。他赞颂军人的战斗是男人一生中最重要的考验，战火会锻造出男人性格中必不可少的坚韧。宾丁是那种喜欢谈论崇高理想的老派骑士，但本质上养成了一种精英式的傲慢。

上次会议演变成五幕剧，今天的会议则发展成两位证人的论战，两位有很多共同点但又大相径庭的作家的决斗：戈特弗里德·贝恩和阿尔弗雷德·德布林。两人都是职业医生，都痴迷于文学，都是热情的先锋派。一战前，两人都属于以埃尔泽·拉斯克 - 许勒为中心的柏林波希米亚艺术家圈子，那时的拉斯克 - 许勒总在选帝侯大街的西方咖啡馆接受游客们惊奇的注目。两人都在拉斯克－许勒当时的丈夫赫尔瓦特·瓦尔登主编的表现主义杂志《风暴》上发表了最初的文章。

德布林是极为纯粹的讲述者和叙事作家，他下笔洋洋洒洒，汹涌的语言流似乎永远不会枯竭，高速地出版着一本又一本书。三年前，他凭《柏林，亚历山大广场》大获成功，这部小说讲述了平民弗兰茨·毕勃科普夫在大都市生活的漩涡中绝望挣扎和生存的故事。这是一部杰作，是少有的里程碑式的大都市小说，以大胆的蒙太奇手法写成，如此扣人心弦，同时又如此感人，如此生动，竟能让评论家和观众都为之叫好。当德国电影界的世界明星海因里希·乔治在小说改编的电影中扮演了毕勃科普夫之后，这个角色就成长为一个现代的柏林神话。这一切虽然没有让德布林暴富，却让他手头宽裕起来，能让他把诊所从贫穷的城市东部搬到夏洛滕堡的帝王大道。

相反，贝恩是为每个词、每个音节、每个声调而苦战的诗人。他为数不多的几本书都薄得可怜，这些书能接触到的读者也少得可怜。但一些评论家认为，他的诗是近几年发表的最好、最重要的作品。他为文学的食不厌精者写作，他们用赞美诗般的语气称颂他，不断强化着他为国内知识分子贵族而创作的地位。对贝恩来说，诗是要求最苛刻的领域，若想赢得尊重，就必须远远超越当下的流行时尚和反复无常。与自认为有政治思考、投身社会、仔细观察当下的作家德布林不同，贝恩认为自己是诗人，他想抛开一切政治和与时代相关的东西，与他的诗一起历久不衰，甚至直抵永恒。他很喜欢在尼采那里读到的一句话：

一个巨人穿越空寂的时间间隔，向另一个巨人呼唤，任凭在他们脚下爬行的侏儒发出恶作剧般的鼓噪，从容地继续着崇高的精神对话。[1]

但贝恩的生活与他崇高的自我形象形成了鲜明对比。他的皮肤病性病诊所位于克罗伊茨贝格一栋位置偏僻、没什么人气的建筑里，收入少得可怜，以至于他只能住在诊所里。四个房间中无情地堆着二手器具。忧郁的贫穷气息笼罩着一切，根本吸引不到有支付能力的病人。贝恩主要治疗那些在小巷里工作的妓女。如果有机会，他也愿意照顾自己的作家同事，比如卡尔·施特恩海姆，这位声色犬马的作家患有梅毒，但也是个不配合的、很难说服的病人；还有奥斯卡·勒尔克，几年前他曾因咽峡炎和高烧卧床不起，贝恩上门给他看过病。

虽然贝恩是一个相当矮、有点胖、还秃顶的男人，但他的女人缘却出人意料地好。贝恩身边的女人大多是作家、艺术家或演员。可他并不浪漫，是一位内心相当冷酷的情人。他写情书的技艺精湛，但几乎总是与女友保持距离，还常常同时脚踩几条船。并非每个女人都能应付得了。卡尔·施特恩海姆的女儿莫普莎爱上贝恩并因他自杀时才21岁——比贝恩小了快20岁。三年后，女演员莉莉·布雷达给贝恩打电话告别。挂断后，她立即从五楼公寓的窗子跳下。当时与贝恩相处的还有两

1　译文引自［德］尼采：《希腊悲剧时代的哲学》，李超杰译，商务印书馆，2018年，第3页。

戈特弗里德·贝恩，1934 年

位女演员——弗兰克·韦德金德的遗孀蒂莉·韦德金德和埃莉诺·布勒。她们两个偶尔会在柏林的戏剧场合相遇，但贝恩谨慎至极，尽可能不让女人发现他还与其他人有染。

对文学的伟大追求和匮乏的物质生活之间的反差让贝恩备受折磨。他是一个骄傲的、很容易感到屈辱的人。顶级杂志和出版社刊印他的诗和散文，但给的报酬很低。他曾经算过，文学工作平均每个月只能让他赚 4.5 马克，为此他恼羞成怒。按他自己的话说，那个倒胃口的微型诊所也没多少盈利，所以，快

50岁的他，对于未来能否过上还算体面的生活，并不抱什么希望。一次看过剧后，他首次邀请蒂莉·韦德金德去自己的住处。他带着她穿过四个破破烂烂的房间，最后穿着晚礼服的她站在有妇科检查椅的诊室里，玻璃柜里的钢制器械闪闪发亮。贝恩甚至穿上了医生的白大褂——这是让他感觉最舒服的衣服。蒂莉暗想，现在他会宰了自己。他古怪的眼神让她毛骨悚然。但后来他把她领进客厅，墙边四平八稳的书架，以及他端来的小面包、水果和香槟，才让局面缓和下来。

几年前，他手头紧到无法按时交税，税务局马上威胁要扣押物资，这种羞辱把他气得发疯。他当时怒斥道，必须击碎这个破败堕落的国家。

因此，学院对贝恩来说更重要了。一年前的某个晚上，奥斯卡·勒尔克突然给他打电话，告诉他文学系选他为新成员。"可不要和我这个老头开玩笑啊！"他答道。现在，他终于得到了一直缺乏的官方认可，终于有人承认他在国内的文学精英中占有一席之地，这让他欣喜若狂。现在，他终于在代表时下最著名的德语作家的圆桌上坐了下来，而不再是一个给妓女看病的可怜医生，不再是除了得到的几句好评就一无是处的诗人了。

在文学系内部，他的入选并非一帆风顺。托马斯和亨利希兄弟支持接纳贝恩，因为他们认为他是级别很高的语言艺术家，也是一位从冷酷无情的准科学角度看待历史和文化的知识分子。这非常符合近年来时代品位所标榜的时髦的客观性。贝恩的朋友奥斯卡·勒尔克也帮他说话。但里卡尔达·胡赫——毕竟她是该系的副主任——认为贝恩故作虚无主义的语气是一种廉价的姿态，而非清醒到骨子里的生活态度的表达："我觉得戈特弗里德·贝恩不合适。生活中有许多令人厌恶的东西，但把许多令人厌恶的东西串在一起，并不能成为诗人。我们的语言确实陈腐老套，但单纯使用生僻、古怪、吸引人眼球的词语，并不能克服这种缺陷。"

贝恩几乎从不缺席会议，这也能看出学院对他多么重要。今天，席林斯院长一来到文学系，便声明要阻止对亨利希·曼事件的任何公开抗议。他说，形势一直很难，他请作家们为学院的未来达成和解。

德布林马上打断他，用一个简单的问题让院长陷入了尴尬，其实这也是席林斯应该预料到的：为什么他认为形势仍然很难？

席林斯的回答和以往一样含混。他喜欢遮遮掩掩。他认为，困难表现在大量的报纸评论中。

这是个莫须有的奇怪说法。在场的每一个人当然都知道，决定学院存亡的不是报纸，而是新政府。可后者在凯绥·珂勒惠支和亨利希·曼周三辞职后并未找上门来，席林斯也得承认这个事实。如果他仍然要求文学系不要发布抗议声明以免招致新的危险，那么这就间接证实了最重要的一点：任何对政府的公开批评——独立学院理应有这种权利——目前都可能导致被封杀。

鲁斯特部长果真有权解散学院吗？是否有法律依据？如果有，哪一条？突然间，法律问题成了讨论的中心。反倒没有人再去关心一个被禁言的学院是否值得让人为其存亡而战。

可贝恩对死板的法律问题没兴趣，他推开这些事，更想让德布林告诉他，今天的会到底目的何在。德布林周三宣布了文学系的抗议。贝恩现在想知道，这是在向谁抗议，毕竟珂勒惠支和曼是自愿离开的。系部很难对此抗议。

他和德布林的论战就这样开始了，其他与会者虽然也偶尔发言，但基本上没什么贡献。德布林主要表明，鲁斯特无权通过最后通牒对学院和亨利希·曼施加压力，因为根据章程，学院是独立的，它无需容忍任何政治规定或干预。德布林总结当前形势说，席林斯顺从部长，也许保障了学院的生存，却丧失了它的尊严和独立性。

贝恩认为这些论点大错特错。按照贝恩对学院章程的理解，身为文学系主任的亨利希·曼担任了一个职务，每年领取一笔津贴，所以他有义务作为文学方面的专家服务部长。曼却在选举海报上指责这位部长行径野蛮，呼吁共产党和社民党合作对抗其党派。亨利希·曼这样做就是在公然挑衅一个正当、合法的政府。贝恩尖锐地强调，此后，政府才开始自保。不是学院受到攻击，而是亨利希·曼攻击了政府。

因此贝恩得出结论，抗议毫无根据。他越来越激动地叱骂道，这个学院的某些成员经常对学院的利益置若罔闻，对他们来说，魏玛宪法、工人党派的合并、肆无忌惮的政治煽动……学院利益之外的一切才更重要。但不论如何，他坚持认为，具有伟大传统的学院是一个辉煌的机构——是唯一能够彰显艺术上有代表性的作家并让他们卓然于世的机构。

德布林与贝恩争论的核心由此一目了然。德布林公开谴责纳粹对待学院的方式，最终是为了捍卫宪法和公民权利。反之，对于从不看好共和国的贝恩，共和国的宪法无足轻重。他想维护学院——不仅仅因为它对他个人极其重要。

两种立场不可调和。而且，德布林心知肚明，他和两位战友弗兰克与富尔达，将是投票中的少数派。因此，他们只剩下两个选择：通过示威性的辞职表达抗议，但如此一来，就拱手让出了他们对学院产生影响的一切机会，贝恩及其支持者则有可能自诩为论战的胜利者。或者不管三七二十一，尝试在公开声明中以委婉的方式夹带他们的批评，寄希望于公众能将其理解为一种抵抗的姿态。

他们为这份小声明吵了很久，几乎持续了两个钟头。席林斯时间不多，还有其他日程，于是告辞离开，但没忘提醒在场的人，学院的每条公告都必须经过他这个院长的批准才能发布。不论如何，他要掌控此事，对此他毫不含糊。另外，如此关键的系部表态很可能还要征求不在场的成员的认可，那局面就更复杂了。上周三，德布林曾想过声援马丁·瓦格纳，和他一起辞职，但如今，这种快速应变的手段大概彻底行不通了。

最后，大家一致通过了一句感谢亨利希·曼的陈词滥调，还有两句本应表达自信、听起来却更像绝望妥协的尴尬套话："文学系对伟大艺术家亨利希·曼的辞职深表遗憾，感谢他多年来作为主任以自己的名字和力量服务系部。纵然时局动荡，本系亦决不推卸保护艺术创作自由之责。我们自觉有必要发此声明，因为我们清楚，不论何时，是世界观的多样性造就了德国艺术的丰富性。"

◎ ◎ ◎

晚上 6 点，在文学系成员聚集于学院开会的同时，另一场对国家未来颇具影响的会议在学院三百米外开始了。二十多位有影响力的商界领袖来到国会大厦总统府，这是赫尔曼·戈林 1932 年以来的官邸。与会者中有德意志帝国工业协会主席古斯塔夫·克虏伯和法本公司的董事会成员格奥尔格·冯·施尼茨勒，还有弗里茨·施普林戈鲁姆、弗里德里希·弗利克和君特·匡特等企业家。希特勒为先生们做了一个半小时的演讲，大谈独裁相对于民主的好处，信誓旦旦地保证私有财产的不可侵犯性，吹嘘纳粹党是让这个国家摆脱共产主义危险的唯一救星。然后希特勒离开了会议，戈林开口发言。他没有过多啰唆，只是简短表明，纳粹党、冲锋队和党卫队的竞选资金已经耗尽，3 月 5 日的选举攸关国家的命运，然后他也离开了会场。组织会议的德国银行行长亚尔马·沙赫特随即起身说："现在，先生们，来付款吧！"他要求与会的商业领袖认捐三百万马克。戈林次日就向负责选举活动的戈培尔报喜：三百万马上就会为纳粹党和德国国家人民党准备好。戈培尔心花怒放，立刻召集他的宣传部门："现在我们要大搞选举了。"

今日要闻

- 纳粹仍在调换政府部门的领导人员。柏林警察总局的四名警官和一名女专员被强制停职。其中一名警官隶属政治警察部，负责监察激进的右翼活动。

- 在凯泽斯劳滕，德国前总理海因里希·布吕宁在中央党和巴伐利亚人民党的联合选举活动上发言。集会结束后，布吕宁不得不被警察护送出城，因为街上的人群与纳粹党成员爆发了严重的冲突。有人开了枪，13人受伤。

- 共产党员和纳粹党成员在法兰克福－博肯海姆发生冲突，一名共产党员因腹部中枪在医院身亡；另一名受重伤，生命垂危。

相当好的伪装

"如果您经过巴黎广场，我的房子对您敞开。"法国大使在上周日招待会上的那句话始终萦绕在亨利希·曼脑中。也就是说，政治老手已为他提供了柏林的避难所，好像他马上就得在自己的城市里逃命似的。事实上，他的确发现最近有人在监视自己和奈莉在法萨恩大街的住处。另外，他得到风声，为了防止他逃出德国，他的护照这几天就会被吊销。他不想坐以待毙。

就在昨天，他和奈莉谈了很久，向她解释了自己的计划。他想逃，而她应该留下。至少目前她还不应该走。他需要她在柏林，帮自己卖掉居家用品和家具，退租公寓，解约保险，从他的账户上取出钱，带到法国给他。这就是亨利希·曼的计划。还有鲁迪·卡里乌斯——由于华尔街的死亡事件，警方仍在找他——他也需要奈莉留在柏林。然后，亨利希和奈莉检查了最重要的文件，详细告诉她接下来几天必须处理的事情。最后，他们收拾出一个小手提箱，箱子很轻巧，只装了一些必需品。

早上，他俩一吃完早餐，就分头离开了公寓。先是奈莉，她拿着手提箱匆匆赶往火车站。几分钟后，亨利希跟了上来。

他丝毫没有表现出匆忙或逃跑的迹象。他只带了一把伞，没有坐出租车，而是步行到最近的电车站坐车。他在火车站买了一张去美因河畔法兰克福的票，一个不显眼的目的地，并非边境。与此同时，奈莉带着行李箱上了准备出发的火车，把它放在一个空车厢的行李网里，然后下了车。亨利希到达后，两人开始在月台上来回闲逛，似乎在从容地消磨最后几分钟等车的时间。奈莉很害怕，也很伤感，她轻轻啜泣，亨利希安抚着她。最后他上了车，打开车厢窗户，又和站台上的奈莉说了几句话，然后火车开走了。奈莉镇定自若地回到法萨恩大街。

哪个盯梢的人会想到亨利希·曼逃了，走上了流亡之路？这怎么看都像是当天往返的短途旅程。仿佛他在外地有事要办，他的女朋友则在他们同居的住所等他回来。即使有人去售票处打探他买票的目的地，也不过是法兰克福而已。相当好的伪装。

○　○　○

纳粹党的德意志文化战斗联盟阻挠讽刺作家、卡巴莱艺术家亚历山大·罗达·罗达在柯尼希斯贝格举办朗诵会。罗达·罗达应该市的歌德联盟邀请而来，但因为他是犹太人，德意志文化战斗联盟反对他登台，认为他加速了"德国文化的衰败"。他是这几年最成功的漫画作者之一。作为曾经的奥地利军官，他喜欢在短文中取笑军方的狭隘。歌德联盟试图为罗达·罗达辩护，理由是他作为受洗的天主教教徒，根本不是关心政治的作家。但柯尼希斯贝格警察总部建议歌德联盟主动撤销活动，因为一定会有人闹事，于是演出取消了。事实表明，以寻衅滋事相威胁，已成为纳粹把政治对手赶出公众视野的绝佳手段。

◎ ◎ ◎

趁父母外出，埃丽卡和克劳斯抓住机会，举办了一场约40人的胡椒磨剧团狂欢。演出结束时已近午夜，第一批盛装打扮的客人来到波申格尔大街，主要是演员和几位作家。场面很快失控。埃丽卡很快就酩酊大醉，瘫倒在儿童浴池里。克劳斯不得不把她捞出来，放到床上。一位女演员歇斯底里，不清楚为什么。一件外套失踪了，不清楚在何时何处。两个人吵了起来，不清楚原因，克劳斯以主人的身份居中调停。特蕾泽·吉泽穿了军装，化装成小丑，一个令人毛骨悚然的恐怖小丑。临近清晨，气氛变得十分荒诞、诡异。克劳斯感觉自己受到排挤，变得焦躁易怒。他把头枕在马格努斯·亨宁的妻子玛丽塔的腿上。7点，几乎所有客人都走了，赫伯特·弗兰茨还在，他曾出演胡椒磨2月的节目。他们上了楼，克劳斯最小的弟弟妹妹——伊丽莎白和米夏埃尔正在那儿吃早餐。然后他们精疲力竭地倒在床上，享受着清晨的悲伤和温柔。

今日要闻

- 社民党在汉诺威的一次集会被纳粹党扰乱。随后的打斗中4人重伤，集会发言人、国会议员里夏德·帕尔奇头部受伤。在汉诺威的另一场社民党会议上，黑红金国旗团和冲锋队爆发枪战，1人死亡，7人重伤。

- 中央党成员在克雷菲尔德、明斯特和特里尔的选举活动遭到冲锋队袭击。数人受伤。在克雷菲尔德的活动中，发言人、劳工部前部长亚当·施泰格瓦尔德也遭到袭击并受伤。中央党为此向普鲁士内政部投诉。戈林部长答复说，袭击施泰格瓦尔德的是身穿冲锋队制服的寻衅者。

- 在汉堡的战壕大街，20名共产党员袭击了一个纳粹党聚会的酒馆。枪战中，一名路人和店主遇难，另一名妇女和一名冲锋队队员受伤。在施滕达尔，纳粹党在与黑红金国旗团发生冲突时，枪杀了一名黑红金国旗团成员。

- 《世界舞台》回顾了过去一周的情况，并公布了一份"损失清单"："在普鲁士临时内政部部长的安排下，数名高级公务员被解职或停职，包括9名区长，13名警察局局长，4名部长，1名处长，3名警察上校，2名警察中校，1名安保技术主任，1名乡警少校，1名警察少校，1名警察副局长，1名县长。受到波及的人，有些是无党派人士，有些属于国家党、中央党或社民党；这些职位将由纳粹党和德国国家人民党阵营的人或与这两个政党关系密切的人填补。"

未来几周活下去

亨利希·曼于昨天深夜到达法兰克福。他选了家酒店，但只住了一个短暂的残夜。今天一早，他就坐上了开往卡尔斯鲁厄的火车，在那里转车去了莱茵河畔的凯尔。这是个宁静的边陲小镇，或许不会有什么人了解他以及他最近与新政府的冲突。到达凯尔的车站后，他带着手提箱和伞走向莱茵河上通往斯特拉斯堡的大桥。远远就能看到它宽大的石门和左右细窄的瞭望塔，看起来很像古老的城门，"门"后宏伟的钢结构笔直地通向自由的法国。边哨人员从路右侧的木制平房里走了出来。幸运的是，他上次去法国拿到的签证 9 月前仍然有效。他出示护照，那些人仔细检查了一下，挥手放行。同样的事随后又在法国边哨上重复。落脚在国境另一边的莱茵河左岸时，他终于可以松一口气了：安全了。到死，他都没有再踏上德国的土地。

他去了斯特拉斯堡火车站，用在卡尔斯鲁厄停留期间兑换来的钱，在售票处买了一张去土伦的车票，并去邮局给在滨海萨纳里的朋友威廉·赫尔佐格发了一封电报，请他晚上在土伦车站等自己。

说白了，这封电报默认了亨利希对形势的误判。一周前在柏林，《共和国将军》的演讲结束后，赫尔佐格就曾力劝他马上和自己一起坐上前往法国的夜车，永远摆脱那些什么都往纸上写的黑衣监视者。当时曼认为赫尔佐格的担心是小题大做，便婉拒了。那是七天前，仅仅过了七天。今天，他不得不密谋偷偷溜出国。亨利希·曼，国内最重要的一位作家，此刻只能庆幸没被认出来。他一路步行，手中拿着一个小箱子和一把伞，再无他物。

◎ ◯ ◎

威廉·阿贝格在哈里·凯斯勒伯爵家吃早餐。阿贝格认为自己一如既往地消息灵通，对柏林政治圈里发生的一切了如指掌，并毫不吝啬地把事态讲给凯斯勒听。

是呀，他当然相信选举前或选举后不久，纳粹会搞一场屠杀，就像 16 世纪的巴托罗缪之夜[1]——法国人一夜之间杀死数千名胡格诺教徒。阿贝格相信，就算希特勒本人也拦不住这个计划，因为除此之外他拿不出什么东西给他的手下。希特勒就像一位与十只饿狮同笼的驯兽师：不给它们血，自己就会被撕碎。阿贝格说，没有 12 个大块头的年轻人作保镖，希特勒一步都不

1　即圣巴托罗缪之夜，又称圣巴托罗缪大屠杀。1572 年 8 月 24 日凌晨，法国天主教徒对国内新教徒胡格诺派发动了恐怖暴行，据称有三千多人死于当夜。因这一天是天主教传统节日圣巴托罗缪节而得名。

会动。戈林和新任柏林警察局局长冯·莱韦措属于党内的极端派，一旦发生政变，不会支持希特勒。阿贝格了解到，如果帝国总统兴登堡反对希特勒，莱韦措甚至会让人把他逮起来。巴本和兴登堡很怕这个极端派。他们从巴伐利亚人民党那里搞到一份邀请，让兴登堡在选举那几天去巴伐利亚，因为他在柏林已经不安全了。是的，阿贝格可以证实，纳粹想假装刺杀希特勒。国会前议长保罗·勒贝，一位正直的社民党人，想马上通过演讲揭露阴谋。可这大概也没什么用。幸运的是，这种胡闹不可能持续太久，纳粹势必与他们的合作伙伴巴本和兴登堡打起来。阿贝格估计，六周后，最迟7月，政府就会倒台，然后这些人就会被清算。

最后，阿贝格再次苦口婆心地劝说凯斯勒，就像周日在格奥尔格·伯恩哈德家的招待会上那样。他警告凯斯勒一定要在选举前确保自己的安全，只要未来几周活下去就行。

阿贝格告辞后，哈里·凯斯勒的仆人弗里德里希无意中间接证实了警告。昨天，年轻的弗里德里希去潘科夫看望父亲。他父亲是一名退休的公务员，也是坚定的纳粹分子。父亲明令他放弃凯斯勒家的工作，说不久后那里会发生"不愉快的事"，父亲不希望儿子卷进去。弗里德里希告诉哈里·凯斯勒这件事时脸色惨白。凯斯勒让弗里德里希想走就走，他不想让任何人陷入危险。但凯斯勒也表示，在关键时刻离开自己，弗里德里希以后也许会后悔。

◎ ◎ ◎

在开往土伦的火车上，南法的风景从亨利希·曼眼前闪过。他不想把自己的逃亡包装成悲剧，扮演受害者的角色。毕竟，他是世界级作家，法国给他的感觉也一直很好。普鲁士学院没那么重要，而希特勒政权，他确信撑不了多久。因此，傍晚到达土伦时，他的心情还是很愉快的。忠诚的朋友赫尔佐格果然来车站接他了。天色已晚，他们去了一家小旅馆，坐在露台上，享受 2 月中旬的温和天气。亨利希提起过去几天的事，他说得轻松幽默，戏仿冯·席林斯为动员他离开学院而准备的、没说出口的谴责，还谈到戈特弗里德·贝恩如何阻止了针对鲁斯特部长的抗议声明。他一次又一次停下来，因这些人狭隘的小手段和势利的心计哈哈大笑。

亨利希开怀大笑的兴致让赫尔佐格有点惊讶。但他也一起笑了，还建议朋友未来和他一起去萨纳里，住在他租的小房子里。但亨利希并不认为自己是需要帮助的难民，而是想继续过原本的生活。在斯特拉斯堡时他已经给费利克斯·贝尔托发过电报，这位日耳曼语学者是弟弟的朋友，为他管理着一个法国银行的账户。亨利希请贝尔托从这个账户里转些钱给自己。他不想住在萨纳里这种渔村，他渴望大城市的繁华，他会去尼斯，像平时一样住尼斯酒店。奈莉一处理完公寓和账目的事儿就会跟过去，所以他根本不需要改变什么习惯。作为德国最受尊敬的作家之一，他的倔强和骄傲不允许纳粹这群乌合之众滥用权力让他的生活脱离常轨。

这一天，体会到纳粹的权力到底有多大的并不是他，而是奈莉——冲锋队搜查了他在法萨恩大街上的住所，奈莉被带去了警察局。亨利希·曼虎口脱险。

今日要闻

- 普鲁士内务部人员仍在变动。据《法兰克福日报》报道，仅在当日，赫尔曼·戈林就勒令十几名高级公务员、区长和区议员暂时退休，代之以他所选定的继任者。·

- 戈林发布公告，任命4万名冲锋队和党卫队队员以及1万名钢盔团成员为辅警。2月15日他还在否认这一计划。现在，这些人都配备了武器，并且在服役期间与在编警官或乡警拥有同等权力。纳粹党的这两支私军有50多万人，一旦国内爆发冲突，他们就是国防军的劲敌。早在1932年4月，兴登堡就曾紧急下令解散冲锋队和党卫队。尽管这些组织反共和的意图昭然若揭，但仅仅过了两个月，这一命令就被撤除了。随后的一个月中，仅在普鲁士就有99人死于街头恐怖活动，约1000人受伤。

- 在泰尔托附近大贝伦，纳粹党成员冲进该市曾经的救济院，攻击住在那里的一个黑红金国旗团成员。这名男子的房门被手榴弹炸毁，他本人也被短棍打成重伤。这栋共住有九户人家的房子被彻底烧毁。

● 在柏林的潘科夫，分发选票者的冲突演变为枪战。一名在附近窗口围观交火的居民中弹身亡。

2月24日，星期五

部长做客

克劳斯·曼给埃里希·艾伯迈尔写了封短信。他想尽快结束《夜航》的编剧工作——天知道他还能在德国待多久。他认为，他们两个最好尽快碰头，一起把活干完。可是，应该在哪里见面呢？艾伯迈尔居住的莱比锡对克劳斯没什么吸引力。"当然，"克劳斯写道，"我们也可以把自己关在柏林的一个小屋子里；但在那儿我可能会被杀，不过这反倒又勾起了我的兴趣。"这当然又是克劳斯·曼的幽默，可艾伯迈尔也知道，它并不完全是捕风捉影。也许这能让艾伯迈尔更清楚地意识到，他们的时间不多了。另外，这句话还是包装在嬉笑怒骂里的一声呼救。

◎ ◎ ◎

晚上，柏林广播电台以广播剧的形式播放了汉斯·约斯特的戏剧《施拉格特》。为强调作者和这部剧的重要性，节目组事先安排了一场介绍约斯特文学作品的讲座，讲稿由纳粹党主要文化政客之一的汉斯·欣克尔撰写。

剧中的主角阿尔贝特·莱奥·施拉格特是民族主义者悼念的偶像。近十年来，他受到人们的顶礼膜拜。一战开始时，19岁的他自愿参军，和恩斯特·托勒一样在凡尔登和索姆河的消耗战中长期战斗，曾多次负伤。战争结束后，没受过什么教育的他无法融入普通人的生活。退伍后，他加入了各种自由军团，在拉脱维亚与苏联军队作战，在上西里西亚攻打波兰起义者，还在1920年参与企图消灭魏玛共和国的卡普政变。政治上他也很活跃，参加过大德意志工人党的建党会议，那是暂时受到压制的纳粹党的一个掩护组织。1923年，因德国拖欠了对世界大战战胜国的赔款，法国和比利时军队在一次惩罚性行动中占领了鲁尔。施拉格特随后在那里开展了几次破坏性袭击，因此被捕，在法国军事法庭受审并被处死。

汉斯·约斯特在剧本中赞颂施拉格特是"第三帝国的第一战士"。他笔下的施拉格特不是一个受战争摧残、在和平时期怀念明确军事命令的普通士兵，而是一个教养良好、道德敏感、无法忍受德国因《凡尔赛条约》忍辱含垢的爱国者。宣传意图一目了然：约斯特把施拉格特塑造成完美无瑕的骑士，一生信奉自我牺牲，虔诚地效忠国家，"世袭敌人"法国则是危及德国存亡的大患。在具有象征意义的最后一幕中，即将被处死的施拉格特背对观众被绑在木桩上。行刑队从舞台背景处向他开枪，因此也击中了大厅里的观众。

这部煽动性的受难剧，约斯特写了三年左右，他"在爱的崇敬和不变的忠诚中"把它献给了阿道夫·希特勒。播放广播剧只是首次试水。如果想在剧院推出这部戏剧，现在的政治形势再好不过。作为御林广场剧院的合作总监，约斯特亲自将其列入剧目单。不仅是他这一家，目前几乎全国所有剧院都彻底换了剧目。纳粹上台后，上演左翼或犹太作家戏剧的风险变得难以估量。它们必须消失，代之以迎合新主人的剧目，比如《施拉格特》。

4月20日是希特勒的生日，那天的柏林首演让约斯特旗开得胜。这是一场极端民族主义的大弥撒，是新政权自我庆祝的民族献礼之夜。剧中一句极其尚武的话引起轩然大波，并很快就成为纳粹语录中绕不过去的名言："听到文化这个词……我就想拉开布朗宁手枪的保险栓！"礼堂里有很多贵宾：希特勒本人没有出席，但副总理弗朗茨·冯·巴本、国防部部长维尔纳·冯·布隆贝格、约瑟夫·戈培尔和柏林警察局局长马格努斯·冯·莱韦措，以及普鲁士的奥古斯特·威廉王子、指挥家威廉·富特文格勒、普鲁士艺术学院院长马克斯·冯·席林斯等其他许多人都在。剧终落幕后，观众起身——但不是为离开大厅，而是举起右臂，唱起了《德意志之歌》和《霍斯特·威塞尔之歌》。

该剧就此获得国家政治的最高恩赏。国内其他剧院争相上演。仅在接下来的几个月里，就有百余家剧院把它搬上舞台。约斯特也借此成为新时代的代表作家，他的飞黄腾达之路从此畅通无阻。除其他种种头衔外，他还是帝国文学院负责人、德国笔会中心主席，尤其在朋友海因里希·希姆莱的鼓励下，他还成了党卫队的队长。

◎ ◎ ◎

　　特蕾泽·吉泽是埃丽卡·曼的胡椒磨剧团的明星。她能演能唱能导，出演的小品让满场爆笑，在报纸上得到批评家们的格外好评。不仅如此，她还在慕尼黑室内剧院工作。她在那儿也是 30 岁出头就成了明星，导演们会把最重要的角色交给她。但她不想也不会满足于此，她是个不安分、干劲十足的人，总在渴望着新东西。胡椒磨为她敞开了机会，让她不但能充分施展喜剧天赋，还能亲自导演，把一个个政治主题搬上舞台。与曼氏姐弟合作也很吸引她。乍一看，她和埃丽卡是很特殊的一对：埃丽卡苗条、擅长运动、英气十足，特蕾泽丰满、敦实、

特蕾泽·吉泽，1933 年

有力。克劳斯则总让她内心感到躁动和紧张。

今年1月，胡椒磨推出第一套节目时，特蕾泽·吉泽不得不两边兼顾。她常常一天表演两场，下午在这边，晚上在那边。有些日子，她在室内剧院出演盖哈特·豪普特曼的《群鼠》；中场休息时跑出剧院，沿着马克西米利安大街，左转到新塔街5号去卡巴莱小剧场糖果盒，换装，唱上一小段，参演一个小品；然后又冲回更衣室，换衣服，跑回市内剧院，演完豪普特曼的剧。这是极端的冒险行为——但她乐观坚信自己拥有堪称幽灵般的应变能力。

2月1日，胡椒磨启动了新节目，演出再一次场场爆满。糖果盒太小了，装不下新剧团获得的成功。他们想从4月起在一个更大的剧院里演出，埃丽卡·曼已经在四下寻找了。今天，小剧团又是座无虚席，但气氛比平时更紧张。这里与皇家啤酒馆只隔了三栋房子，希特勒正在那里向约2000名老党员发表演讲。1920年2月24日，整整13年前，他在皇家啤酒馆成立纳粹党并宣布了党纲。现在，他以帝国总理的身份归来，接受祝贺，逐一落实他的方案。还有什么能比这更让邻里感到不安的呢？

或者，会更糟吗？当埃丽卡作为主持人在节目之间报幕时，她在大厅的半暗处认出一位意料之外的客人：坐在桌旁的是内政部部长威廉·弗利克，最早的纳粹，全国警察的最高首长。显然，他宁愿缺席他的元首在皇家啤酒馆的演讲，也要亲自来监视胡椒磨的晚场演出。更重要的是，埃丽卡·曼看到，他甚至还跟着做笔记，可能是为了不漏掉剧团的任何一个包袱、放肆的段子和暗示。还是说，那是弗利克在这里列出来的黑名单？

今日要闻

- 戈林宣誓就任部长后，立即将政府高级顾问鲁道夫·迪尔斯提拔为普鲁士政治警察部部长。现在鲁道夫·迪尔斯还被任命为柏林政治警察部部长，这使他有了异常宽泛的权力。

- 在莱比锡，纳粹党和黑红金国旗团的人爆发了两次严重冲突。在一场城市西部的打斗中，一名30岁的司机被尖刀刺死。在蔡策尔大街的一场枪战中，双方交火20余次，多人受伤。

- 柏林发生了几起枪击事件：在潘科夫，三名男子在共产党名下的一处酒吧门前受伤；在克罗伊茨贝格，也有三人受伤。在施卡利策大街，一名冲锋队队员胸部中弹身亡；在伯格曼大街，一名共产党员小腿中弹。在西门子城，一群纳粹党成员在凌晨4点返家途中遭到共产党员枪击，一人受伤。昨天在格桑德布鲁宁也发生了枪击，今天警方报告有四名伤员被送往医院。

- 在布雷斯劳，社民党《人民报》的办公地点遭遇炸弹袭击。爆炸威力很大，街道对面的房屋也被损坏。无人员伤亡。

2月25日，星期六

内战法庭和警力保护

加布里埃莱·特吉特[1]快 40 岁了。她身材娇小，精力充沛，喜欢把黑发高高地盘起来，戴着一副抢眼的圆眼镜。她是法庭记者，为《柏林日报》、《柏林证券交易信报》和《世界舞台》等柏林最好的几家报纸工作。她几乎每天都要出入柏林的莫阿比特刑事法庭——如她所说，一个"男人的地方"。那里不能娇气，破碎时代的仇恨、苦难和悲剧都在此得到审判，所有案件共同为特吉特描绘出一幅比任何社会学研讨会探讨的都要准确的社会图景。

她的文章风趣、犀利，读者很多。她还写过小说，比如《凯瑟比尔征服选帝侯大街》——一幅快节奏的柏林画像，是在这座城市不同环境间的流转穿梭，更是对报业内幕的揭露。

---

1 加布里埃莱·特吉特（1894—1982），德国著名作家、记者，本名埃莉泽·希尔施曼，根据"Gitter"（栅栏）一词为自己改名为特吉特。1925 年开始在《柏林日报》担任法庭记者。通过生动的语言和批判性的视角，她将法庭案件的报道提升为一种文学体裁。处女作《凯瑟比尔征服选帝侯大街》讽刺了腐败的魏玛共和国和追求轰动效应的柏林社会，是当时最重要的社会批判小说之一。

纳粹和它的反对者们不断相互屠杀，血染柏林街头。在屠杀成为日常之后，特吉特越来越频繁地报道起政治案件。她现在称刑事法庭为"战争法庭"，一个有太多民族主义法官的"内战法庭"——因此她不得不忍受被戈培尔公开叱骂为"低贱的犹太女人"。

今天，她在康德大街上走着，一名为失业者募捐的共产党员向她递来捐款箱，一个纳粹党成员也在为希特勒青年团筹钱。人行道上撒满了纳粹万字符的小纸片，那是内战的礼花碎屑。一个小贩在卖紫罗兰，可现在没人有钱买花。

152号驻扎着《世界舞台》的小编辑部。特吉特来交下一期的文章。老板卡尔·冯·奥西茨基马上就读了。在排版和等待校对期间，他们谈到许多已经越过边界、到达安全地带的同事、记者和作家。但奥西茨基认为，留下来更正确。

"我肯定留下来，"加布里埃莱·特吉特说，"我可是要见证历史的。"

"我也想呀！"奥西茨基说，但能从他的脸上读出怀疑——当真能旁观运行中的历史吗？

校样出来了。加布里埃莱·特吉特起身告辞："再见。"

但她再也见不到奥西茨基了。

◎ ◎ ◎

对总监古斯塔夫·哈通来说，达姆施塔特剧院的麻烦一点都没减少。自打市议会禁止布莱希特的《屠宰场的圣约翰娜》首演以来，纳粹就没有停止过对哈通和他的剧目，以及他手下犹太工作人员的攻击。该市的戏剧委员会受官方委托，仔细审查哈通的人事政策。纳粹党和民族自由主义的德国国家人民党要求他解雇犹太人。但哈通很固执，拒绝了。

他甚至在今晚安排了费迪南德·布鲁克纳的新剧首演。这部剧是对克莱斯特的小说《O侯爵夫人》的改编，但不是原样复述老故事，而是做出了某些肯定不符合纳粹世界观的改动。最重要的是，布鲁克纳也是犹太裔。他出生于索非亚，原名特

古斯塔夫·哈通，1930 年

奥多尔·塔格尔,父亲是一位富有的银行家,母亲是法国人。他在维也纳、巴黎和柏林长大,当过记者,很早就开始写诗和剧本,还在 1922 年创建了由私人资助的柏林文艺复兴剧院。简言之,他是一个受过高等教育、见多识广的知识分子和文化企业家,也因此代表着被纳粹党深恶痛绝的很多东西。因此,哈通坚持按原计划首演更需要勇气。他冒着很大的风险。

可布鲁克纳和他交情特殊。1926 年,布鲁克纳还在用原名特奥多尔·塔格尔的时候,他经营的文艺复兴剧院濒临破产。虽然这是一家私人剧院,可也需要盈利维持运营。塔格尔不排演轻歌剧或通俗剧,而是让他的剧院成了抨击时弊的年轻剧作家的实验舞台——演出时观众席常常空着一半。很快他就交不起租金了,不得不小心翼翼地躲避所有执法人员。

不久后,哈通接管了剧院。一开始手头也很紧,直到他看到一个剧本《残酷青春》,作者是一位几乎谁也不认识的费迪南德·布鲁克纳。哈通抓住了机会,他导演的这部作品一炮而红,连演数月。很快,全世界都想认识这位新秀,但他显然很腼腆,从不在任何地方露面,只透露说他是医生,住在兰斯,正在照顾一个有钱的病人。哈通也不知道假名背后到底是谁。然而,三年后,当布鲁克纳其他作品的表演权出现法律纠纷时,他的妻子在法庭上说漏了嘴,塔格尔只好承认自己就是作者。时至今日其后果令人遗憾:文艺复兴剧院破产后,他至今依然身负重债,不得不用他现在以费迪南德·布鲁克纳的名字赚的版税来偿还。

他的大捷之作《残酷青春》与克劳斯·曼的丑闻剧《安雅和埃丝特》有几分相似。20 年代中期，克劳斯和姐姐、帕梅拉·韦德金德、古斯塔夫·格林德根斯一起，挑拨起观众的色情幻想，这让评论家们勃然大怒。布鲁克纳作品中的人物亦是如此，在战争、君主制崩溃和通货膨胀之后，他们不论是在道德、政治还是在情欲方面都无所适从。年轻的医科学生玛丽被她最好的朋友撬走了情人，于是开始在同性恋关系中寻求安慰。然而，当她的女友意识到玛丽无论如何也放不下她的前男友时，便服安眠药自杀了。玛丽转而挑衅、折磨起一个自恋又愤世嫉俗的同学，直到被他所杀。

布鲁克纳对《O 侯爵夫人》的改编同样令人瞠目结舌。在克莱斯特的作品中，一个俄国贵族趁侯爵夫人昏迷之际强奸了她，但随后爱上她并娶了她。布鲁克纳反其道而行，把俄国贵族变成普鲁士骑兵军官，侯爵夫人则成了一个有独立意识的年轻女子，尽管她已经怀孕，但绝不嫁给那个在她昏迷时强暴她的男人。

尽管还看不到最终的演出，《黑森报》昨天已经对剧院和《O 侯爵夫人》的首演发起了一轮新的攻击。几小时后，布鲁克纳从柏林乘火车抵达达姆施塔特，与哈通一起看彩排。布鲁克纳既不满意自己的剧本，也不满意哈通的导演。他们和演员坐在一起删改台词，精简、完善每一幕剧，一直忙到深夜一点半。

哈通知道，首演时一定会有人闹事。因此，为了以防不测，他为今晚的剧院安排了警力保护。布鲁克纳不太在意这些事。

他白天在城市里转悠，拜访剧院的摄影师，让他为自己拍了照。最重要的是，他买了一张去维也纳的票，四天后那里将有《O侯爵夫人》的奥地利首演。可惜火车行程衔接不上，他不得不绕路经过法兰克福、维尔茨堡和帕绍，这将是一次漫长的夜行。但无论如何，他明天都要离开充满敌意的达姆施塔特。

所幸晚上闹得不太凶。有几支冲锋队在剧院前行进列队，但在黑森邦社民党内政部部长威廉·洛伊施纳的领导下，警察吓退了滋事者，没有让他们闯入门厅或礼堂。于是他们留在剧院前的街道上，没完没了地叫嚣"犹大去死"，这也够恶劣了。

演出结束后，布鲁克纳和哈通与演员们一起待到凌晨5点。这不是情绪高涨的首演庆典，而是一场长达几个小时、关于德国未来前景的猜谜活动。然后报纸来了，评论冷淡，但比布鲁克纳预期的要好。中午，布鲁克纳坐上了开往维也纳的火车。他轻装上阵，并不想在奥地利久留，只想看过首演就回柏林。然而，这趟重返德国的旅程，花费了他二十年的光阴。

今日要闻

- 在伍珀塔尔，一支纳粹党游行队伍在两处不同地点遭到枪击。两名冲锋队队员受到擦伤。游行解散后，警察搜查了据说是枪声来源的房子。共产党员抵抗时，警察动用武器，射杀了两名男子，并打伤另外两人。

- 在弗伦斯堡附近哈里斯莱菲尔德，黑红金国旗团成员和纳粹党成员发生争斗。一名黑红金国旗团成员被击毙。在上西里西亚尼斯城，3名黑红金国旗团成员在夜间遭到枪击。其中一人身亡。

- 在奥登瓦尔德地区林登费尔斯，某工人社区的居民与冲锋队队员厮打起来。一名冲锋队队员被刺死，另一人重伤。

- 德累斯顿的一次社民党集会后，黑红金国旗团成员与想要逮捕某位参会者的警察发生争执。一名警官随后拔枪射杀了一名社民党党员。

- 在人民剧场附近，共产党的卡尔·李卜克内西之家被警方监控，两名监视此地的警察射杀了一名男子，据称他袭击了他们。

旅行建议

中午，瓦尔特·梅林[1]去了康德大街的《世界舞台》编辑部。他多年来一直为该杂志撰写小稿件。但这次，他不是去交稿，而是作为信使，带着坏消息来找奥西茨基。昨天是周日，一位在外交部工作的朋友拜访了梅林的母亲，主动建议她的儿子赶紧离开："您的儿子在巴黎时的状态是最好的啊。他应该回巴黎去。"母亲立即明白了，问道："应该出去多久？"客人稍稍迟疑了一下："我想说，15 年。"但这位热心人士不仅关心梅林，也关心其他作者。他预测，接下来的几天将有许多人被捕。

奥西茨基带着微笑，认真而沉默地听着。这个消息没有让他吃惊。梅林恳求他尽快出境。奥西茨基犹犹豫豫，不置可否。当编辑部的人为他打电话预订了一张出国的机票时，他也没有反对。这时，赫尔穆特·冯·格拉赫走进房间，他 67 岁，是人权联盟的主席，几十年来一直是德国左翼自由主义和平运动的

1　瓦尔特·梅林（1896—1981），犹太人，魏玛共和国最著名的讽刺作家之一，参与发起了柏林达达运动。20 世纪 20 年代以来，他在《世界舞台》等杂志发表了大量讽刺诗歌和散文，批判军国主义、极端民族主义、反犹太主义和纳粹主义。

伟大领袖人物。奥西茨基非常敬重他，去年入狱时，曾委托他担任《世界舞台》的主编。

"梅林认为，"奥西茨基对他说，"我们现在全都得离开。"

正摆弄雨伞的格拉赫勃然大怒："现在别在这儿制造恐慌了！我反正是要留下来。"

"那我也留下来！"奥西茨基回答说。

梅林告别时，格拉赫还祝他"旅途愉快"。

◎ ◎ ◎

布莱希特的疝气手术进展顺利，他顺利渡过了难关，但现在仍在迈耶医生的私人诊所里，被照顾得很好。在当下的柏林，他很难找到更舒服的地方。

没人清楚未来将会如何。当然，布莱希特偶尔也会与其他作家谈谈移民的事，尤其是讨论集体流亡的想法。但该计划有一个致命疏漏：魏格尔和他还没有为他们的小女儿芭芭拉办护照——她现在已经两岁了。因此他们无法合法地带她离开这个国家。所以他们经常讨论，是不是在乡下某处躲上几个星期就好，也许在巴伐利亚，总能等到希特勒下台的。巴伐利亚人民党党首海因里希·黑尔德似乎在那里稳坐了总理之位，某种程度上能制衡纳粹。

但随后来了一份邀请，请布莱希特去维也纳参加朗诵会，他的剧本《母亲》将在那里上演，他本人也很想看一看。因此，他会先去奥地利。但什么时候呢？他又会在那里待上多久？

有一点确定无疑：他必须离开柏林。他已经把装着手稿和其他材料的箱子搬出了公寓，存放在朋友那里。孩子们不好办。布莱希特请求住在奥格斯布格尔街的父亲暂时收留芭芭拉。但怎么带她过境呢？儿子史蒂芬现在 9 岁了，布莱希特和魏格尔先把他安顿在伊丽莎白·豪普特曼家里，她是布莱希特的众多前任情人之一，现在则是他最重要的一位合作者。1929 年，在魏格尔和布莱希特的婚礼之后，她曾试图自杀，但获救了。幸运的是，布莱希特能在一定程度上安抚她当时激动的情绪，再次让她成为自己戏剧家庭中不可或缺的一员。布莱希特的工作需要她，在他的生活里，她也必不可少。

中午，布莱希特病房的电话响了，是从维也纳打来的。汉斯·艾斯勒带来了好消息，他在音乐厅全程跟着《母亲》的彩排，昨天又看了首演。现场有 2000 名观众，掌声雷动，巨大的成功！艾斯勒很开心，但目前他说不好何时返德。他的计划暂时也不清楚。他还在犹豫。

然后是两个坏消息，两个非常糟糕的消息。其一是一封信。布莱希特收到弗里茨·弗雷德的信，他是费利克斯·布洛赫·埃尔本戏剧出版社的老板。1929 年，布莱希特与弗雷德签订了一份涉及未来几年合作的大合同，其中包含许多免责条款，但最终相当于，戏剧出版社获得了布莱希特新长剧的独家代理权。作为回报，它每月向布莱希特支付一千马克的预付款。这是一笔已被布莱希特纳入固定收入的款项。弗雷德在信中抱怨说，

《屠宰场的圣约翰娜》交稿太迟，在改编莎士比亚的《恶有恶报》时布莱希特又没有遵守某些协议。信中的措辞带有令人不快的法律色彩，就像弗雷德想为当庭对峙想好论据似的。他写道，鉴于新的政治形势，这两部戏最终都不可能上演了。因此，弗雷德无法继续按月付款给布莱希特。

这样一来，除了危险的政治问题，布莱希特现在又有了严重的经济麻烦。另一个坏消息是瓦尔特·梅林带来的。是那种眼下最好不要在电话里讨论，而是要当面传达的信息。梅林和布莱希特认识很多年了，他们都加入了 1925 社，这是一个左翼作家的松散协会，有过几次聚会，直到 20 世纪 20 年代末还有联络。

梅林和布莱希特一样，也是瘦子，不高，头很大，脸色苍白。他有一种冷静、刻薄的机智，他的香颂歌词和讽刺作品使他成为本市最受欢迎的卡巴莱作家之一。布莱希特还很年轻、默默无闻时，梅林把他介绍给了特露德·黑斯特贝格。布莱希特想在她的卡巴莱剧里作为民谣歌手登台，唱自己的诗歌和民谣。他表演给她看，他的歌声听起来很阴森，近乎恶魔的声音，她觉得不错。但布莱希特的表演是一场惨败，他记不住自己的歌词，时不时卡壳，然后无助地站在舞台上找提词卡。另外，观众对布莱希特尖细而嘶哑的声音毫无感觉。

像警告奥西茨基一样，梅林也对他说了同一番话，还告诉他，奥西茨基绝对不会离开这个国家。对于这种不屈不挠的示威性殉道行为，布莱希特不以为然。但梅林的话让他警觉起来。显然，现在不能再留恋病房里的舒适，是时候离开了。

◎ ◎ ◎

　　三天前，卡蒂娅和托马斯·曼从巴黎——瓦格纳之旅的最后一站——去了瑞士的阿罗萨。这是他们最喜欢的一个度假地点。卡蒂娅·曼来这里疗养过两次，因为医生诊断她患有肺尖卡他，担心可能是肺结核的前兆。托马斯和卡蒂娅很喜欢这里的风景，还有这里的新森林酒店，就算没有医疗需要，也愿意再来这里旅行。这一次是托马斯·曼有需要——瓦格纳的文章让他很疲惫。他想休整几天，然后再回到慕尼黑的办公桌前，《约瑟夫在埃及》的手稿还在等着他。这是他的计划。

　　从这座七层高的城堡式酒店向外远眺，可以看到壮美的格劳宾登阿尔卑斯山。景色也许没有提契诺的"德国之家"那么壮观（玛格丽特·斯特芬目前正在那里治疗肺结核），却也摄人心魄。1912 年留居此地时，托马斯·曼萌生了《魔山》的灵感。后来，他在小说中借鉴了这里的景色，以及酒店的许多细节。他特别喜欢那个纵深的长餐厅，山地壮阔的全景在餐厅窗前一览无余。酒店的装潢采用新客观主义风格，色彩明朗，墙壁下半包着木板条，上面贴有彩色的条纹墙纸，天花板上挂着亮闪闪的黄铜吊灯。

　　曼把信件从慕尼黑转到了这里，这让他事后了解到学院文学系在柏林发生的争执。阿尔弗雷德·德布林给他写了一封长信，描述了最近的两次会议：一次他的哥哥亨利希·曼被迫辞职；另一次德布林试图发布抗议声明未果。这封信的结论听起来令人心灰意冷：德布林预料到，系部即将被解散，可能就在选举之后。也许在这之前主动退出更好，最好是大家一起辞职。但莱昂哈德·弗兰克不想自暴自弃，要继续战斗。可他们在学院里究竟要捍卫什么？德布林反正是满心怨气，因为如今在公众看来，他们几乎全都沉默而乖顺地接受了亨利希·曼的被迫辞职。

勒内·席克勒也来了信，他生于阿尔萨斯，几十年来一直致力于在散文和小说中促成法德两国的和解。他在信中提议，如果纳粹解散系部，大家难道不能私下成立一个作家学院吗？

昨天，托马斯·曼先给德布林回了一封详细的信，其中用了一些战斗词汇。他说，他们绝不能正中新统治者下怀，主动解散系部。当然，听到哥哥辞职时，他也想辞职。可现在，他认为最好等待，让新的占领当局——他这样称呼纳粹——来强行解散。他相信，这将会是一个有影响力的事件，届时纳粹党必将公开承担责任。此外，他指出，现在还无法预见德国将发生什么。不可否认，他对下周日的选举还抱有微弱的希望。

今天，他给席克勒写了另一封内容大致相同的信。在他看来，目前的最佳策略是无为：如果纳粹解散学院，就会在众目睽睽之下再次暴露他们的专断和跋扈。如果他们让自由作家在文学系留任，就是公开承认有一小群正直的人在抵制他们。不论哪种情况，他们政治上都不好受，不是吗？

◎ ◎ ◎

戈特弗里德·贝恩今天也在忙着通信，他给老朋友埃格蒙特·塞耶伦写了一封信。两个人已经认识 20 年了。那还是在一战之前，两人都是梦想在柏林文学界崭露头角的年轻作家。在某些方面，塞耶伦起步更好：1913 年，著名的 S. 菲舍尔出版社出版了他的处女作《痛苦的耻辱》，这是一部关于学生的青春小说，很符合时代的口味。而贝恩的第一部诗集是 1912 年在威尔默斯多夫的一家个人出版社出版的平装小书《陈尸所》，像这样一本定价 50 芬尼、只有 9 首诗的小册子很容易被忽视。但恰恰相反，贝恩的处女作最后演变成了一桩颇有影响力的文学丑闻。他的诗以无情的冷酷目光审视着疾病、死亡和腐烂，这让习惯了新艺术主义感伤语调的脆弱读者恼羞成怒，甚至骇然大惊。他们认为贝恩是个怪物，一个惊吓到他们的语言野蛮人——他却因此撞开了现代文学的新大门。

塞耶伦不久后就放弃了文学，做了一段时间的批发商、经理和企业顾问。现在，身为备受追捧的经济专家，他的事业正蒸蒸日上。他曾是贝恩在柏林巴伐利亚街区的近邻，那时两人的关系就相当密切，总是相谈甚欢，还交流情事或性问题。塞耶伦现在住在巴伐利亚，他写信给贝恩，征求医疗建议。

贝恩的回答很简短。在他看来，塞耶伦的病无非就是神经衰弱。他建议塞耶伦去疗养院住上一周，彻底检查一下，还建议他进行——以友好、戏谑的口吻——自我教育和自由流动的性爱。

贝恩更详细地介绍了柏林文学界目前的动荡。他写道：惊恐万状，出版社把政治上不讨喜的书都送到了奥地利的驻外社，以防被纳粹没收。许多作家都逃去了布拉格或维也纳，想在国外等到希特勒政府倒台。对于这种希望，贝恩嗤之以鼻："一群儿童！一群聋子！革命来了，历史在说话。看不到这一点的人是弱智。旧形式的个人主义，旧的真诚的社会主义，永远回不去了。这是会被载入史册的新时代，谈论其有没有价值都是废话，它就在这儿。在它二十年后结束时，将留下不同的人类，不同的民族。我说得磨破了嘴皮，左派却不想承认。见上文：儿童和聋子。"

近年来，除了诗歌，贝恩写的散文和广播稿越来越多。电台稿酬高，贝恩又总是缺钱。他写这些文章也不只是为了赚钱。虽然他宣称，作为诗人他不想与时事有任何瓜葛，但还是被卷入了文学与政治的论战。

一开始无关痛痒，就像副刊上常见的小打小闹。作为以艺术永恒自主为唯一准则的抒情诗人，贝恩超拔的自我认知与那种将文学视作政治斗争武器的社会参与美学理念截然相反。批评家和诗人马克斯·赫尔曼-奈塞因此在 1929 年颂扬贝恩是勇敢的先锋派代表人物，不允许自己被任何人在意识形态上收编，还把他与那些煽动性艺术的先驱区别开来——他们虽然受欢迎，却常常很肤浅。约翰内斯·贝歇尔、埃贡·埃尔温·基希等作家自觉受到赫尔曼-奈塞的攻击，于是把贝恩说成是一个厌世、古怪，甚至反社会的书呆子诗人的典型。太渴望得到认可的贝恩无法对这种污蔑视而不见，于是投入了时评界的意见之争。

但这场争斗有它自身的动力。贝恩笔诛墨伐，极尽夸张之能事，以至于走向了极端立场。左翼作家把理性和启蒙作为其文学的最高标准，贝恩对此嗤之以鼻。神话、迷醉和非理性难道不是自古以来艺术中更强大的力量？在他看来，争取进步和社会公义的斗争使文学沦为庸俗的宣传，更进一步说：斗争本身终究只证明了天真。作为尼采的读者，贝恩坚信，历史本质上对进步、道德、希望一无所知。它对千百万人的命运毫无怜悯，唯一遵循的法则是活着和活下去。正因如此，"培育""种族"或"民族"这类概念对作为医生和自然科学家的贝恩来说越来越重要了。在他看来，魏玛共和国和它的民主制度导致了社会的崩溃、颓废、灭亡。贝恩认为，现在人民背离了这种国家形式，想在纳粹党的统治下重建更严格的秩序，由此把自己培育为统治者的种族，这是合情合理的，是历史必然的反应。在他看来，越来越不容争议的是，共和国的资产阶级价值观——自由、多元、法治，已经过时、完结了。有时，他的观点也着实让自己大吃一惊。有一次，他和蒂莉·韦德金德站在诊所的窗前，看到年轻的纳粹党成员列队沿百丽联盟大街向滕珀尔霍夫公园行军，他突然对她说："现在我甚至喜欢褐色制服了。"

所有这些都被他写进了给塞耶伦的信里。在贝恩看来，希特勒于四周前上台后，历史开始了新阶段。在这个时代，那些他向来认为更为强大的古老价值重获权力。为大局牺牲和自我牺牲的意愿取代了个人主义，有机形成的民族共同体取代了民主制和艰难谈判所达成的妥协，神话集体和民族所体现的命运共同体取代了社会主义集体。

对与错的问题并未出现。如贝恩现时所见，这种规模的历史变革总是会越来越暴力。这当然令人扼腕，但毕竟不是关键。决定性的只有将建立的新秩序和将生成另一个民族的另一种人类。每场革命都需要牺牲，这不可避免——在某种意义上，贝恩也把自己算作一个牺牲品，毕竟，四十六岁的他已不再是年轻人了。"新一代成长起来了，"他在给塞耶伦的信中写道，"对我们来说很陌生的一代，但愿它能为自己创造出一段更幸运的历史，一个更快乐的时代，发展为比我们更体面的民族……我将决绝地与我自己、与我们所出自的一切、与我们曾认为美好和值得为之而活的东西告别。"

贝恩不但自视为诗人，也认为自己是思想家。这源于他精神精英的理念，他把自己也算作其中一员。精英从一个令人眩晕的高度观察、判断着历史的进程。对政治日常的细枝末节，贝恩知之甚少。像前前后后的许多作家一样，他没有追问自己是否有可能混淆了文学宏大的世界历史图景与政治现实。他以一种颠覆一切、不论道德是非的笼统革命话语，打开了专断的大门，却没有看一看领导这场所谓革命的阴暗人物。贝恩如此胜券在握地谈论时代转折，很大程度上是因为，他根本没有考虑现代工业社会的社会、经济和技术前提。他只看到了自己的历史哲学思想，如果现实与之不符，那就是现实更让人遗憾。

◎ ○ ○

越来越冷了。在医院与布莱希特告别后，瓦尔特·梅林拖着沉重的脚步走向一家咖啡馆，那是德国作家保护协会计划下午开会的地方。届时梅林会宣读他的文章，当然，他也要讲一讲外交部的朋友发出的警告。可还没等他走进咖啡馆，就有一个姑娘从街上向他走来。这位一头蓬松黑卷发的美女是玛莎·卡莱柯[1]，今年 25 岁，是个机灵风趣的女人，她发人深省的讽刺诗让她成为国内重要的新诗人之一。许多报纸都刊登过她的诗，几周前，罗沃尔特出版社出版了她的第一本小集子，它有一个新客观主义的漂亮书名：《抒情速记本》。然而，卡莱柯现在不关心文学。"梅林！"她低声窃语道，"您必须马上走！上面有纳粹辅警，带着抓您的逮捕令！"

梅林立即转身。他不想引人注目，所以走得很慢，远离咖啡馆的每一米都让他高兴。他一步一步地挪到安全地带。然后决定，现在就落实那位朋友通过母亲转达给他的建议。他去了火车站，坐上开往边境的下一班车。

1　玛莎·卡莱柯（1907—1975），犹太人，德国诗人。20 世纪 20 年代末，她在《福斯时报》和《柏林日报》等报纸上发表诗歌，介绍普通人的日常生活。这些诗歌使她成为首都的名人。20 世纪 30 年代，发表了两部诗集《抒情速记本》和《大人的小读者》，受到纳粹的审查。

◎ ◎ ◎

　　布莱希特还没走。他为自己和**魏格尔**找到了一个可以安全过夜的避难所。他认识彼得·苏尔坎普[1]很久了。1920年，他们在汉斯·约斯特位于施塔恩贝格湖畔的房子里偶遇。当时他们两个都去拜访约斯特，一起讨论他的剧本《国王》。这部剧也让托马斯·曼印象深刻，还写信给约斯特表达他作为同行的喜爱。苏尔坎普当时还是老师，但已经在建立人脉，以站稳他作为文学评论家、编辑或审稿人的脚跟。从那时起，布莱希特这位聪明的社交专家就一直与他保持着联系。有段时间，苏尔坎普在古斯塔夫·哈通的达姆施塔特剧院担任编剧，后来又在柏林的月刊《雕鸮》任编辑，时不时刊登几首布莱希特的诗。同时，他在 S.菲舍尔出版社出版了《新观察》，没有人会怀疑，这本面向受过教育的中产阶级的保守文学杂志有任何左翼甚至是马克思主义的野心。总之，苏尔坎普肯定不在警方的任何逮捕名单上，他愿意把布莱希特和**魏格尔**安顿在他的公寓里。他们俩可以在明天决定接下来该怎么办。

◎ ◎ ◎

　　晚上，社民党在体育馆筹办了一场大型的卡尔·马克思集

1　彼得·苏尔坎普（1891—1959），德国出版商，苏尔坎普出版社的创始人。

玛莎·卡莱柯，1930 年

会。虽然 3 月 14 日才是马克思逝世 50 周年纪念日，但该党迫切希望提前举行的活动能对其选举产生宣传效果。在开场几段朗诵之后，警察驱散了会议，理由是存在某些所谓批评政府的言论，大厅必须被清空。

这种情况已经持续几周了。几乎没有哪一场社民党的活动不被冲锋队破坏或扰乱。会众走出体育馆时，迎面看到夜空中的灼灼红光，是火光。消息迅速在人群中炸开：国会大厦着火了！

接到国会大厦火灾的报告时，已经是晚上 9 点多了。消防队出动了十五辆消防车。国会餐厅的第一个火源还能控制，可对于整幢大楼里其他 20 多处失火现场，消防员无能为力。在上覆穹顶的会议厅，大火好像在烟囱里燃烧，温度很快就上升至近千摄氏度。消防队到来后不久，政治警察部部长鲁道夫·迪尔斯也到了。在一片火海中，一个半裸的、明显精神错乱的荷兰人被捕，他结结巴巴地嚷着："抗议！抗议！"

当天，希特勒与戈培尔夫妇在帝国总理广场共进晚餐。戈培尔没把第一个报告火灾的电话当回事儿，他以为是在开玩笑。直到第二个电话证实了报告，他才告诉希特勒。他们一路疾驰，经过笔直的夏洛滕堡大道，穿过蒂尔加滕，来到政府区。

赫尔曼·戈林已先于他们到达火灾现场。他爬上了纵横交错的消防水龙带，看到用于灭火的水冻成了大水坑。希特勒和戈培尔到达后不久，巴本也赶来了。戈林怒吼着指控共产党纵火，认为这是他们试图在全国范围内颠覆政府的信号。他命令全体警察进入最高战备状态。面对熊熊燃烧的大楼，希特勒暴跳如雷，迪尔斯听到他失控地大叫道："现在要绝不留情，谁挡住我们的路，就弄死谁……不论在哪儿，共产党干部一律格杀勿论。今晚必须绞死共产党议员。和共产党相关的所有人都要关起来。社民党和黑红金国旗团的人也不能放过。"

12 点半左右，火势基本得到控制。迪尔斯和他的军官，还有冲锋队和党卫队小队，开始按照几周前开列的名单逮捕共产党干部和其他纳粹反对者。当夜，警察局局长向戈培尔报告说，逮捕行动正按计划进行。希特勒和他的副总理巴本共同做出第一轮决定，禁止社民党和共产党的报纸刊行。稍后，希特勒在凯撒霍夫酒店召集了他最重要的部下。场面盛大，人人精神抖擞。在大厦中被捕的荷兰人自称是共产党员。"我们正缺这个，"戈培尔喜不自禁，"现在我们放开手干吧。"

◎　◎　◎

恩斯特·罗沃尔特和鲁道夫·迪岑[1]与他们的妻子坐在施利希特餐厅，感到非常心满意足。尤其是罗沃尔特，作为出版商，他在迪岑身上做的每一件事都是对的。他很早就意识到这位心理濒危的作家才华惊人，而且他的信念从来没有动摇过。虽然迪岑创作的前两部小说不成功，而且他还因为贪污和诈骗两次入狱，罗沃尔特仍然坚定不移。出狱后，罗沃尔特甚至雇他在出版社兼职，毕竟这也能带来一点收入，这样他至少有了起码的经济保障，可以继续写第三部小说。

去年初夏，时来运转。自称汉斯·法拉达的作家迪岑完成了新手稿，也就是他的第四部小说。《福斯日报》提前刊载了

1　鲁道夫·迪岑（1893—1947），德国作家，以汉斯·法拉达为笔名发表了众多作品，他的作品以客观冷静的风格、生动的环境描写和令人信服的人物刻画为特征。小说《小人物——现在怎么办》为他获得了全球性的声誉。他也是纳粹时期德国最畅销的作家之一，但为了使作品能够出版，他不得不根据当局的要求改编作品，并从现实批判题材转向娱乐文学领域。

这部作品，书商、读者和评论家都为之痴迷，书名《小人物——现在怎么办》旋即蹿红成流行语，成为不知所措的时代暗号。这是一个普通雇员的故事，他与妻子和孩子在世界经济危机的混乱中跌跌撞撞，失去了工作、房子和对未来的所有信心，但在对自己小家庭的爱中找到了最后的救赎。这是一部有点伤感的时代小说，它的时效性和感人程度很难被超越。这本书成为名副其实的畅销书，其他国家的出版社在罗沃尔特排着队买翻译版权，电影制片人也立即扑向这个素材——书推出才几个月，现在就已经开始拍摄了。

所以恩斯特·罗沃尔特今天邀请法拉达夫妇来施利希特餐厅，这是一家受许多作家和艺术家欢迎的高档餐厅。画家鲁道夫·施利希特是店主的弟弟，墙上总是挂着他的新画或素描，就像常设的销售展览。画家的朋友乔治·格罗兹和威兰·赫兹费尔德是常客，布莱希特和库尔特·魏尔在这里结识——1928年，布莱希特把刚写了一半的《三分钱歌剧》在这里交给了这位造船工人大街剧院的年轻导演，这部剧随后成为他们人生中的巅峰之作。

罗沃尔特想尽办法让法拉达高兴。他们吃得很好，喝了很多施泰因葡萄酒，还时不时续一杯覆盆子酒。罗沃尔特宠着他的新星作者，因为法拉达对电影的进展既焦虑又愤怒。他整天整天待在片场，总怕导演和编剧会把他的小说改成庸俗的下三烂。

作为出版商，罗沃尔特有理由担心，法拉达会搞砸整个电影项目，尽管这部电影是他能期待的对这本书最好的宣传。因为，跟这位作者有时候讲不通道理。法拉达的精神状态从小就极不稳定，至今仍难以预测。学生时他想和一个同学一起自杀。两个少年钻进了虚无主义厌世的牛角尖，试图把自杀排演成决斗。法拉达真的打死了朋友，自己的胸口也中了两枪，身受重伤却活了下来。法院随后宣布他无刑事责任能力，暂时把他送进了精神病院。

刚一出院，他就陷入了一段不幸的爱情：他认识了大他8岁的闺秀安妮·玛丽·塞耶伦，她是戈特弗里德·贝恩的朋友埃格蒙特·塞耶伦的前妻。这并不匹配的一对关系破裂后，法拉达吸毒、酗酒，险些丧命。几度在戒毒所住院，又几经监禁后，他才断了吗啡的瘾，但仍然是个酒鬼。他试图控制自己的酒精摄入量，有时却酩酊大醉，完全失控。

单是这样看，罗沃尔特现在就不应该如此慷慨地点葡萄酒和烈酒。可他不在乎这些事。罗沃尔特是个精力无限、充满干劲的人，一个马不停蹄的强者和自我表现者。这辈子他似乎只怕一件事：无聊。他喜欢自己的轶闻被传得沸沸扬扬，而且会随时随地搞出点事情来。他会在庆典和宴会上咬坏香槟杯，嚼碎玻璃后吞下去，让其他客人目瞪口呆。或者，他会把作者交给他的手稿卷成纸筒，敲打自己的后脑勺，声称能根据撞击声判断文章质量。

他的出版社聚会也是一样：既受欢迎，又声名狼藉。罗沃尔特没有鲜明的政治信念，他不仅邀请左翼和自由派，也邀请右翼或极端右翼作家，并乐于看到两个阵营对峙时的剑拔弩张。他最好的一些作者和最亲密的合作者是犹太人，但这并不妨碍罗沃尔特也雇用恩斯特·冯·萨洛蒙之流。后者在战后参加了自由军团，1922 年因参加了刺杀瓦尔特·拉特瑙的反犹行动而被判处五年徒刑。

相比之下，今晚很轻松。罗沃尔特想安抚法拉达，分散他对电影的担忧。四个人已经坐下来喝摩卡了，施利希特的摩卡是用桌子上的小型咖啡机做的。罗沃尔特和法拉达喝得醉醺醺，但很平静。他们的妻子不太关心丈夫在谈什么，正聊着天——突然，一个服务员冲进餐厅，大喊："国会大厦着火了！国会大厦着火了！共产党放的火！"

法拉达和罗沃尔克跳起来，对视一眼，好像触了电。他们大喊着买单，大喊他们需要一辆出租车："我们要去国会大厦！我们要给戈林加把火！"

两个女人脸色苍白。纯粹是疯了！在如此敏感的紧张情况下，大吼大叫地谴责纳粹——纯粹是疯了！她们和声细语地安抚着醉酒的丈夫，连哄带劝地领他们走出餐厅，希望雪和冬天的空气能冷却他们的脾气，然后把他们拖进了最近的出租车。但不是去国会大厦，而是让司机先把罗沃尔特和他的妻子送回住处，再送法拉达和他的妻子安妮（法拉达喜欢叫她苏塞）回家。他们的路线经过不远处的国会大厦。法拉达看到火焰从大厦穹顶上方高高窜起。在黑色的冬日夜空中，如同一个刺眼的不祥之兆。

◎ ◎ ◎

　　讽刺作家亚历山大·罗达·罗达受《福斯日报》前总编格奥尔格·伯恩哈德之邀，参加了一场很受欢迎的晚会。客人们很晚才就座用餐。席间，一位荷兰大使被叫出去接了电话。一段时间后，其他人都感到惊讶，想知道这位外交官在哪里耽搁了这么久。事实上，打完电话他就不告而辞了。直到第二天才弄清楚原因。一个名叫马里努斯·范德卢贝的荷兰人声称自己放火烧了德国国会大厦。这是一场需要这位大使立刻出现的外交灾难。

◎ ◎ ◎

　　维利·明岑贝格不仅是成功的共产党出版商，也是共产党的国会议员。他的选区在美因河畔法兰克福附近，所以选举前这几天他正在这里奔走竞选。今天，他在法兰克福以东的朗根塞尔博德做了一场演讲。他状态很好，听众也很热情，连本应监视活动、在可疑时刻打断他的官员也被他折服，并与他握了手。明岑贝格和司机离开 10 分钟后，一支冲锋队小队来到会场想要逮捕他。但明岑贝格对此一无所知，他乘坐豪华轿车去了法兰克福的一个朋友家里，将在那里过夜。

◎ ◎ ◎

火灾的消息传来时，编辑部和排字车间瞬间大乱。特奥多尔·沃尔夫是老主编了，知道会发生什么：蜂拥而至的信息、推测、暗示、谣言、记者的电话、警察和消防队的第一批通告、第一批照片、政治家第一时间的反应。消息没完没了，大部分都不重要，但总是表现得很轰动。哪些可以刊印？哪些是歇斯底里或凭空捏造？他和他最优秀的手下现在的任务是，区分开可靠的信息和夸张的宣传，区分开报道和杜撰，并在报纸上为今天的历史大事找准正确的语气。

人们在走廊里奔跑、咒骂、叫喊。64 岁的沃尔夫已经在《柏林日报》当了 27 年主编，是一个留着小胡子的壮汉，人们很少能看到他唇间不叼着香烟。他 19 岁就开始给表兄、莫瑟出版社的传奇老板鲁道夫·莫瑟打工，从头学习新闻手艺。在他的领导下，《柏林日报》成长为全国领先的自由派报纸之一。他把德国最聪明的内政评论家之一鲁道夫·奥尔登请进了编辑部；他把副刊全权交给戏剧教皇阿尔弗雷德·克尔，让这个难缠、骄傲的人安心留在了编辑部；他还发现了许多年轻的后起之秀，比如加布里埃莱·特吉特，她从 1924 年起就为他撰写非比寻常的、带有文学色彩的法庭报告。

再比如，年轻的沃尔夫冈·布雷特霍尔茨，这个风风火火的奥地利人还不到 30 岁，就被任命为国内政治新闻部的负责人。此刻他惊慌失措地闯进房间，打断了沃尔夫的工作。布雷特霍

特奥多尔·沃尔夫与阿尔伯特·爱因斯坦，瑞士，1927 年

尔茨单刀直入地说，他在一个同事家里看到了纳粹的逮捕名单。最上面就是特奥多尔·沃尔夫的名字！警察或冲锋队随时都会来。他们知道在哪儿能找到沃尔夫，他必须立即离开编辑部，离开这栋房子，离开柏林。

　　沃尔夫犹豫了。他是正派的公民，有必要怕警察吗？身为主编，他可不能在这种新闻局面下……布雷特霍尔茨抓起沃尔夫的外套和帽子，不理会老板的抗议，把他从桌边推开，走出房间，来到街上，将沃尔夫塞上了他的车。安哈尔特火车站离这里不远，但愿站台还没有被监控。到达车站时，沃尔夫认命了。

也许布雷特霍尔茨是对的，也许最好离开柏林几天。在车站，他四下环顾，没看到特务——但他能认出他们来吗？随后他便乘夜车去了慕尼黑。

◎ ◎ ◎

克劳斯·曼正在享受着狂欢节。通常，赫伯特·弗兰茨在胡椒磨的演出结束后，克劳斯会去糖果盒接他，然后一起去舞会或私人聚会，有时候埃丽卡也在。今晚他们两个也在外面。

莫瑟大楼，《柏林日报》所在地

相识以来，克劳斯还从未如此深爱过赫伯特。快天亮时，两人去了车站，在电车上共度了美好的时光。回程路上，电车在摄政王大街停了半个小时。六点半，他终于到了家。

今日要闻

- 汉堡的一家纳粹党酒馆遭到枪袭，一名18岁的男学生被射杀。

- 在伍珀塔尔，一名共产党员在枪战后重伤而亡。

- 在法兰克福－霍希斯特，凌晨4点左右，一名党卫队军官遭到枪击，受了致命伤。

- 在腓特烈斯海恩，共产党员向纳粹党游行队伍开火。四人受重伤，其中一人身亡。

- 在克罗伊茨贝格，离戈特弗里德·贝恩的诊所约500米处，爆发了一场激烈的枪战。一名24岁的纳粹党大学生受致命伤。

独裁降临

昨晚，《世界舞台》编辑部的卡尔·冯·奥西茨基还和朋友们一起去拜访他的女朋友古斯蒂·黑希特，一位假小子似的、才华横溢的年轻同事。她原本学建筑，并在维也纳拿到了工程学位。几年前，她的一个设计方案在柏林蒂尔加滕建造新犹太教堂的比赛中胜出，但最终方案没有落地。她很失望，不久之后便受聘为《柏林日报》的周日副刊《世界明镜》的图片编辑。仅仅三个月后，特奥多尔·沃尔夫就将她提升为部门主管，负责整个副刊。

她并不胆小怕事。前天，选举前的最后一个周日，她把社民党反对希特勒的大规模集会照片放在了《世界明镜》的头版，内页则用其他示威照片填满了整整两个版面，标题是《德国人民反法西斯主义游行》。

奥西茨基的妻子莫德并不知道黑希特的存在。昨天广播报道国会大厦着火时，奥西茨基的朋友和古斯蒂·黑希特再次催促奥西茨基马上出国。但他坚定不移。他总是有留下来的新理由：想等下周日的选举；不知道自己在国外怎么生活；还欠着债，新房子的装修很贵。不，他心意已决，他会留下来。此外，他还安抚朋友们说，搬去新居后他就不贴门牌了，所以突击队应该很难找到他。

回家后，莫德也催促他逃跑。但她也失败了。奥西茨基要留下来。三点半左右，门铃响了，两名刑警逮捕了他。他们允许他洗漱穿衣，然后带走了他。"打起精神来，"他向莫德道别，"我很快就回来。"

◎ ◎ ◎

埃里希·米萨姆知道自己的处境很危险。作为巴伐利亚苏维埃共和国的前领导人，他和恩斯特·托勒一样，在纳粹的抓捕名单中高居榜首。但米萨姆还有第二个问题：他没钱。为了能逃出国，这几天他一直在东拼西凑。昨天，他终于凑够去布拉格的票钱和到达后最初几天的费用。他计划今天早上离开，行李箱都已经装好了，他的妻子随后会去找他。凌晨5点，门铃响了，他们还在睡觉。两名刑警逮捕了他。他有被捕的经验，战争以来他已经两次入狱。"这次会更苦。"他对妻子说。然后像往常一样平静地与她告别，也与尼基和莫里，这对夫妇的狗和猫告了别。

◎　◎　◎

埃贡·埃尔温·基希在自己位于莫茨街的住处被捕。和埃里希·米萨姆一样，早上5点，他听到门铃响起，紧接着是房东太太去开门的脚步声。然后她敲了敲他的房门："基希先生，请开门。"他一开门，两名意外客气的刑警就逮捕了他。他被允许洗漱穿衣。他们问他是否有武器或打算逃跑，他否认，因此被免去了戴手铐。

三人没有坐巡逻车，而是乘地铁去了亚历山大广场的警察局。基希挤入其他乘客之间。早起的人们在习以为常的上班路上，等待他的却是不确定的未来。在警察局，两名警官把他交给内勤的同事，并为他领取了一张凭据。通往政治警察部的走廊上人满为患——一群灰头土脸、从晨梦中被拖来的人。基希最先认出《世界舞台》的驻场律师阿尔弗雷德·阿普费尔，他曾为许多左翼积极分子辩护。好吧，基希想，也许他能把我弄出去，于是叫道："你好，阿普费尔博士，我被捕了。"

"我也是。"阿普费尔回答说。

然后基希认出了其他人。卡尔·冯·奥西茨基在，还有其他几位作家、科学家、医生，另外就是一些原本享有豁免权的共产党国会议员。一圈名流。戴着纳粹标志的年轻辅警紧张地监管他们，直至他们被分批带入地下看守所。正当他们掏空口袋，上交钥匙、火柴、铅笔和鞋带时，新任警察局局长马格努斯·冯·莱韦措挤入人群，叱骂起来。他称他们为"无赖"，并把一个没有立即在他面前立正的人关进了小黑屋，然后又消失了。剩下的人被塞进一个集体牢房，一个房间 47 人。靠墙有木板床，中间摆着一个桶。所有人用一个。接下来什么都没发生。等待开始了。

◎ ◎ ◎

一大早，布莱希特和魏格尔就从苏尔坎普的公寓出发了。布莱希特在柏林做医生的老同学开车把他们送到安哈尔特火车站。站台上没有人认出他们。他们上了一班去往布拉格的火车。

贝托尔特·布莱希特和海伦娜·魏格尔，丹麦，1936 年

当火车终于开动并加速时，他们松了一口气。可他们在途中突然意识到犯了一个错：魏格尔有三枚价值不菲的戒指落在了布莱希特的公寓，在财务如此紧张的境况下，这一损失令人难过。边境上他们没有遇到任何麻烦，两人的护照正常，而且布莱希特可以出示维也纳朗诵会的邀请函作为出行理由。

　　一到布拉格，他们就给柏林的年轻钢琴家格奥尔格·克内普勒打了电话。魏格尔前不久出演《无产阶级母亲的摇篮曲》时，为她伴奏的正是克内普勒。在那场演出中，魏格尔曾短暂被捕。两人向克内普勒描述了戒指所在的箱子，请克内普勒去取。这是一个危险的任务，克内普勒是共产党员，也是犹太人，如果遇到冲锋队的人正在监视或搜查布莱希特位于动物园车站附近的公寓，他有可能性命不保。但克内普勒很幸运，他找到了遗失的戒指，立即离开了目前为止似乎还没被动过的公寓，然后带着珠宝踏上了寻找它们的主人的路。

　　上午内阁开会。希特勒把两项希望兴登堡签字的紧急法令提前下达给他的部长们。在他眼中，已经到了心理上最后清算共产党的正确时机，而他公开说过不想让此事受制于法律上的顾虑。部长们对此没有什么反对意见。

　　会后，他向兴登堡递交了《国会纵火法令》以及《抵制背叛德意志人民和严重叛国活动法令》。兴登堡毫不犹豫地签了字。

第二部法令的主要目的是判处某些政治罪犯死刑。而第一部宽泛得多——它废除了所有重要的基本权利。自今日起，国家干涉不再受任何限制。言论、新闻、结社和集会自由，邮政和电话保密，以及住宅和财产的不可侵犯性统统失效。还有人身自由，从现在开始，警察可以随意逮捕任何人，无限延长拘留时间，并阻止被拘禁者与家人或律师联系。换句话说，德国境内的任何人、任何事都任凭政府和当局摆布。大门向恐怖敞开。

名义上，基本权利只是"在另行通知前"暂时作废。但这两项法令一直到纳粹政权覆灭后才被撤销。德国的法治被废除了。《国会纵火法令》第2条还授予帝国政府接管帝国各州的权力。因此，联邦制也被废除了。

宣誓就任德国总理仅30天后，希特勒就为其无限统治奠定了基本的法律基础。几周后，他只需要通过《授权法》，就能让议会彻底成为摆设。在英国《每日快报》的一次采访中，希特勒被问及关于冲锋队和党卫队计划屠杀政敌的传言是否属实。他饶有兴致地回答："我不需要巴托罗缪之夜。我们已经借助《国会纵火法令》设立了法庭，所有国家的敌人均将受到指控并被逮捕，这样就永远不会有阴谋了。"独裁降临。

◎ ◎ ◎

早报的头条新闻让身在法兰克福的维利·明岑贝格意识到自己陷入了何种境地。国会大厦着火了！纵火犯是共产党员！

当局对所有共产党干部下达了逮捕令！他的女友芭贝特·格罗斯给他在柏林的公寓打过电话。明岑贝格的秘书告诉她，警察夜里已经来过，带着逮捕令和明岑贝格很早以前的一张照片。

两人和司机一起商议还能做何打算。午报上登出了著名共产党员的通缉令，明岑贝格也在其中。他最好不要在街上被人看到。所有边境站应该都收到了他的缉捕令，此时出境也极其危险。

维利·明岑贝格和芭贝特·格罗斯

这时芭贝特·格罗斯想起，她姐姐玛格丽特的公公、犹太宗教哲学家马丁·布伯就住在达姆施塔特附近的一个小镇上。虽然只有一面之交，芭贝特还是希望能从他那里得到一些关于明岑贝格如何脱逃的建议。司机把车停在布伯家附近，芭贝特让两个男人留在车上。她的到来让布伯大吃一惊，但他确实想到了一个办法：萨尔自第一次世界大战以来始终在国际联盟的管理之下——一个令德国政治家尤其是纳粹恼羞成怒的事实——根据德国人的观念，萨尔并不与国外接壤，其边界从德国通往德国，因此德国方面对那里的控制明显松懈。布伯有一个朋友在萨尔布吕肯当大学讲师，他给芭贝特·格罗斯写了一封推荐信，并在信中请这位朋友为明岑贝格提供几天庇护。

现在只缺一张明岑贝格能用的假身份证。芭贝特·格罗斯回到法兰克福，趁着黑森狂欢节的喧闹，联系上一位年轻的共产党同仁，后者毫不犹豫地把自己的护照给了她。里面的照片根本不像明岑贝格，但他别无选择。幸运的是，当他们乘车到达萨尔边境时，天已经黑了。海关官员敷衍地照了照车内，几乎没看护照。他们被允许继续行驶，明岑贝格得救了。

但他再也没有回德国。此后几年，他尝试在巴黎组织左翼移民抵抗希特勒。由于遵循的是自己的想法而不是斯大林规定的共产党路线，他于1938年被开除党籍。1940年，他试图逃往瑞士，以免落入进军而来的德国军队之手。几周后，有人发现他死在格勒诺布尔以西的一个森林里，尸体的脖子上缠着一根绳子。

◎ ○ ◎

9点左右，阿尔弗雷德·德布林打开了收音机，才听说国会大厦的火灾。播音员称之为共产党的暗杀。德布林马上关掉了收音机。他丝毫不相信共产党是纵火犯的说法。在他看来，关键的问题是：Cui bono（谁会因此受益）？对他而言，答案显而易见。

然后，电话响了，没完没了。不断有人打电话来，催促他去安全的地方。他认为太夸张，甚至有点可笑。下午来了客人，也劝他逃。他还是拒绝，但不知何时终于屈服了，打算出去三四个月，直到国家摆脱纳粹。

晚8点左右，他带着一个小箱子，离开帝王大道的公寓。门口站着一个男人，因为寒冷，他在冲锋队制服外面套了一件便衣。男人上上下下打量着德布林，跟着他到了地铁站。站台上，他等着看德布林上了哪趟车，然后走入同一节车厢。德布林在三角火车站下车时，男人还在跟着他。这时，德布林才意识到情况多么危险，他随时都可能被捕。突然，身边热闹了起来，一大批人涌下刚停稳的车。德布林跳下楼梯，在最近的站台纵身跳上一列正要开走的车。

他甩掉了盯梢的人，又立即换车，这次是波茨坦广场方向，然后从那里去安哈尔特火车站。10 点左右有一列开往斯图加特的火车，他很幸运，甚至买到了一张卧铺票。开车后，他站在过道窗口，看着擦肩而过的城市灯火。他爱这座城市。有多少次，当他抵达安哈尔特火车站，看到同样的灯光，会放松地舒一口气——终于回家了。柏林是他生活的城市，现在他要离开这里，不知是否还会回来。

◎ ◎ ◎

昨天，哈里·凯斯勒伯爵和他的朋友兼同事马克斯·格尔茨在选帝侯大街的劳尔餐厅共进晚餐。他们是这间餐厅的常客，在这里很有名。10 点左右，餐馆老板来到他们的桌前，告诉他们国会大厦火灾的情况。凯斯勒吃完饭，回到家，在日记中写道，纳粹计划的暗杀行动确实发生了，然而不是针对希特勒，而是国会大厦。

他总结了今天报纸对此事的报道：一位名叫马里努斯·范德卢贝的荷兰共产党员被捕，并"迅速招供说，他是被共产党议员教唆的；他与社民党也有联系。据说，这个 20 岁上下的流浪汉在国会大厦三十余处放置并点燃了易燃材料，没有任何人觉察到他的出现、作案行为或大量采购物资的活动，最后他却迎头碰上巡警。在此之前，他有预谋地脱掉所有衣服，只留了一条裤子，把它们放在国会大厦里，以免由于某些失误导致身份鉴定失败。据说，他甚至还在窗口挥舞着火把"。

◎ ◎ ◎

　　克劳斯·曼必须立即去柏林。他的剧院出版商给他发了电报：伟大的演员、成功的导演、在柏林至少有三家剧院的维克多·巴诺夫斯基对他的新剧《雅典》非常感兴趣。

　　克劳斯·曼去年秋天写了这部剧，并以文岑茨·霍费尔的笔名出版。没有人知道《雅典》是他写的，这部剧也许真的有机会登台。它完美契合了当前的政治形势：剧中的希腊将军阿尔西比亚德斯是一位好战的独裁者，而雅典人则成了一个已经厌倦了民主的民族，苏格拉底则是来自大城市的知识分子，没有人想听他对理性的呼吁。克劳斯·曼很兴奋。现在应该马上去柏林吗？还是说这太危险了？他在办公桌前坐了下来，给巴诺夫斯基写信。

　　中午，特蕾泽·吉泽来与埃丽卡和他吃午餐。自然，他们一直在谈论国会大厦这场正中纳粹下怀的可怕大火。突然，广播报道说，奥西茨基、米萨姆和基希在柏林被捕。那不就是克劳斯准备要去的地方？巴诺夫斯基导演的《雅典》一定会获得巨大的成功，这也会是克劳斯的一个突破，但就目前的情况来看——克劳斯也清醒地认识到——不会再有什么结果了。

　　似乎这还不够倒霉——汉斯·法伊斯特下午来了。他们一起散步，在中国塔喝了杯热巧克力。其间，克劳斯给他挚爱的赫伯特·弗兰茨打了个电话。还在柏林时，法伊斯特对他的纠缠不休就让他心烦。这一次，法伊斯特在聊天时偶然得知克劳斯和埃丽卡后天要去瑞士的伦策海德滑雪度假，于是引发了一场毫无意义、令人痛苦的漫长讨论：克劳斯为什么不想让法伊斯特参加这次小旅行。回到波申格尔大街，克劳斯赏了自己一剂吗啡，放松了一下。胡椒磨的表演结束后，埃丽卡和特蕾泽也来了，埃丽卡也吸了点吗啡。三点半，克劳斯终于上床了。

今日要闻

- 据首批新闻报道，国会大厦着火后次夜，警察和冲锋队对130名共产党员采取了所谓的保护性监禁。但不久后的事实表明，当夜和随后几夜共有数千人被捕。很快，所有监狱都人满为患。冲锋队不再把被捕者交给警察，而是把他们关入自己的地窖、囚室或简易集中营。

- 据报道，汉堡、沃尔姆斯和杜伊斯堡的迈德里希共有五人在政治冲突中死亡。和每天一样，全国无数人受伤。

与世界脱节

凌晨 3 点，基希牢房的门被撞开，灯亮了。他猛地惊起，灯光晃得他眯上了眼睛，一名警官走近他，递给他一张单子——逮捕令。日期追溯到 2 月 28 日。

昨天傍晚，所有人被一个个叫出集体牢房，转移到单人牢房里。基希现在坐在他的木板床上，读着对自己的指控："根据《刑法》第 81 至 86 条，您有重大的犯罪嫌疑。"

《刑法》第 81 至 86 条涉及谋反和叛国等罪行。根据新的总统法令，从昨天起，这些罪名可以被判处死刑。逮捕令是一张劣质的复印表格，基希的名字是在相应空白处手写填入的。这是一份胶版印刷的死亡威胁。牢房的门砰地关上。灯灭了。留下基希独自一人，手里握着单子。

◎ ◎ ◎

阿尔弗雷德·德布林在斯图加特只待了几个小时。离开柏林的卧铺之旅很安静，没有任何麻烦。斯图加特显得友好、安宁，烧毁的国会大厦废墟越来越远。德布林突然觉得自己很傻，跑掉不是很夸张吗？到底在逃什么？以后他会不会为自己的恐惧羞愧？他继续乘车去了博登湖畔的于伯林根。他在那里的火车站餐厅坐下来，给一位医生同事——克罗伊茨林根的路德维希·宾斯万格教授——写信。

克罗伊茨林根离这儿很近，是博登湖南岸的一个小镇，在瑞士一侧。德布林不想打电话过去，国外的线路也许已经被窃听了。在给宾斯万格的信里，他也闭口不提逃离柏林的事。相反，他做了一些意味深长的暗示。他写道，由于最近风起云涌，自己无法在柏林工作了，并询问是否可以在宾斯万格的疗养院住上八到十天。

宾斯万格是精神病学家，在德国作家中享有盛誉。他是一个受过全面教育的人，是西格蒙德·弗洛伊德的好朋友，但并非对弗洛伊德不加批判。通过精神分析、现象学和存在主义哲学的结合，他开发了新的治疗方法，并称之为存在分析。他的贝尔维疗养院位于一个开阔的公园里，从外面很难看到。它不是单独的一栋楼，而是有十几栋别墅的建筑群。富有的病人在此地不仅能接受相应治疗，饮食上也被照料得无微不至：菜品绝佳。这里还有网球场、台球室、保龄球馆，外加几个游泳池。许多名人和艺术家都是贝尔维疗养院的客人或病人，比如威廉·富特文格勒、马丁·布伯、阿比·瓦尔堡、古斯塔夫·格林德根斯等。一战期间，为出境去瑞士而长期斗争的和平主义者莱昂哈德·弗兰克曾在此度过了三个多月。三年前，宾斯万格在此为患有梅毒的卡尔·施特恩海姆治疗过精神病。

去年，德布林和妻子拜访过这位同事一次，不仅为旅游，也是出于科学上的好奇。当然，宾斯万格现在也愿意收留这个难民，并派车去接他。边境畅通无阻，他安全了。

◎ ◎ ◎

与此同时，弗里茨·兰兹霍夫正在反方向的路上。几天前，他向基彭霍伊尔出版社请了假，去格劳宾登州看望在小村庄楚奥茨滑雪的前妻和女儿。在柏林与兰兹霍夫合住公寓的恩斯特·托勒不想错过机会，也来到楚奥茨。他在瑞士的读书之旅已经结束一个多月了，但希特勒夺权后，行事谨慎的他没回德国。这无疑是个明智的决定。然而，这段时间在瑞士，他感到自己似乎与世界脱节了，对他来说重要的一切都和他断了联系：柏林的文学界、反纳粹的政治抵抗，当然还有克里斯蒂娜·格劳托夫——他的禁忌之恋。简言之，流亡的第一次情绪爆发折磨着他。这是突然与世隔绝的移民典型的绝望。听天由命、返回德国的诱惑越来越强烈。为防他一时冲动，兰兹霍夫在长时间的谈话中费尽口舌，才让托勒看清楚情况有多么危险。

现在，兰兹霍夫正在从瑞士回国的路上。昨天下午，他在法兰克福逗留了一会儿，与《法兰克福日报》的老板和总编海因里希·西蒙见了面，两人是好友。自然，国会大厦着火的消息让他们震惊不已，整个晚上都在讨论预期的后果。西蒙坚信，纳粹没有机会在南德（符腾堡、巴登和巴伐利亚）立足。他说，"主线"守得住，这一点他很自信。

兰兹霍夫乘夜班火车从法兰克福去往柏林，于次日早晨到达安哈尔特火车站，直接回到他和托勒在萨克森大街的公寓，想在一夜劳顿后梳洗一下、换换衣服。但他刚进浴室，公寓的门就被敲响了。他穿上浴袍，打开门，眼前站着一位老妇人，是住在楼下的邻居。"我想提醒您，"她压低声音说，"昨晚几个冲锋队的人来了，他们发现您家里没人，就向我询问托勒先生和您的情况。我强烈建议您马上离开公寓，别再回来。"

幸运的是，兰兹霍夫的行李箱还没拆。他扔掉浴袍，匆匆穿上衣服，不到十分钟就离开了家。他是犹太人，是社会主义者，作为编辑，他出版的书被列入纳粹的禁书名单——很可能是他在瑞士的短假救了他的命。从现在起，他只能每天换地方过夜。

◎ ◎ ◎

在距离兰兹霍夫和托勒的公寓不远处的萨克森霍夫酒店房间里，埃尔泽·拉斯克-许勒收到了令人沮丧的消息。古斯塔夫·哈通从达姆施塔特给她写信说，在可预见的未来，无望把《阿图尔·阿诺尼穆斯和他的父辈》搬上舞台了。他很重视这部剧，但城里的气氛一点就着，他们再也不可能安安静静地排练了——更何况，没有孩子，这部剧就演不了。他写道，他永远不会得到"父母的许可，让孩子来参演"，因为他的剧院现在不断受到公开侮辱，也不排除冲锋队的袭击："我们必须等，等一个取决于诗的质量而非政治狂热的时代。"

◎ ◎ ◎

晚上，基希被转出亚历山大广场的看守所。看守把基希和足足 20 名与他一起被关进来的人从各自的牢房中带了出来。

"现在要把我们带去哪儿？"其中一个人问。

"你很快就会看到了。"警官叱骂着说。

他们站成两排，卡尔·冯·奥西茨基也在，还有律师阿普费尔博士和基希昨天见过的其他人。他们鱼贯穿过走廊，走上楼梯，行经列队在侧的冲锋队辅警，后者今天不仅以言辞羞辱，还对他们拳打脚踢："现在你们就能看到自己的下场了，你们这群红猪。现在你们全都要脑袋开花了……"对于手里被塞了逮捕令并受到死亡威胁的人来说，这并不是愉快的叫嚷。

院子里停着一辆小囚车，所有人都被塞了进去。男人们一个接一个上了车，挤成了密不透风的肉球。谁都动不了，连呼吸都困难。车门在最后一个人身后紧紧合上。门一关，就彻底黑了。一个多小时后，车才再次停下。门被拉开。他们在另一个监狱的院子里，被晃得睁不开眼。周围全是红砖墙，5 米甚至更高，上面有瞭望塔，也是砖砌的。当他们挣扎着一步步走下囚车时，身穿制服的警官围了上来。这里是施潘道监狱。

◎ ○ ○

　　布莱希特和魏格尔只是路过布拉格，他们想继续去维也纳。但他们听说，几天前逃出德国的威兰·赫兹费尔德已经开始在布拉格重建他的马利克出版社，所以他们拜访了他。布莱希特不能再联系德国的出版社了，流亡中建立新人脉错不了。然后，夫妇俩去机场接儿子史蒂芬，伊丽莎白·豪普特曼已经把他送上离开柏林的飞机。他们的女儿小芭芭拉目前还来不了。形势混乱。

今日要闻

- 官方现在给出的柏林被捕人数是 150 人。事实上要多得多。可参考官方数据：从昨天起，莱茵地区有 1200 人被捕，威斯特法伦有 850 人被捕。据估计，至 3 月中旬，仅普鲁士就将有 1 万人失踪在监狱或集中营。警方还通告，在另行通知之前，被捕者不允许与外界联络。律师和亲属均不得与他们见面、交谈，或为他们辩护。被捕者完全处于警方控制之下。由于《国会纵火法令》没有制定具体实施细则，因此没有对拘捕进行上诉的法律途径。而且，拘留是无限期的。
- 在柏林、汉堡和波鸿，共 5 名男子在由政治动机所引发的街头斗殴中被杀。在全国各地的无数次冲突中，不少人受重伤甚至致命伤。

假妈妈

海伦娜·魏格尔出生在维也纳，她的家人也都在这里，难怪她催着布莱希特先去那里。布莱希特不喜欢奥地利的知识分子，认为他们太被动，他们的思考对不上他的品位。

一家人先住在海伦娜父母的家里，这里位于贝尔格街 30 号，离西格蒙德·弗洛伊德接诊的贝尔格街 19 号步行不到两分钟。当天晚上，奥地利苏维埃之友联盟以音乐会的形式上演了布莱希特和艾斯勒的《母亲》。

但目前最重要的是小芭芭拉的命运。

情况更严峻了。当魏格尔给布莱希特在奥格斯布格尔的父亲打电话时，他似乎不知所措，而且异常冷漠，这让她怀疑，冲锋队正在搜查他的房子。确实，冲锋队的人给父亲打过电话，质问布莱希特的一个孩子是否来过。正因如此，他怕电话可能被窃听，所以回答得支支吾吾。魏格尔和布莱希特立即紧张起来。孩子一旦落入纳粹之手，会有什么后果？他们会不会以此为筹码，要挟其父母返德？

冲锋队给布莱希特的父亲打过电话后，保姆就马上带着芭芭拉离开了。她暂时带着孩子躲到了自己父母家中。魏格尔于是动用起她在老家所有能想到的关系，寻找把女儿带到奥地利的方法。通过朋友，她认识了一个英国贵格会家庭——唐纳德·格兰特和艾琳·格兰特带着三个孩子住在维也纳。艾琳·格兰特有一本护照，她四岁的儿子也登记在内，她愿意冒险把芭芭拉带出德国。可布莱希特和魏格尔的钱太少了，艾琳只能乘三等车前往奥格斯布格尔。一从保姆手里接过孩子，艾琳就马上启程返回奥地利。旅途不长，但很棘手，因为芭芭拉不是男孩，才两岁半，而且她根本不认识艾琳。在边境官员面前，绝对不能让人看出她对假妈妈有明显的陌生感，她也不能表现得像个女孩。幸运的是，艾琳很会与孩子打交道，和芭芭拉相安无事。最后，魏格尔和布莱希特终于在维也纳把女儿拥入怀中。

今日要闻

- 社民党主席恩斯特·台尔曼在柏林的一个秘密公寓中被捕。2 月 27 日他还主持了一场社民党的政治局会议。国会大厦大火和大规模拘捕的消息传来后，他立即躲了起来，此后再未离开住所。可还是有人告密，让警察找到了他。

- 在一次竞选集会上，普鲁士内政部部长赫尔曼·戈林宣布他将如何对待新总统法令赋予他的可能性："我不会因任何法律顾虑手软。我不会因任何官僚主义手软。在我这里不伸张正义，在我这里只有毁灭和根除，没别的！"

- 纳粹在魏玛附近的诺拉机场旧址上，建起了第一个正式集中营。场地上的两座建筑由一排平房连接。其中一层有三个大厅，现在被用作集中营，可容纳 220 名囚犯。房间里没有床，只铺着稻草和毯子。

- 汉堡、奥登瓦尔德地区的赫希斯特和萨勒河畔的贝恩堡均有因政治冲突致死的报告。奥尔登堡，一名共产党邦议员被骗出家门，然后被打倒在地，并被人用左轮手枪连打五枪，受重伤。仅柏林就有 140 人因政治罪被捕。

别开门！

凌晨5点，加布里埃莱·特吉特和丈夫海因里希·赖芬贝格的房门被人连踢带砸，震得直晃。还有没完没了的刺耳门铃声。女仆急忙跑去开门，赖芬贝格大喊："别开门！"加布里埃莱·特吉特则跑向电话。

赖芬贝格是一名建筑师，也是一个谨慎的人。举个例子，他妻子的同事鲁道夫·奥尔登很久以前就曾开玩笑讽刺说他们迟早会在纳粹的集中营里和其他许多自由派或左翼记者重聚。但赖芬贝格并没有把它当成玩笑，而是用铁栅栏、安全锁和钢制安全链对公寓门进行加固，所以他们现在能挡住外面的进攻。

他走到门前，系好安全链，小心翼翼地打开门。一个冲锋队队员立即把脚伸进门缝："你妻子的逮捕令。"

"谁签发的？"

"帝国部长戈林亲自下发。"

赖芬贝格用尽力气撞向加固的门板，直到冲锋队的人抽回脚，才把门关上。在此期间，加布里埃莱·特吉特已经打电话联系到了一位为柏林的纳粹报纸《进攻报》工作的同事。他吓了一跳，并没听说特吉特被列入逮捕名单，让她"马上给米特尔巴赫打电话。他路子很多，还是内务部警察署的负责人"。

特吉特是在法庭上认识汉斯·米特尔巴赫的。他是检察官，与政治警察的负责人鲁道夫·迪尔斯一起工作。特吉特打通了他的电话，虽然米特尔巴赫也是纳粹，但作为法学家，他不同意冲锋队擅闯民宅："叫一个应急突击队！"

几分钟后，警察到了。踹门声和门铃声停止了。检察官米特尔巴赫又打来电话，请特吉特让他和突击队队长通话。米特尔巴赫下达了指示：只有冲锋队的小队长可以在警察的监督下进公寓搜查。

走进公寓的冲锋队队员有一头惹眼的红发，全市无人不识。他就是人称"红公鸡"的第33冲锋队头目弗里茨·哈恩。站在门前被铁制配件拦住的是哪个冲锋队，也就清楚了。多亏丈夫的谨慎，特吉特才捡回一条命。

搜查是一场闹剧。一名警察看了看这对夫妇收藏的仙人掌、笼子里的鸟和赖芬贝格的建筑事务办公室，得出结论说："这里没有共产党。"当这些人走进儿童房时，四岁的儿子在床上命令道："出去！"警察就离开了房间。

一无所获的冲锋队想撤出时，特吉特再也忍不住了。"您认为，"她对哈恩说，"我会容忍您带走我的企图吗？我会指控您非法闯入私人住宅，强迫、威胁未遂。"哈恩穿着一件破破烂烂的褐色制服，多年来他一直在搞街头恐怖活动，把人打到住院，可能害死了不止一个人，还为戈培尔谋杀了他的战友

加布里埃莱·特吉特和海因里希·赖芬贝格

迈科夫斯基。他看了她一会儿，透过夹鼻眼镜乜斜着仔细打量她的脸，一句话也没说就走了。

突击队也告辞后，特吉特对丈夫说："我不能再待在这儿了。"

"去什平德莱鲁夫姆林吧，"赖芬贝格同意，"那儿的雪好着呢。"他说的是位于瑞森格波尔山的冬季运动胜地，离柏林仅300千米，却已经在捷克斯洛伐克，所以很安全。特吉特也认为这个主意不错，当天就带着儿子离开了这个国家。那天是她的 39 岁生日。

今日要闻

- 在不同政治组织间的激烈交火中，杜塞尔多夫、科隆、埃森、杜伊斯堡、汉博恩和不来梅等地共有 7 人死亡，数人受致命伤。
- 内阁决定对外国报纸的记者采取行动，指控他们恶意煽动民众反对德国政府。第一个被驱逐出境的记者是《小巴黎人报》的卡米耶·卢特，因为他对国会大厦起火原因的描述与"官方通告"不符。

投　票

　　哈里·凯斯勒伯爵的同事马克斯·格尔茨在广播中听到了昨天竞选闭幕时希特勒在柯尼希斯贝格的讲话。今天早上，他和妻子去找凯斯勒吃早餐时，仍义愤填膺。这次演讲是一场无耻的政治欺诈。可能是为欺骗容易轻信的选民，希特勒用颤抖的声音提出的观点，与他迄今为止的表现截然相反：需要社民党，和平主义不可或缺，德国希望与所有民族和平共处，他拒绝军国主义——希特勒要吃多少白垩土[1]才能如此大言不惭？

　　投票点人头攒动。凯斯勒排了一刻钟队才投上票。空气中萌动着春天的气息，天蓝多了，云很少，气温柔和。投票点前只有纳粹党和德国国家人民党的海报，他们与钢盔团和弗朗茨·冯·巴本合列在同一份名单上。看不到社民党、共产党或忠于共和的德国国家党的任何旗帜或广告。德国国家党议员沃赫斯特·德文特把象征民主的黑红金旗挂在自己公寓的窗外庆祝选举日。但凯斯勒了解到，冲锋队辅警立即把它扯了下来。

1　典出《狼和七只小羊的故事》，狼吃了白垩土后，能够伪装出温柔的声音欺骗小羊。

除此之外，这个城市给他一种安静、从容的印象。投票点离火车站不远。凯斯勒去买了份《人民观察家报》，他想读一读希特勒的柯尼希斯贝格演讲。但这份纳粹报纸没有向读者透露一个字，刊出的只有陈词滥调。显然，希特勒怕他廉价的谎言印出来后会留下把柄，所以一切都停留在含混的口头范围。马克斯·格尔茨和妻子在站台上送别凯斯勒。下午3点，他登上前往美因河畔法兰克福的普快列车。这是一次6小时的旅程。当他到站时，德国的未来就水落石出了。

◎ ○ ○

伦策海德的天气一直不好，雨水冻成了冰。克劳斯和埃丽卡从他们的小木屋步行下山，冒雨看了常规的小型滑雪赛。

他们在山里过着安静的日子。星期四，他们从慕尼黑出发，乘火车到库尔，然后开车去了去年住的那间小屋。天气实在太糟了，克劳斯几乎没怎么滑雪，大多数时间宅在房间里打字。埃丽卡和他谈了几次胡椒磨4月的节目计划，当然也和父母打过电话。他们就在邻近山谷的阿罗萨，只有一山之隔。

因为在瑞士度冬假，他们都没法投票，可依然很紧张。晚饭后，克劳斯开车去了镇上。疗养院大厅里举办了一场小型活动，表演一些愚蠢的舞蹈，然后为滑雪赛的获胜者颁奖。其间克劳斯不断去收音机旁听取选举结果。夜里他在日记中写道，够灾难了，但可能还会更惨。巴伐利亚看起来也不妙，剧变要来了。

米丽娅姆说话算话，每天都来信。直到今天选举，已有 17
天之久。一段纯粹的恐怖时光，漫长得似乎永远不会结束。今天，
奥斯卡·玛丽亚·格拉夫终于站在了维也纳火车西站，因为米
丽娅姆今天终于如愿在慕尼黑投了希特勒的反对票，可以登上
开往奥地利的火车了。

两周前，格拉夫幸运地受到维也纳教育中心的邀请来到维
也纳。他在火车上遇到一个熟人，这个朋友在德国已经待不下
去了，靠在他身上号啕大哭。纳粹对她的国家所做的事让她绝
望。到了维也纳，为格拉夫争取到奥地利邀请函的朋友立即问
起米丽娅姆，毕竟她是犹太人，这一点很危险。格拉夫告诉他

米丽娅姆·萨克斯和奥斯卡·玛丽亚·格拉夫

自己曾努力试图改变米丽娅姆的想法，她却坚持留在慕尼黑参加选举。"我对您的妻子充满敬意，"这位朋友说，"勇气如此难得……让我们期待最好的结果吧。"

一切都很顺利。米丽娅姆没有被捕，也没有再被骚扰过。在选票上画上反对希特勒的叉后，她匆匆赶往车站，离开了这个国家。火车到达西站时，米丽娅姆却没下车，她下不来，她做不到。惊吓过度的米丽娅姆已经精疲力竭了，格拉夫不得不上车把她接下来。慕尼黑的17个白昼和17个漫漫长夜阴魂不散，耗尽了她的心力。恐惧在体内弥漫，再也甩不掉。

◎ ○ ◎

刚过晚上10点，哈里·凯斯勒伯爵到达美因河畔的法兰克福。他立即去找酒馆，随便哪一家，只为了问选举结果。他被告知，纳粹党与德国国家人民党一起得票约51%。多数。

今日要闻

- 官方的最终结果是：纳粹党43.9%，黑－白－红德国民族主义战线8%，也就是说，执政党明显赢了。他们在国会获得了340个席位，而324个席位就足以成为多数。尽管在竞选中受到种种阻挠，社民党还是达到18.3%，共产党则是12.3%。

之后才是自由派的力量，如中央党、巴伐利亚人民党和德国国家党，它们加起来还不到一百个席位。

- 在兴登堡总统的干预下，普鲁士议会解散。合法的普鲁士总理奥托·布劳恩逃往瑞士，事实上，1932 年 7 月的普鲁士政变之后他就没有了实权。

- 今天是选举日，在奥芬巴赫、特里尔、奥伯豪森、奥尔登堡、汉诺威附近派讷、奥得河畔法兰克福附近维泽瑙、布雷斯劳和上西里西亚班考，共 9 人因政治冲突丧生。

移民的孤独

"您认为，"亨利希·曼给他的朋友费利克斯·贝尔托的儿子皮埃尔·贝尔托写信问，"有可能成立一个法德机构，为两个民主国家的未来做一些准备工作吗？"今天，在民主的敌人希特勒赢得选举后的第一天，这句话颇令人费解，可曼还是把它留在了信里。

正如他在出逃次日晚上对威廉·赫尔佐格所说的那样，他继续来到尼斯，下榻在尼斯酒店。这家酒店不是直接临海的奢华宫殿，而是城中心一个雅致公园里古朴的老房子。来尼斯的时候，曼总是喜欢住在这里，他不认为需要改变什么，更不会因纳粹而改变。当然，在滨海萨纳里那样的渔村，生活成本会更低，但他在柏林有储备金和人寿保险，只要把钱转到法国就好。另外，他坚信，希特勒很快就会从政治舞台上消失。他在格奥尔格·伯恩哈德的社交聚会上还说，纳粹最多掌权半年，但现在，他给了他们两年时间。

如此想来，他今天在信中写到德法两国的民主工作也就不足为奇了。亨利希·曼不想回顾过去，而是要看向未来。而且他迫不及待了，必须发起一个法德联合出版项目，并且必须马上动手，因为，在这样的出版事业上要想做出点成绩，绝非一朝一夕的事。亨利希·曼相信，希特勒很快就会倒台，因此，谁想帮助理性和民主取得胜利，现在就必须行动起来——而在他看来，跨国报纸或杂志就是合适的宣传工具。

尽管如此，这封信还是让皮埃尔·贝尔托有些不知所措，毕竟，他才 25 岁，也没什么新闻经验。但是，皮埃尔 1927 年和 1928 年在柏林学习时，亨利希·曼充分了解过他。他是个极具天赋的年轻人，有明确的政治见解和非凡的组织才能。他的魅力和耀眼的智慧，几乎能让所有人瞬间对他刮目相看。就连亨利希挑剔的侄子戈洛也和他交上了朋友。想让一份意在团结各国人民的新刊物赢得人心，皮埃尔就是最佳人选。这会是皮埃尔毕生的事业。

然而，亨利希·曼如果对自己诚实的话，就不得不承认，萌生这个念头也有一点点是因为孤独。这是移民者典型的思想游戏，他已经看不清国内的政治现实，却高估了自己的想法。亨利希·曼不喜欢独自生活。奈莉还在德国，处理法萨恩大街的公寓比预想的麻烦多了。亨利希感到非常孤独，甚至给萨纳里的威廉·赫尔佐格写信，问他是否愿意来尼斯陪自己几周。赫尔佐格不是不想，但月中才能出行。

曼与奈莉商定，让她假装是自己在柏林的秘书，老板突然离开后，由她来安排事务。这不是轻松的任务，事实也很快表明，奈莉根本无法胜任。她不懂商业和法律上的事，也不会与粗暴的普鲁士当局打交道。"整个一团糟，"她在寄往法国的信中写道，"我得为所有事买单，哪儿哪儿都要负责，处处受刁难。您在那边，什么都听不见，什么都看不到。"

总之，事情没有发展成亨利希·曼刚到尼斯时所希望的样子。刚来法国时，他还踌躇满志、心情愉悦，觉得这只不过是一次意料之外的度假，但在几个星期后，他就体会到了流亡的艰辛。

与皮埃尔·贝尔托合作出版项目的想法未能实现，给法国报纸写文章的收入远远少于他的预期，在德国的财产也很快就拿不到了。他还要担心纳粹会把女儿莱奥妮纳入保护性监禁，以胁迫他返德，没办法，他只能动员前妻米米和女儿也离开这个国家。由于米米没有收入，这对他来说也是一次昂贵的冒险。

奈莉并未久留柏林，却花了几个月时间才辗转到达法国南部，与亨利希会合。法萨恩大街的房屋管理员举报她偷盗、入室行窃和侵吞物资，因为她——与亨利希说好了——想卖掉家具来垫付没交的租金。奈莉被警察拘留了三天，直到她打电话给同父异母的兄弟瓦尔特求助。他是党卫队骑兵队的队长，尽管妹妹一直同情共产党，还是毫不迟疑地为她做了担保。一离开监狱，她就去了波罗的海边尼恩多夫的父母家。

起初她还试图抢救亨利希·曼的部分财产，把钱转给在法国的他。但几乎所有努力都失败了。最后，她决定跟随曼去法国，但她的护照上没有允许她出国的必要签证。所幸她同父异母的长兄奥古斯特·赫尔曼是渔民，有自己的船，可以不费吹灰之

奈莉·克勒格尔和亨利希·曼，1936 年

力把她偷渡出去。到丹麦后，亨利希·曼给她汇了 900 法郎。
她从哥本哈根出发去找他，直到夏天才到。

自从 1 月 30 日汉斯·迈科夫斯基和约瑟夫·佐里茨死后，
奈莉一直与躲藏起来的共产党员鲁迪·卡里乌斯保持着联系。
在此期间，柏林警方逮捕了几十名涉嫌这两起命案的嫌疑人，
他们几乎全是被认为与谋杀有关的共产党员。一开始，警方认
为卡里乌斯只是证人，后来则把他当成共犯搜寻。最终 52 个人
被送上法庭并被判处长期监禁。卡里乌斯却逃过缉捕，投奔了
奈莉和亨利希·曼。短暂的逃亡戏之后，三个人开始了漫漫无
期的移民悲剧。奈莉和亨利希·曼再也没有回到德国。

今日要闻

- 根据《国会纵火法令》，内政部部长威廉·弗利克接管了黑森和不来梅的警察，并将权力分别移交给黑森纳粹党议员海因里希·米勒和不来梅纳粹党成员里夏德·马克特。全副武装的冲锋队卫兵在黑森社民党政府首脑伯恩哈德·阿德隆和黑森内政部部长威廉·洛伊施纳的住所前设立了岗哨。

- 3月3日，奥尔登堡的共产党议员约翰内斯·格德斯被冲锋队小分队诱出家门，并遭到枪击，于昨日不治身亡。

- 在阿尔托纳、汉堡－比尔施泰特、奎克博恩、易北河畔舍内贝克、杜塞尔多夫、伍珀塔尔、柏林的腓特烈斯海恩和上弗兰肯的赛尔伯，共8人在政治冲突中身亡。

勇气、恐惧与火焰

古斯塔夫·哈通的达姆施塔特州立剧院来了一个纳粹代表团，其中有两名州议员和两名剧院员工。他们向剧院经理提出了一个建议——或者说是最后通牒。他们表示，如果哈通开除剧团里的七名犹太人以及政治上不讨喜的艺术家，并将编排剧目的权力交给纳粹党，他就可以继续任职。否则，他们现在就给他"自愿辞职"的机会。哈通听了这些人的话，直接拒绝了他们的提议。他有总监合同，没想过让谁对自己的工作指手画脚。碰了一鼻子灰的来访者走前威胁说，他们还有"其他手段"逼他辞职。

今晚计划首演萧伯纳的喜剧《真相毕露》。下午哈通在最后彩排时，几支冲锋队分队进驻剧院前庭，摆明要阻止当晚的演出。排练结束后，哈通爬上舞台，发表了简短的讲话："这部剧我们演不了了，这是悲剧，不仅是这部剧的悲剧，也是我们所有人以及德国的悲剧。我坚信，这不会持续多久，我们将在自由民主的环境中上演这部剧。"

◎ ◎ ◎

奥斯卡·勒尔克越来越担心自己在学院的秘书职位了。文学系的冲突一个接着一个。对于亨利希·曼被迫辞职这件事，成员们吵了很久才共同拟出一份疲软的抗议宣言，最终却不能发表——席林斯院长不批准。他事前警告过所有参会者严格保密，只有经过自己的批准学院才能发布公告。可会后的第二天早上，《福斯日报》和《柏林日报》就已经对最后的宣言了如指掌。席林斯借此制造了一桩巨大的内部丑闻：他给所有参会者打了电话，强硬地声称阿尔弗雷德·德布林和莱昂哈德·弗兰克就是泄密者。

两个人当然都不承认。但此时，他们也和亨利希·曼一样，从柏林消失了。德布林从瑞士寄来一封信，信中说由于天气不好，他暂时离开柏林几天，并郑重声明，报纸的信息不是他给的。

但这件事已经没人关心了。勒尔克要准备新系部主任的选举会，时间很紧。考虑到自己朝不保夕的秘书职位，勒尔克不想承担任何风险，对席林斯百依百顺。可偏偏现在院长病了，而他自己还有出行计划。

于是勒尔克给院长写了一封信。首先，他提到了席林斯并不认识的里卡尔达·胡赫，文学系的副主任，亨利希·曼辞职后，她不得不暂代主任一职。勒尔克高度赞扬了胡赫，并认为她是符合席林斯口味的候选人，一个谨慎的、具有民族独立品格的人。但年近古稀的她去年离开了柏林，现在与一位儿时的朋友住在海德堡。根据规章，由于她在柏林没有住所，就无法在普鲁士学院行使领导职能，因此勒尔克猜想，她很可能会主动放弃职位。

所以，下次会议可能不仅要选出新主任，还要找到新的副主任。勒尔克提示说，为了让关键性决定尽可能顺利落实，组织方面可以大有作为。根据以往经验，只有在报销旅费的情况下，才会有较多的外地成员赶来参会。这些人在随后的选举中没什么用，反倒可能是麻烦。而那些有希望在会上格外支持席林斯的成员，就算是自费也会赶过来。

此外，勒尔克在信末让他的院长了解到，系部下周才会决定差旅费报销的问题。因此，席林斯可以按照他的意思施加一些影响。这是一封精心措辞的信，勒尔克为此费尽心思。所有关键的东西都暗示得很谨慎，这封信却为院长提供了一份很容易破译的操作说明，告诉他可以做些什么来确保他在文学系未来的投票中如愿以偿。当然，勒尔克也希望能通过这封信侧面表明，他留任学院秘书，对席林斯多么有利。

◎ ◎ ◎

一队身穿制服的冲锋队队员行进至德累斯顿内新城。沿着大迈斯纳街平缓转弯的左右两侧伫立着四五层高的居民楼，外墙结构精美，底层有许多小商铺。在社民党的人民书店前，冲锋队调转方向，破门而入。他们从书架上抢下书，跨过狭窄的

冲锋队攻入《德累斯顿人民报》的书店后在警方保护下焚书，1933年3月8日

人行道，把战利品搬到大街上并扔成一堆，随后放了一把火。书商在遇袭前不久得到警告，已用煤袋把部分库存从店里救了出来。但大部分书在店门口被烧成了一堆脏灰。这是纳粹党第一次焚书。

此后焚书事件屡见不鲜。3月8日下午4点左右，冲锋队占领了位于韦蒂纳广场亲社民党的《德累斯顿人民报》的大楼，挂起纳粹旗，把报纸、书籍及其他文件从大楼和报社书店搬到街上烧掉。同样的事情当日在茨维考的《萨克森人民报》书店、3月9日在皮尔纳的人民书店、3月12日在波鸿社民党的《人民报》书店分别上演。不只是焚书，十几个城市的工会大楼或社民党办公室被攻占，文件和档案都被搬到楼前烧毁。

两个月后的 5 月 10 日，德国学生会在柏林及其他 21 个德国大学城组织了大型焚书活动。纳粹党并未强迫学生这样做，是他们自主开展了行动。这几年，大多数德国大学里国家主义、民族主义盛行，绝不只是失业者或没受过教育的人才热衷于纳粹。自 1931 年夏天以来，纳粹大学生联盟一直主导着德国学生会。

为准备焚烧，从 4 月 26 日开始，学生们便根据一份匆忙开列的名单，将遭禁作家的书籍集中到收集点，起先是私人藏书，后来大学及其他公共图书馆、书店和阅览室的所谓禁书也被搜罗出来。5 月 10 日晚，各大学阶梯教室的煽动性集会结束之后，火炬游行队伍走向书籍的刑场。有人装腔作势地高呼约定的点火口号，同时把受迫害、受鄙视的作家的书扔进大火："反对文学背叛世界大战士兵，为了以防卫精神教育人民，我把埃里希·玛利亚·雷马克的著作弃入火焰。反对对德意志语言的狂妄滥用，为了存护我们民族最宝贵的财富，我把阿尔弗雷德·克尔的著作弃入火焰。反对厚颜无耻和妄自尊大，为了对不朽的德意志民族精神表达尊重和敬畏！吞噬吧，火焰，还有图霍尔斯基和奥西茨基的著作！"

今日要闻

- 一如此前的汉堡、黑森和不来梅，帝国内政部部长弗利克现在也接管了巴登、符腾堡和萨克森的警察，并把相应权力移交给隶属纳粹党的专员。

- 在杜塞尔多夫、伍珀塔尔、杜伊斯堡－汉博恩、布兰肯拉特和霍夫的政治冲突中，有7名男子和1名妇女被杀。

只剩告别

在法兰克福随处可见冲锋队和党卫队的辅警。在罗马广场附近弯弯曲曲的老城小巷里，哈里·凯斯勒伯爵看到楼上的窗子挂出许多纳粹旗帜，那里大多住着穷困的普通人。

他在凯撒大街遇到一个卖纳粹徽章的小贩，他生意很好，主要是卖给小男孩，他们马上就把徽章别在了身上。

凯斯勒在法兰克福停留，主要是为拜访《法兰克福日报》的主编海因里希·西蒙。不同于上周和弗里茨·兰兹霍夫的谈话，在选举三天后的今天，西蒙的看法非常悲观。不仅仅是因为"主线"没守住。他认为，希特勒获得选举胜利是纳粹不可估量的漫长统治的基础，也许会有20年或30年。

下午，凯斯勒坐上开往萨尔布吕肯的火车，目的地是巴黎。他像平时一样从容不迫地旅行，没有表现出逃跑的意思。次日早上，他已经在巴黎见到了朋友。

◎ ◎ ◎

在伍珀塔尔，城市妇女协会不得不取消计划已久的埃尔泽·拉斯克－许勒朗诵会。组织者写信给拉斯克－许勒，请求把活动推迟到秋天。城内气氛太凶险，她不能冒险坚持邀请："尊敬的拉斯克－许勒女士，我希望不久的将来，我们能在更好的形势下见面。"

此时，莱奥波德·耶斯纳也不得不违约了，和一周前的古斯塔夫·哈通一样，席勒剧院也取消了《阿图尔·阿诺尼穆斯和他的父辈》的首演。他为这个城市的戏剧做了那么多事情，现在却要用御林广场剧院上演的里夏德·比林格的剧与它告别。他匆忙组建了一个巡演团，计划带这个团队离开德国，去荷兰、比利时和英国，根本没有时间留给埃尔泽·拉斯克－许勒。不久前的秋天，她似乎还有机会在儿子漫长的丧期后强势复出。可现在，仅仅几个月后，她却被一拒再拒。如果对自己诚实的话，她就是一败涂地。

今日要闻

● 共产党在国会选举中赢得了 81 个席位。今天，根据《国会纵火法令》，这些席位被取消了。内政部部长弗利克在美因河畔法兰克福的一次集会上发出讥讽：反正这些议员也没法在国会开幕大典上出现——他们都在集中营呢。

- 在布雷斯劳，一支约有 250 名冲锋队队员的宣传游行队伍在工会大楼前遭到枪击。一名 20 岁的冲锋队队员死亡，另有 5 人受伤。

意外的攻击

这是伦泽海德整个星期中最美的一天，有蓝天，有晴雪，埃丽卡和克劳斯·曼却偏偏要在今天回慕尼黑。他们不想浪费明媚的天气，一早就带着雪板爬上了山，滑下来之前还在阳光里躺了一会儿。回到木屋时，时间已经很紧了，他们不得不立即收拾行李，匆匆乘车赶往库尔。这是一段绝妙的旅程，风景美不胜收，他们也及时赶上了火车。一上午忙得不可开交，都没听新闻，直到在边境买了报纸，他们才得悉灾难性的消息。

希特勒政府还任命了萨克森和巴伐利亚的政府专员，根据《国会纵火法令》，他们将接管警察，因此事实上就是各州的新首脑。巴伐利亚专员是弗朗茨·里特尔·冯·埃普，一位有着屠夫心态的将军，从屠杀非洲赫雷罗人的殖民战争到凡尔登战役再到自由军团镇压巴伐利亚苏维埃共和国，在德国军方几次最肮脏、最致命的行动中都有他的身影。海因里希·黑尔德领导的巴伐利亚邦政府对希特勒独裁的最后一点抵抗以失败告终。读着报纸，埃丽卡和克劳斯渐渐意识到，火车正把他们从安全的瑞士带入纳粹的恐怖之中。

在慕尼黑主车站接他们的家庭司机汉斯·霍尔茨纳看起来心烦意乱。他明显很紧张，把行李抬上车时，他的手在颤抖。"如果可以给二位一些建议，"他脸色苍白地说，"接下来的日子低调一些吧。"几周后，人们发现，霍尔茨纳其实是个探子，多年来一直在向慕尼黑纳粹报告托马斯·曼家里的事。因此，他最直接地知道这一家的情况已经多么危险。身兼二职的他在对党和对雇主的忠诚之间纠结不堪。

城市似乎很安静，街上没有什么活动，但行车路上，克劳斯和埃丽卡看到，所有公共建筑上都挂着纳粹旗，广告柱上张贴着冯·埃普将军的公告。他们中途绕路去了外祖父母普林斯海姆家，然而在那里也没有得知任何可以对城市的新局势放心的消息。

回到位于波申格尔大街的家，他们一刻也没耽搁，立即打电话转到阿罗萨的新森林酒店警告父母。

这是一场复杂的谈话。埃丽卡和克劳斯担心线路被窃听，不想直接说出父亲将会在慕尼黑面临怎样的危险。可他们也想不出什么巧妙的说法能让他马上明白。他们开始编造天气：他们说，最近，慕尼黑及周边地区的天气糟透了，这对父母的健康一点好处都没有，他们最好还是留在瑞士。另外，整个房子乱得底朝天，正在进行春季大扫除，到处都不消停。但托马斯·曼领会不了，这种小事挡不住他，他想回家，回到书桌前，捡起《约瑟夫在埃及》的手稿。无论他们怎么劝，父亲始终坚持己见，最终姐弟俩不再小心翼翼："不行，你不能来。留在瑞士！

你在这里太危险了。"

◎ ◎ ◎

两名警官打开牢房门，其中一人说："现在跟我们去办事处。"

埃贡·埃尔温·基希在施潘道监狱一个多星期了。他住单人牢房，每天放风半小时，早上有咖啡，中午有汤，晚上有茶，每周有两次鲱鱼或烤土豆。他静静地跟在警官身后，料到了自己的处境。

在办事处，另一名警官语气平静地宣布："您要回到警察总部了。"

"为什么？"基希问道。

"您是外国人？"

"是。"

"好吧，您可能会被驱逐出德国。带上东西，和那边的两位先生走。"

那两位是政治警察部的人，他们对他可没这么友好，而是马上开始恐吓他，如果企图逃跑，他们就会开枪。然后他们押着他坐上警车，离开了监狱。

此时基希明白，他们可不是开玩笑，许多囚犯都是在所谓"逃跑"时被击毙的。他不能给这两个人任何机会。

在施潘道，他没受过虐待，但在院子里绕圈时能清清楚楚地听到拘留室传来的被拷打者的惨叫。喊声刺入他的身体，但他什么也做不了。

在警察总部，看守把他与其他五六十名囚犯关在一个集体牢房。在这里，他第一次看到了那些经历过酷刑的人，而他，则是亲耳听到这种疯狂的证人。他们被打伤、打残，缠满绷带，鲜血淋漓。他们给他看伤口，不停诉苦。选举的那个周日或次日，他们被人从家中带走抓起来，拖到冲锋队军营或野外集中营。有些人被迫在院子里训练，按照命令扑进土里，跳起来，再扑进去，再跳起来，直到失去知觉、人事不省。另一些人则被迫喝下蓖麻油，然后光着屁股蜷在桌子上，被棍棒打到皮开肉绽。因为泻药，排泄物从肠子里涌出来，浸泡着碎烂的肉。

一名囚犯被安排和儿子面对面，两人都拿着棍子，在左轮手枪的威胁下相互殴打。犯人们一次次面临着被击毙的危险。夜里，看守有时会为了取乐向漆黑的宿舍盲目开枪，人们只能睁着眼睛躺上几个小时。囚犯中犹太人处境最差。他们被打得最惨，还得被迫靠墙站立等待"处决"。有人会瞄准他们，在他们头顶开枪。

囚犯们给基希讲着这些几乎让人无法忍受的故事，一直讲到深夜。灯一直亮着，因为不断有新囚犯被带进牢房。睡觉反正是想都别想。

◎　◎　◎

到达阿罗萨的第一周，托马斯·曼还从容自信。在经历过去几个月的高强度工作之后，他终于能够放松下来。但希特勒在选举中的胜利改变了一切，他越来越没有安全感。经历过种种离别的他，了解那种淡淡的忧郁，但这一次强烈得多，让人心惊肉跳，几近恐慌。一天夜里，它升级为危机，让他再也无法自控，不得不逃去妻子那里，卡蒂娅费了好大劲儿才让他平静下来。

身为作家，他试图通过写作把新形势梳理得更清晰一些：他开始写政治日记，记录自己的想法、印象，尤其是愤怒。他想，也许以后会把这些笔记编成一本《不满之书》，或是他的《德国之痛》。

越来越清楚的是，他生命的一个阶段结束了。他不得不在新的基础上安身立命。今后，他将摆脱所有那些主要是出于社会良心而背负的义务和职务，只专注于自己的作品。这也许会是好事。完全退入文学，他就不会授人以柄，就会最大程度地免受政治攻击。

天气明媚，但他不舒服；无法正常吃饭、正常睡觉。意识到生存将有剧变，设想自己不得不流亡，他就会陷入惊骇而不能自拔。

今天，戈特弗里德·贝尔曼·菲舍尔从柏林寄来一封有些古怪的信。贝尔曼·菲舍尔曾经是医生，但与萨缪·菲舍尔的女儿布丽吉特结婚后，他就成了 S. 菲舍尔出版社的总经理，未来可能会是年迈的出版社创始者的接班人。但贝尔曼·菲舍尔的信并不像出版社的商业邮件，反倒更像是不请自来的医疗建议。"我听说，"贝尔曼·菲舍尔写道，"您这么快就想放弃治疗。从医生的角度看，我认为这完全错误，只有当您的情况彻底稳定下来，才可以考虑结束治疗。其他任何情况我认为都不妥当，因为，像您这样敏感的天性，即使在治疗当时也可能遭受意外的攻击。应尽量避免这种危害健康的做法。"

表达不会让人误解，托马斯·曼一眼就看懂了潜台词，毕竟他从来没说过要在阿罗萨治病，而只是短途度假。这封信让人倍感不安，尤其是关于"意外攻击"的警告，更何况，贝尔曼·菲舍尔竟觉得有必要伪装成医学言论来发出警告。显然，他认为邮件会在中途被拆开、被外人读到。

然后是克劳斯和埃丽卡没头没脑的电话。先是奇怪的东拉西扯，这可能也是为了伪装，然后是相当坚决的要求：别来慕尼黑，太危险，留在瑞士。

至于吗？他真的不能回慕尼黑，不能回自己的家了吗？这么重大的决定，还是不要单凭孩子们或贝尔曼·菲舍尔的一面之词吧。最好写信给两个能信得着的人，两个在慕尼黑位高权重的人——市长卡尔·沙尔纳格尔和律师卡尔·勒文施泰因，他们会可靠地评估局势。可事情像现在这样一天天发展下去，他也不得不承认自己已经受到了人身威胁。他理解不了。

◎ ◎ ◎

柏林广播大楼附近的马祖里大道上全是冲锋队和党卫队的人。晚上 8 点以后，希特勒要在这演讲，他的作战部队提前几个小时就围住了大楼。然而，赫尔曼·凯斯滕要在 7 点到 7 点半之间朗读他还没写完的新小说《正义者》。这项活动几周前就安排好了，虽然后来政治上动荡不断，却没有人想到要取消活动。毫无防备的凯斯滕带着妻子托妮走向广播大楼时，才惊觉自己陷入了何种境地。每隔几米就有一个穿褐色或黑色制服的人。他们想避开这些人，但突然转身离开会让自己显得很可疑。

一个多月前，他们的护照上就有了法国签证，但直到现在也没能离开柏林。家人要治疗流感，妹妹吉娜又打算订婚，他不得不等。两星期前的一天，一位女邻居惊慌失措地按响了他家的门铃。凯斯滕打开门，邻居颤抖着低声说，警察和冲锋队正在搜查她的房子，她的丈夫是一名编辑，可能会被逮捕。她知道凯斯滕是作家，所以想提醒他，也许他也在他们的名单上。他和托妮从后楼梯偷偷溜出了房子。所幸这是一场虚惊，没有人来搜查他们的房子。

现在，他们简直是在巡视夹道而立的冲锋队和党卫队，每走十步就会有一个人认为有权查他们的证件。凯斯滕向每个前来询问他身份的人出示身份证和电台的合同书，以证明他今天要在这里的一个演播室工作。从大楼立面到入口很远很远，凯斯滕和妻子似乎觉得这条路没有尽头。这是一栋有些昏暗的红褐色建筑，还很新，是汉斯·珀尔齐希设计的，现在纳粹管他叫"建筑布尔什维克"[1]。

---

1 在德语中，布尔什维克（Bolschewik）和珀尔齐希的名字 Poelzig 发音相近。

大楼也被控制了。凯斯滕很高兴终于坐到了话筒前。他读了小说的第一章，讲的是一位加入了共产党并公开反对独裁的乡村牧师。牧师的两个儿子因此绑架了他，把他捆在林中的一棵柳树上，要饿死他。凯斯滕读了无比漫长的半个小时，他一直在等演播室的门被撞开，自己被一个穿制服的人带走。可什么也没有发生。熬过话筒前的这段时间后，他和托妮立即去财务处结清了酬金。出大楼时，又出示了几次证件。没有人阻拦。

几天后，托妮和他终于收拾好行李。他们在选帝侯大街的莱昂咖啡馆前遇见了常在这里工作的埃里希·凯斯特纳，还给他看了去巴黎的机票。凯斯特纳试图挽留他们："我们不是得留下来吗？可不能全都一走了之啊！"但他们心意已决。凯斯滕16年后才重返德国。

◎ ◎ ◎

夜里，讽刺杂志《同步画派》在慕尼黑弗里德里希大街的编辑部被盗。第二天早上，人们发现所有办公桌、书架和柜子都被翻了个遍，到处一片狼藉，杂志社的标志——石膏制成的红色辛普利斗牛犬被砸碎。只有画家奥拉夫·居尔布兰松和爱德华·托尼的手稿和画作安然无恙。后来在第三帝国时期，两人都受到纳粹的高度重视，并被授予奖项。

今日要闻

● 这两天，国内许多城市的社民党领袖被捕，社民党报纸的大楼和编辑部被占领、封锁。内政部前部长威廉·绍尔曼在科隆－拉特的家中遇袭。他成功击退袭击者，把他们推下楼梯。随后，三辆载有党卫队和冲锋队队员的汽车开到房前，破门而入，把绍尔曼打倒在地，带走了他。若干冲锋队队员搜查了公寓，留下了一地瓦砾。在科隆纳粹党党部，绍尔曼被殴打了几个小时，受了重伤，晚上才被送进警察医院，后来又被保护性监禁。后来，他设法移民到萨尔区，又经卢森堡和英国去了美国。

最后的日子

临近中午，基希听到有人叫他的名字。他在人满为患的牢房中站了出来。一名警卫打开铁栅门，带他穿过警察总部的走廊，来到管理处。那里的一位警官通知他，作为捷克斯洛伐克公民，他将被正式驱逐出德意志帝国，今天必须离境。在基希律师的努力下，捷克斯洛伐克外交部为他与德国当局做出了交涉。他们显然也想避免因拘捕这位国际知名记者而引起公愤，最后同意释放。

基希还能回他过夜的牢房取外套。日后，他在布拉格记述这段纳粹监狱中度过的日子时——又是轰动性的报告文学——将会写道，他举起拳头，高喊"红色阵线！"并和狱友告别。五十多人举起右拳还礼，五十多重"红色阵线"！

◎ ◎ ◎

埃丽卡和克劳斯·曼都没把司机汉斯的建议放在心上。他们有一大堆计划和任务，不太可能在慕尼黑深居简出。

在暴虐的帝国专员冯·埃普的监管下，胡椒磨这样的卡巴莱剧团没什么演出机会了。埃丽卡对此不抱幻想，开始计划搬走剧团。首先，她要取消旧合同。3月休演后，胡椒磨本应从4月1日起在施瓦宾的小君主剧场——一个更大的演出场所推出新节目。现在，她不得不取消刚刚与舞台老板签订的协议。但业主是慕尼黑本地人，顽固不化："你签合同了，有合同呀！"

"是，是，我们有合同，"埃丽卡呼吁他的政治理性，"可我们毕竟是反动团伙，已经上黑名单了，也会牵连您，对您也……"

令人惊讶的是，他根本不在乎这种理由："这是生意的事儿。"

"是，是生意，但马上就干不下去了，我们全都会被逮起来。包括您！"

他对这个警告嗤之以鼻："我？我可是老党员了，你看着吧，我给你在大厅安排一个冲锋队，你会得到保护的。"

谈判对象颠三倒四的思维方式让埃丽卡·曼忍俊不禁：冲锋队居然会保护一个反希特勒的剧团，使其免遭纳粹政权的拘捕，多么诡异的想法。同时，埃丽卡意识到，与这个人谈话太危险了，他显然毫无政治头脑，为了生意不顾一切。"有冲锋队在大厅保护就太棒了，"她马上答应，"这样搞定事情可是好多了呢。"

"是呀，"对方说，"否则我直接起诉你违约。"

"不，我们会表演的，"她安抚似的向他保证，同时下定决心，很快就离开这个国家。

弟弟克劳斯也知道，在德国的时间不多了。他写了封信，修改了一篇将在《世界舞台》上发表的文章，把度假时为赫伯特·弗兰茨在胡椒磨的演出而写的一首香颂收了尾。

傍晚，家里突然热闹起来。最小的弟弟米夏埃尔从寄宿学校放假了。赫伯特·弗兰茨来吃晚饭，上次卿卿我我的狂欢节后，克劳斯和他还没见过面。埃丽卡从市里带来卡巴莱钢琴家马格努斯·亨宁和另外两个朋友。亨宁坐到钢琴前面时，这个晚上突然就有了即兴聚会的味道。13 岁的米夏埃尔以前没怎么喝过酒，莫名其妙地醉了，醉到让人很难把他弄到床上去。但最重要的是：赫伯特·弗兰茨留下来过了夜，这让克劳斯很开心。以前的关系都撑不过几天，一段更持久的恋情就要开始了吗？

◎ ◎ ◎

今天，满怀期待的约瑟夫·戈培尔终于被任命为国民教育与宣传部部长。这个部是为他量身定制的。它负责监管新闻、广播、电影、戏剧、文学、其他视觉艺术和音乐。到秋天，戈培尔还会成立一个隶属该部的帝国文化院，它设有七个独立分院，分别负责上述文化领域：帝国文学院、帝国音乐院、帝国电影院等。今后，任何想在德国公演、发表、展览或放映作品的人都必须是各分院成员，并永远受其控制。戈培尔创建了一个几乎滴水不漏的政治审查机关。

出　发

一个告别和决断的日子。前天，古斯塔夫·哈通从达姆施塔特驱车前往苏黎世，想去那里听一位他可能要聘来剧院的男中音的演唱。但局面已经基本维持不下去了。星期五，达姆施塔特纳粹党的四人代表团又去了他那里，威胁说，如果晚上按原计划在犹太指挥家赫尔曼·阿德勒的指挥下演出《费德里奥》，冲锋队就会来搅场。昨天，冲锋队占据了剧院入口，费迪南德·布鲁克纳的《O侯爵夫人》因此无法上演。哈通心不甘情不愿，却不得不承认，他无法在这种条件下继续经营剧院。他在苏黎世的酒店里拨通国际长途，给他在达姆施塔特的行政主管打电话口述了辞职申请。

◎ ◎ ◎

上午，埃丽卡·曼出发去阿罗萨找父母。虽然道路积雪，她还是开了车，一辆敞篷车。坐火车去当然更暖和、更舒适，但她要运很多东西：应父亲的要求，她从他的书房取出了《约瑟夫在埃及》的半成品手稿，以及一捆草稿和笔记，他需要这些材料来继续加工这部小说。傍晚到达阿罗萨后，她向父母讲述了希特勒的反对者在慕尼黑遭遇的拘捕和虐待，这些消息令人毛骨悚然。托马斯·曼曾请求市长沙尔纳格尔和律师勒文施泰因判断局势，他们在回信中也强烈警告他不要回慕尼黑。于是事情定了下来，他暂时留在瑞士。

◎ ◎ ◎

埃丽卡的女朋友特蕾泽·吉泽还想坚守在慕尼黑。她有室内剧院的排练任务。中场休息时，她和同事聊天取笑希特勒，声称虽然她是犹太人，他却很欣赏自己这个演员。她说他是"精神错乱的雕鸮"，还讲了一个笑话：父亲和他的小儿子坐在一起吃饭，儿子问："爸爸，谁烧了国会大厦？"父亲回答说："吃吧，吃吧，我的孩子。"一个同事告发了她，另一个同事提醒她小心被告发。她转身就离开排练舞台，逃出剧院，身上只带了一个包。马格努斯·亨宁帮助她离开了城市。傍晚，她到了蒂罗尔州莱尔莫斯，第二天继续前往瑞士去找埃丽卡。直到 16 年后的 1949 年，她才在慕尼黑室内剧院的舞台上重新亮相。

◎ ◎ ◎

不消停的克劳斯·曼一直在外奔波，他习惯了马不停蹄。

昨天，他给埃里希·艾伯迈尔写了一封长信，解释说他放弃了《夜航》，然后给巴黎的朋友发电报，告诉他们自己将会过去。初春明媚，趁着好天气，他又在慕尼黑散了一次步，与这座城市告别。今天处理的是最后一批信件和电话。中午，赫伯特·弗兰茨来波申格尔大街吃午饭。他说，慕尼黑广播电台最近已经不再雇用犹太人了。饭后，他们听了留声机里的音乐——理查德·施特劳斯的《莎乐美》和马勒的《亡儿之歌》，然后坐在阳台上喝茶。天气仍然和煦。他们谈了很多，一派缱绻。然后赫伯特离开了，他得去参加下一场电台排练。分别后，克劳斯无事可做，只能收拾行李。他不愿意走，孤独感很强。很多年后，他仍然随身带着赫伯特·弗兰茨的一张有框照片。

他乘夜车去了巴黎。

◎ ◎ ◎

布莱希特从维也纳再次启程。他听说几个自己欣赏的作家已经逃去了瑞士。以前谈论流亡时，他偶尔说起过流亡聚居地，也许，这个想法能在瑞士实现？

他想去苏黎世考察一下可能性。魏格尔暂时带着孩子们留在维也纳。格雷特（玛格丽特·斯特芬）的信已经在苏黎世旅馆里等着布莱希特了，他立即回了信。接下来的几周忙忙碌碌。他在苏黎世见了安娜·西格斯和德布林，在卢加诺湖畔见了赫尔曼·黑塞、伯恩哈德·冯·布伦塔诺、玛格丽特·斯特芬等

从左至右：贝托尔特·布莱希特、亨利·彼得·马蒂斯、玛格丽特·斯特芬、布莱希特与魏格尔之子史蒂芬，瑞典，1939 年。作家亨利·彼得·马蒂斯 1939 年起成为瑞典作家协会董事，1939 年 4 月他帮助布莱希特一家获得瑞典签证

人。其间，他与库尔特·魏尔一起在巴黎改良了芭蕾舞剧《小市民的七宗罪》，这是香榭丽舍大街剧院的一个小型委托项目，由一位英国艺术爱好者出资，献给身为舞者的妻子。但在瑞士建立流亡者聚居地的想法难以成真，作家们各有所好，而且，这个国家物价太高了。安娜·西格斯和德布林去了巴黎，伯恩哈德·冯·布伦塔诺留在了瑞士。布莱希特带着魏格尔、孩子们和玛格丽特·斯特芬一起搬到了丹麦斯文堡附近楚尔。接下来的五年，他在那里过着拮据的生活，与他的工作习惯相反，尽可能与世隔绝。战争爆发后，由于德国国防军进逼而来，他和家人不得不经由瑞典、芬兰，逃去美国加利福尼亚。

◎ ◎ ◎

一所学院的自我牺牲。文学系晚上在巴黎广场开会，成员们似乎不知所措。只有戈特弗里德·贝恩有目标，并且相信自己能够实现它。他为今天的会议做了充分准备。部里的一名官员以观察员的身份参加了会议，据说鲁斯特部长对该系的情况仍不满意，期待重组。然而，如何应对部长的政治期望，成员圈子里目前还没有人提出任何具体建议。果然，不出奥斯卡·勒尔克所料，外地成员中只有鲁道夫·宾丁来了柏林，其他人或因旅费望而却步，或已对学院不抱任何希望。

会议始于强媒硬保：参会者被告知，部长已任命汉斯·约斯特为系部成员。此前，新成员通常是由老成员根据自己的想法选入学院的。但为了支持党内同僚约斯特，鲁斯特部长直接无视这种特权，很好地向在场者展现出他们的自主权已沦落到何种地步。

这时贝恩插话了。系部的被动让他受不了，他希望系部的转型最终能掌握在自己手中。他的建议是：集体表忠，斩钉截铁，不给部长任何进一步干涉的理由。他已经准备了相应文本，明确性无可挑剔。每位成员都会被问到一个问题："在承认历史局势已变的前提下，您是否愿意继续听命于普鲁士艺术学院？肯定回答意味着，不参与任何反政府的公共政治活动，并承诺忠诚配合国家委派给学院的法定任务。"

这是彻底的政治归顺：放弃所有言论自由，不再与政府保持关键距离。从这两句话，能明显看出贝恩对民主理想、自由主义、宽容和意见多样性的蔑视。他过度的政治行动主义同样显而易见。最终，签署此声明的成员就相当于宣布，他们不但认同政府当前的行动，也认同未来所有还无法预见的行动。

贝恩起草的问题简单粗暴，与此相应，他只允许非黑即白的回答。在这一点上没有怀疑或斟酌的余地，只有极端的同意或拒绝。就连不看好共和的鲁道夫·宾丁也觉得难以理喻。作为会议主席，宾丁没有让大家对贝恩的提议投票，而是一一询问在场的每个人，对草案是否有异议。但贝恩如此起草声明，就没有了商讨余地。哪怕稍有微词，也像是在暗示某种"反政府的公共政治活动"——鉴于目前冲锋队和党卫队的所作所为，没有人愿意蒙受这种嫌疑。

为周全起见，贝恩的草案随后被带到院长办公室——需要争取院长的同意。但马克斯·冯·席林斯并不满意，他冲进会议室，要求问题要更果断、系部的自我牺牲要更彻底。第二句话要做一个小小的补充："肯定回答意味着，不参与任何反政府的公共政治活动，并承诺顺应已变化的历史局势，忠诚配合国家委派给学院的法定的民族文化任务。"

如此一来，放弃变为承诺，屈从变为宣誓效忠，不仅不违逆政府，未来还要唯政府马首是瞻。可这也吓不退参会者。没有一句抗议，他们全都同意自己被剥夺权利、任人摆布，还决定立即把声明寄给所有未参会的成员签字。

贝恩以胜利者的身份离席，实现了他想要实现的目标：这次声明后，新统治者就没有关闭文学系的理由了。然而，贝恩很快就会明白自己的胜利无异于惨败。因为，学院失去了所有那些极富精神魅力的可敬作家。首先是托马斯·曼、阿尔方斯·帕凯、阿尔弗雷德·德布林和里卡尔达·胡赫，他们自然不会在贝恩的忠诚宣言上签字。其次，犹太人或政治上不讨喜的成员，如莱昂哈德·弗兰克、格奥尔格·凯泽、勒内·席克勒、弗朗茨·韦尔弗、雅各布·瓦塞尔曼等人被逐出学院。留下的空位5月就已经被汉斯·弗里德里希·布隆克、汉斯·格林、埃尔温·吉多·科尔本海尔、威廉·舍费尔和埃米尔·施特劳斯等作家占据，他们除了有民族主义–国家主义的信念，智识上乏善可陈。这种结果让贝恩惊骇不已，从夏天起就不再去学院了。

尽管如此，托马斯·曼和德布林退出时还是极力避免表现出对政府的公开抗议。他们不求对峙——至少现在还没有。曼保证说，他"没有丝毫反对政府的意图"，但今后想一心从事文学创作，因此放弃了学院的职位。德布林首先写道，他没有异议，愿意发布所需的政治声明。但在第二封信中，他收回自己的妥协，提出了辞职，因为"在今天的形势下，作为一个犹太裔"他大概会成为系部太沉重的负担。

只有里卡尔达·胡赫毫不让步。她虽然没有流亡，后来也没有离开德国，却有勇气清清楚楚地说出她对学院自暴自弃的看法：她不准备放弃言论自由的权利，她认为学院没有资格强迫她表忠心，她坚决反对希特勒在许多方面的政策。令她惊讶的是，马克斯·冯·席林斯居然不接受她的辞职，反倒给足她面子，让这位保守而受欢迎的女作家留在学院。不过他也略施威胁，说她的行为可以被公开理解为对亨利希·曼和德布林的声援，而他们此时已经逃到国外。

为离开学院，里卡尔达·胡赫着实是在战斗，而且不卑不亢、宁折不屈。当席林斯称赞她的"德意志信念"时，她澄清了这究竟是什么："我认为，一个德国人有德意志情感，几乎天经地义；但对于什么是德意志、应该如何证明德意志的民族性，看法不一而足。现任政府所规定的民族信念，不是我的德意志性。我认为极权、胁迫、粗暴的手段，对异议者的污蔑，大言不惭的自我吹嘘，都是非德意志的、伤天害理的。"不仅如此，她还严词驳回了席林斯拐弯抹角的威胁："您提到了亨利希·曼先生和德布林博士。的确，我与亨利希·曼先生看法不同，也并不总是认可德布林博士的观点，但在某些事情上我们是一致的。不论如何，我希望所有非犹太裔的德国人都能问心无愧地寻求正念和正行，如我素来所见的那样坦荡、真诚和正直。"

里卡尔达·胡赫写这篇文章时已经68岁，是一位白发苍苍却依然风度翩翩的女士，也是一位极有原则的知识分子。她从柏林隐退到比较安静的海德堡，但在捍卫公民自由和人道尊严的问题上，她绝对义无反顾、毫不胆怯。可惜，不论学院内外，几乎都没有能与她旗鼓相当的战友。对她来说，内心流亡的孤独岁月已经开始。

她熬过了独裁和轰炸。在耶拿，她的家成了希特勒反对者碰头论事的中心。战争结束两年后，她去了柏林，为写一本德国抵抗希特勒的书搜集素材。她在法萨恩大街的旅馆走廊上遇见了一个人，他认出了她，满心欢喜地迎上来问候。那是阿尔弗雷德·德布林。

◎ ◎ ◎

城市规划委员马丁·瓦格纳是唯一为声援凯绥·珂勒惠支和亨利希·曼而退出学院的人，当晚，他被赫尔曼·戈林停职，即刻生效。柏林市政府的其他 4 名成员必须与他一起放弃职位。此后两年，瓦格纳基本处于失业状态。1935 年，他去伊斯坦布尔任城市规划顾问。3 年后，他接到哈佛大学的邀请，在那里任城市发展和区域规划教授，直到 1950 年退休。

今日要闻

- 人权联盟宣布解散，停止了在德国的所有活动。
- 在马格德堡附近舍内贝克，一名社民党市议员被枪杀。在基尔，一名竞选市议员的社民党律师被枪杀。
- 冲锋队在科隆市政厅前游行。纳粹党高官约瑟夫·格罗厄在市政厅的阳台上现身，宣布科隆市市长康拉德·阿登纳被撤职。在希特勒 2 月 18 日访问科隆期间，阿登纳曾禁止该市装饰旗帜，并拒绝与希特勒握手。纳粹党随后在竞选海报上写了"阿登纳上墙"的标语。阿登纳的一位老同学，位于艾费尔高原的玛丽亚－拉赫修道院的时任院长在阿登纳被撤职后收留了他，让他暂时担任修道院的康拉德修士。17 天后的 3 月 30 日，根据市议会的决议，阿道夫·希特勒被授予科隆市荣誉市民称号。

地狱景象

早上，约三百名防暴警察、几十名刑警和冲锋队队员在柏林各区集合，开向威尔默斯多夫。一到达劳本海默广场，一些人就跳下敞开的卡车，封锁了周围所有通道。他们不仅带了左轮手枪，还配备了卡宾枪。他们在布赖滕巴赫广场和劳本海默大街之间封锁了三个大型住宅区。这些住宅区呈环状围绕着宽敞的庭院，共计五百多套住房。柏林人喜欢称此区域为"饥饿堡"。

几年前，德国舞台从业者保险联合会和德国作家保护协会为经济条件不好的戏剧界人士和作者建造了这些小区。房子很小，家具也很简陋。但低廉的租金和公园般的庭院绿化弥补了缺点，最重要的是，均从事相关自由职业的居民形成了紧密的社区：一个大都市的艺术家聚居地。

世界经济危机以来，他们中的大多数人连拮据的生活都难以为继，陷入身无分文的惨状。许多人甚至无法支付低廉的租金，随时可能被赶出去。他们发起抗议以自保，经常组织有街头戏剧和大众娱乐性质的游行。社区团结一心，最终大多数驱逐不了了之。不只是"饥饿堡"，该区还有"红色街区"的绰号。此处的居民，几乎人人自视为社民党人、社会主义者或共产主义者。

国会大厦火灾发生后，纳粹立刻开启了第一轮入室搜查和拘捕。大火当晚，约翰内斯·贝歇尔就从市中心赶来，挨家挨户警告，其中包括哲学家恩斯特·布洛赫的生活伴侣，即后来的妻子卡罗拉·彼得科夫斯卡。布洛赫出门在外，所以她独自整理了他们共同的小型私人藏书，把所有马克思主义的书装进一个箱子，存放在"红色街区"外的朋友家中。正当她回来想把另两个装有泄密手稿的手提箱转移到安全地点时，冲锋队已经到了，别无选择，她只能把手提箱暂时藏入阁楼。然后，她穿得特别优雅，让突击队根本想不到她会是共产党员。果然，这些人仔仔细细地搜查了已经找不到任何毛病的书架，连她的衣柜和内衣也没放过。她本以为自己已经躲过了危险，这时一个冲锋队的人说："现在让我们看看你的阁楼。"

卡罗拉·彼得科夫斯卡爬上通往储藏室的楼梯，仿佛是在赴死。她竭力克制住恐惧，试图找到出路。突然，她想起，这串钥匙不仅能打开自己的储藏室，也能打开她的邻居诗人彼得·胡赫尔的储藏室。恩斯特·布洛赫在胡赫尔那里存放了一个中世纪的木雕，一尊抱着圣婴的圣母——他自己拥挤的阁楼里已经塞不下了。卡罗拉·彼得科夫斯卡知道胡赫尔没有收藏任何可疑的东西，所以打开了他阁楼的挂锁，圣母对她幸福地微笑着，而冲锋队的人在阁楼上看了一眼就离开了。

紧接着，她打电话警告了丈夫，恩斯特·布洛赫于是逃去瑞士。后来他在一篇文章中感激地写道："圣母相助。"

这些日子，"红色街区"的许多居民被捕。一些人想逃，却没有钱，只能试图在柏林藏身。

今天，警察和冲锋队包围并封锁劳本海默广场后，采取了更凶狠的行动。这次大规模搜查表明，在希特勒掌权六个星期后，不论是对于那些其间已自动与希特勒的私军合作的公务员，还是那些认同纳粹的公民，法治的约束力均已荡然无存。

警察和冲锋队突袭般冲进所有房子，尽可能防止邻居之间通风报信。一些居民设法堆起路障，以争取时间，在炉子里烧掉文件。但袭击者带了消防车，把旋转梯搭到了公寓阳台上，破窗而入。

对于马内斯·施佩尔伯，袭击者没必要如此大动干戈。这位生于加利西亚的年轻人在睡梦中被门铃惊醒，开了门。与布洛赫一样，施佩尔伯也是共产党员和犹太人，而且有强烈的文学抱负。他是心理医生阿尔弗雷德·阿德勒的学生，目前在柏林个人心理学协会工作。19岁时，他写了第一部小说，这是一个年轻人的自传故事，他在维也纳寻找爱情和生活的意义，还想发起一场世界革命。但写完后，他觉得这部青涩之作善感而悲情，莫不如留在抽屉里。施佩尔伯已经有好几个星期不在"红色街区"睡了。共产党的同志们要求他藏两把军用手枪和几把左轮手枪在家，打算在反纳粹起义时用——他很清楚，一旦在他家里发现这些武器，对自己意味着什么。

然而，昨天晚上他在一位女性朋友家的避难所里待不下去了，决定破例，不顾一切回"红色街区"过上一夜。现在，一名便衣刑警、两名警察、四名冲锋队队员和一名戴纳粹袖标的年轻女子冲入他的房间。搜查队行动很彻底，找到了手稿、信件、照片，这些东西之所以留了下来，只是因为这套房子已经不怎么住了。冲锋队在翻找书架，其中一人发现了一本署名是俄国作家的书，兴奋地大喊大叫——但那个手臂上有纳粹标志的年轻女子让他搞明白，陀思妥耶夫斯基不是共产党。

　　施佩尔伯的住所没有床，但有三个折叠沙发，白天被褥就放在沙发架里。其中一个藏了枪。他已经预料到，一旦搜查者发现它们，随时会再响起胜利的欢呼。然而，没有叫喊。

　　找到的文件足以让警察和冲锋队逮捕马内斯·施佩尔伯。护送队把他带出房子，押到一辆敞篷卡车上。卡车车厢上摆了几排长椅，他要坐到其他被捕者旁边，其中一些人流着血，嘴唇干裂或头上有伤。卡车快满了，他被迫坐在最后一排等待。三四十个好奇的人围住了卡车，冲锋队警卫向他们解释说，车上坐的是布尔什维克，是罪犯、纵火犯、国家的叛徒，是德国人民身上的毒瘤。围观的一个上了年纪的女人开始破口大骂，并动手打一个囚犯，却滑倒弄疼了自己，尖叫起来。其他人立即冲向挨打者，开始对他拳打脚踢。一个男孩还太小，够不着，就跳上货台，往他脸上吐口水。

　　几分钟后，几乎所有围观者都在不分青红皂白地殴打被捕者。特别是施佩尔伯所在的最后一排，最接近围观者的这些人被打得遍体鳞伤。警察和冲锋队在一旁看着，没有干预。正躲着拳头的施佩尔伯，看到一对老夫妻从广场对面的通道出来，走向卡车。老人走得很困难，他拄着拐杖，时不时停下来，面红耳赤地大口喘着粗气。尽管如此，他还是努力加快脚步，赶来加入这群动用私刑的乌合之众。来到卡车前，他抡起拐杖砸向被捕的人，大吼着骂他们是罪犯，是骗子，要对毁了他的通货膨胀负责。

这时才有几个警察挤入囚犯和愤怒的人群之间。但阻止暴行没那么容易，殴打者肆无忌惮，继续从四面八方涌向卡车，试图接近受害者。直到两个冲锋队的人在囚犯前摆出一个大募捐箱，就像要为私刑收取入场费一样："人民同志们，快动手吧，要想为冲锋队捐款，盒子就在这。"几乎没有人往里面扔东西，

劳本海默广场的艺术家聚居地大搜捕，被捕者被关押在警用敞篷卡车上，1933年3月15日

暴徒们放弃了囚犯，渐渐散去。

与此同时，搜查队把文件、红旗、手稿、左翼报纸，尤其是书籍拖出公寓。不能作为证据的东西也要没收，被当作遗弃的战利品处理掉。这些人把所有东西都扔在劳本海默广场上，点上一把火，就这样私自组织了一场焚书。

施佩尔伯和难友们在严寒中一动不动地坐了很久，卡车才载着他们离开。在柏林市中心的一个十字路口，他们又停下来，冲锋队的人下了车。施佩尔伯明白这意味着什么。他们不可思议地走了运，被带到秩序井然的监狱，而非冲锋队或党卫队的"野"监狱。

到达警察监狱时，一些受到殴打的人已经下不来车了，寒冷和疼痛让他们僵硬、瘫软。警卫很不耐烦，但没有动用暴力。施佩尔伯与其他人一起走了常规流程：提供个人资料，清空口袋，签名。他在拥挤的集体牢房里待了五天，然后被转移到另一所监狱，在单人牢房里过了一个月。他最担心的是，一旦住处的枪支被人发现，他就会从相当无害的政治犯变成因预谋刺杀而受审的重罪犯。牢房里与世隔绝的几个星期，他的情绪在希望和恐惧之间大起大落，有时固执地期待获释，有时又怕因为愚蠢地选错过夜地点而被纳粹的司法系统碾得粉身碎骨。

然而，施佩尔伯不可思议的运气尚未用尽。4月20日，也就是希特勒生日那天，他被当作外国人释放了。和之前的埃贡·埃尔温·基希一样，他被勒令立即离开德国。不久后，他在维也纳下了火车。

　　柏林－勃兰登堡州的冲锋队总部位于克罗伊茨贝格，黑德曼大街 31 号一栋四层高的楼里。它是街角建筑，黑德曼大街与威廉大街在此交会。安哈尔特火车站的主入口离这个路口不到两百米，可以说近在咫尺。许多流亡者从这里离开了城市，包括海伦娜·魏格尔、贝托尔特·布莱希特、玛格丽特·斯特芬、

克罗伊茨贝格，黑德曼大街 31 号，1931 年 12 月

阿尔弗雷德·克尔、安娜·西格斯、特奥多尔·沃尔夫和埃尔泽·拉斯克 - 许勒等。

希特勒上台前，纳粹突击队就会时不时把政治对手带到他们的总部或其他地方，进行所谓的审讯。从 1 月 30 日开始，被任意带走或正式逮捕的人数量猛增，导致市内监狱全都不堪重负。几周之内，冲锋队兵营或据点中就出现了不受司法部门、警察或任何官方机构控制的"野"监狱。这些毫无正义和法治可言的牢房遍布全市，差不多有一百七十处。而且不仅是柏林或普鲁士，帝国所有较大的市县均有其存在。那些不如基希和施佩尔伯那样走运，或并非外国人或名流，也没有任何其他原因能享受最后一丝保护的被捕者，还能指望什么呢？

黑德曼大街 31 号的冲锋队总部周围有几个这样的监狱，尤其是斜对面黑德曼大街 5 号和 6 号的房子。一间拘留室同时关押 15 人甚至更多，除了地板上的一些稻草，房间里什么都没有。"审讯"自有一套惩罚路数，常用的一系列拷问手段包括："计数"击打被遮盖或裸露的臀部 25 到 50 下；从头到脚的"连续"击打；用拳头"按摩"，也可以带指节套环；"一体化"[1]，此处是指因犯们在警卫的注视下互相殴打；一把一把地薅掉头发，灌服致泻药物；把个别囚犯带走假装处决。被拘者几乎得不到任何食物，也没有医疗可言，卫生条件惨不忍睹。

"审讯"绝不只在地下室悄悄展开，也发生在冲锋队办公室

1　纳粹术语，原意是指纳粹对德国社会的各个方面的绝对控制。

和黑德曼大街31号的总部。据居民说，能听到受刑者拼命叫喊，尖叫声一直传到街上，连那些为逃离德国匆匆赶往安哈尔特火车站的流亡者都能听到。为结束痛苦，共产党工人保尔·帕布斯特从黑德曼大街5号的四楼跳窗身亡。

普鲁士内务部政治警察长、戈林的亲密伙伴、4月起将成为盖世太保首任长官的鲁道夫·迪尔斯，对冲锋队的肆意妄为非常不满。二战后，他在一本书中声称自己曾数次劝说戈林和希特勒解散这些监狱。根据迪尔斯的供述，他遭到了柏林-勃兰登堡冲锋队领导们的大规模抵抗，数周之后才得以清除黑德曼大街的多处刑讯点："我们发现的受害者都快饿死了。为了'逼供'，他们被锁在狭窄的柜子里，一整天一整天地站着。'审讯'始于殴打，也以殴打结束：十几个壮汉，每隔几小时就用铁棒、橡胶棍或鞭子痛打受害者。被打碎的牙齿和断裂的骨头就是这些暴行的证据。我们进去时，那些活骷髅伤口流脓，一排排地躺在腐烂的稻草上。没有一个人不是遍体鳞伤，在惨无人道的殴打后，他们从头到脚都是青一块紫一块的瘀斑。许多人的眼睛肿了起来，鼻孔下黏着凝固的血痂。已经没有了呻吟和抱怨，只是在麻木地等待死亡或新的殴打。每个人都只能被抬上准备好的手推车，因为他们已经无法行走了。他们就像一大块一大块的黏土，像诡异的木偶，眼睛死气沉沉，脑袋颤颤悠悠，被黏在一起，挂在警车的长椅上。警察们被这种地狱般的景象吓得目瞪口呆。"

后续岁月

33 份人生缩影

马克斯·冯·席林斯　1933 年 3 月底被任命为柏林市立歌剧院[1]总监，4 月 1 日加入纳粹党，7 月 24 日在肠癌手术中死亡。

卡迪佳·韦德金德　她的小说《卡卢米纳：夏天的小说》大获成功，可她再也找不到进一步施展文学天赋的安宁或精力了。1938 年，她去了美国，当过记者、演员、售货员和保姆，偶尔开始新的文学尝试，却没有什么值得一提的成就。1949 年，她回到德国，出版了一部戏剧和一部小说，但反响不大。1994 年，她在慕尼黑去世。

埃尔泽·拉斯克-许勒　她于 1933 年 4 月 19 日逃到苏黎世。三年后，她的《阿图尔·阿诺尼穆斯和他的父辈》在那里首演，卡蒂娅和托马斯是首演嘉宾。托马斯·曼在日记中说这部剧是"冗长无序但可爱的莱茵犹太剧"。拉斯克-许勒三次长期旅居

1　柏林德意志歌剧院（Deutsche Oper Berlin）的前身，1934 年更名，是世界上最悠久、知名度最高的歌剧院之一。

巴勒斯坦。1939 年的第三次旅居期间，她因战争爆发受到惊吓，并且没有拿到回瑞士的签证。生命的最后几年，她只能住在耶路撒冷的一个转租房间。她与几个流亡者交好，其中包括在达姆施塔特为共产党出版商维利·明岑贝格制定过逃跑计划的马丁·布伯。1945 年，她在耶路撒冷去世。

汉斯·约斯特　他成了第三帝国最重要的文学官员，还成为帝国文学院和普鲁士学院文学系的主席。与海因里希·希姆莱的友谊为他赢得了一个党卫军队长的军衔，大致相当于德国国防军中将。在公开场合，他几乎只穿制服现身。他陪同希姆莱出差，对党卫军在大屠杀中的罪恶活动了如指掌。他于 1945 年 5 月被捕，1948 年 10 月之前一直被关押在不同营地。他的去纳粹化程序一拖再拖。1955 年，他的"有罪"（Belastete）判决和对他的出版禁令被一并解除。此后他一直默默生活在施塔恩贝格湖畔，无人关注，也无人打扰，直到 1978 年去世。

恩斯特·托勒　公开反对纳粹政权最激烈的作家之一。1933 年，**克里斯蒂娜·格劳托夫**拒演了一部反犹太的纳粹宣传片，并跟随托勒流亡。1935 年，格劳托夫刚过完 18 岁生日，二人就在伦敦结了婚。托勒的抑郁症越来越重，1939 年在纽约上吊自杀。格劳托夫起步时前途无量的戏剧生涯陷入停滞，登台的次数越来越少。后来她嫁给了作家瓦尔特·舍恩施泰特，并搬到了墨西哥城，直到 1974 年去世。

奥斯卡·玛丽亚·格拉夫　他的书逃过了 5 月 10 日的焚书行动，他随后写下著名的抗议信《焚烧我吧！》。作为纳粹的公开敌人，他成了他们的眼中钉。1938 年，他与米丽娅姆·萨克斯一起经荷兰逃到纽约，次年在恩斯特·托勒的葬礼上发表了演讲。萨克斯的表妹**奈莉·萨克斯** 1940 年才从柏林逃到瑞典，并于 1966 年凭诗歌获得诺贝尔文学奖。1958 年，格拉夫首次回德国访问。1967 年，他在纽约去世。

卡尔·冯·奥西茨基 1933 年 4 月 6 日，他被转移到屈斯特林[1]附近的松嫩贝格集中营。在这个由第 33 冲锋队管理的集中营中，他饱受殴打和折磨。1934 年春，他被安排到埃姆斯兰的埃斯特维根集中营参加沼泽地的排水工作，这显然是要毁掉他的健康。库尔特·格罗斯曼和奥西茨基的朋友们在国外发起了一场运动，推动他成为诺贝尔和平奖的候选人。一个名叫赫伯特·弗拉姆的年轻德国移民在挪威参与了这场运动，流亡期间，他用了维利·勃兰特这个名字坚持战斗。1936 年 11 月，奥西茨基被授予诺贝尔和平奖。不久后，患有严重结核病的他被转到柏林的一家医院。妻子莫德奋不顾身地照顾他，毫不惧怕被传染的风险。他于 1938 年 5 月 4 日去世，享年 49 岁。1971 年，联邦德国总理维利·勃兰特因其东方政策获得诺贝尔和平奖。

乔治·格罗兹 他在美国的艺术成就无法与在德国时相比，晚期作品转向了非政治性的风景和静物。战争期间，党卫军占领了他岳父岳母在萨维尼广场 5 号的住所，并把租金据为己有，但他们并不知道格罗兹在那里存放了大量素描和其他作品。

1　即波兰科斯琴市。

1959 年，他回到柏林，发现这些东西还安然无恙地保存在 26 年前留下的箱子里。

古斯塔夫·哈通 战时他在瑞士剧院当演员和导演，1945 年回到德国，成为海德堡室内剧院的主管，不久后于 1946 年 2 月 14 日去世。

埃里希·玛利亚·雷马克 1939 年，他从瑞士流亡到美国。流亡期间，他又写了 8 部小说，但无一能与《西线无战事》的成功相比。他风流成性，与玛琳·黛德丽、葛丽泰·嘉宝和宝莉特·戈达德均有绯闻。1958 年，他娶了戈达德。雷马克的妹妹埃尔弗里德住在德累斯顿，1943 年因反纳粹言论被告发，被人民法院院长罗兰·弗赖斯勒判处死刑。雷马克战后才得知她已被处决。

戈特弗里德·贝恩 他在学院的"一体化"上花了相当大的力气，还在几篇文章中对希特勒上台后改变的历史形势表现出巨大的热情，尽管如此，他在第三帝国还是因被当作现代主义抒情诗人而受到多次攻击。1935 年，他加入了德国国防军，成为少校军医。在他眼中，这是"贵族式的流亡"。1938 年，他被开除出帝国文学院，作品被禁止出版。战后，他回到柏林当医生，作品再次被禁止出版，直至 1948 年才解禁。1951 年，他获得德意志联邦共和国最高文学奖项之一的毕希纳文学奖，两年后又获得联邦一等十字勋章。

克劳斯·曼 1933 年 5 月，他给戈特弗里德·贝恩写了一封私人信，警告说他不会得到纳粹的认可，只会被他们恩将仇报、蔑视和迫害。贝恩在报纸上公开回应了他，还在电台宣读了这篇文章：克劳斯·曼和其他流亡者终将明白，纳粹党的崛起不是"政府形式的改变，而是人类诞生的新景象，也许是一个古老的构想，也许是白人种族最后的伟大构想，甚至可能是世界精神的一次最伟大的实现"。1933 年 9 月，克劳斯·曼在阿姆斯特丹创办流亡杂志《文选》，由荷兰克里多出版社发行，其德语部在 1933—1940 年间由**弗里茨·兰兹霍夫**领导，并成为德国流亡文学最重要的一个出版基地。1938 年，克劳斯·曼移民美国，1941 年加入美军。1945 年，他作为军事杂志《星条旗》的记者，采访了被监禁的赫尔曼·戈林。从美军退伍后，他未能在德国文坛东山再起。他没有像戈特弗里德·贝恩那样获得奖项或勋章。1949 年，他因过量服用安眠药在戛纳去世。

埃丽卡·曼　从 1933 年起，她带着自己的卡巴莱剧团胡椒磨在瑞士及其他许多欧洲国家巡演。被德国当局剥夺国籍后，她与同性恋作家 W.H. 奥登结婚，因此获得英国国籍。1937 年后住在美国。胡椒磨剧团解散后，**特蕾泽·吉泽**没有了当演员的工作机会，与埃丽卡·曼分手，搬去瑞士。埃丽卡留在美国，通过长期巡回演讲向美国公众揭发希特勒政权的罪行。1943 年至 1946 年，她作为各家报纸的战地记者走遍欧洲和近东。1952 年，她随父母离开美国，与他们一起在苏黎世附近定居。

托马斯·曼　1938 年之前，他与卡蒂娅一直居住在瑞士。起初，他不做任何政治表态。直到 1936 年，他与纳粹政权公开决裂并被剥夺国籍。1938 年，两人移居美国。这对夫妇先住在普林斯顿，然后住在洛杉矶附近的太平洋帕利塞德社区。1951年夏，托马斯·曼不得不在众议院非美活动调查委员会对自己的行为进行交代。1952年他和卡蒂娅离开美国，移居瑞士。

贝托尔特·布莱希特 战争开始后，他没有向苏联寻求庇护，而是打算逃到美国。1941年，他和**海伦娜·魏格尔、玛格丽特·斯特芬**先逃亡到了莫斯科，玛格丽特在那里死于肺结核。魏格尔和布莱希特继续经海参崴前往美国加利福尼亚。布莱希特在加利福尼亚为好莱坞影业工作。1943年，他与弗里茨·朗合作了电影《刽子手之死》，影射了大屠杀的主要组织者莱因哈德·海德里希在布拉格被暗杀一事。除了几个没有台词的角色，**魏格尔**再也没有得到其他表演机会。1947年，布莱希特不得不接受众议院非美活动调查委员会的审问，几天后，他离开美国去往瑞士苏黎世。1948年起，他恢复了在柏林的戏剧工作。海伦娜·魏格尔成为柏林剧团的负责人，布莱希特是第一任导演。

埃里希·米萨姆 被捕后没有获释。1934年7月10日，党卫队在奥拉宁堡集中营杀害了他。

亨利希·曼 1939年和**奈莉·克勒格尔**举办了婚礼，并于次年逃往美国。奈莉·克勒格尔戒酒失败，于1944年自杀。亨利希·曼住在圣莫尼卡，离弟弟托马斯不远，并在经济上受他资助。1949年，他被选为民主德国的德国艺术学院第一任院长。1950年3月11日，他在计划返回柏林前不久去世。

皮埃尔·贝尔托 他没能与亨利希·曼一起创办杂志，但在其他领域证明了自己出众的才能。战争期间，他成为抵抗运动[1]的领导人之一，并于 1949 年成为法国安全局局长。1951 年，因一位抵抗运动时期的密友参与了一起轰动的珠宝抢劫案，并在很长一段时间内没有被逮捕，他失去了职位。他后来作为日耳曼学者在巴黎索邦大学任教，并出版了几本关于荷尔德林和歌德的书。

鲁迪·卡里乌斯　作为共产党志愿者参加了西班牙内战。二战结束后，他与亨利希·曼恢复联系，才得知奈莉·克勒格尔已在美国去世。

埃里希·凯斯特纳　因为不愿丢下母亲不管，他留在了德国，也想以目击者的身份搜集第三帝国生活的材料，作为小说的素材。但 1933 年，他显然花了大量时间在柏林外旅行。3 月，他从梅拉诺前往苏黎世，并在那里与安娜·西格斯及其他作家见了面，他们极力劝他不要回德国。但他心意已决。接下来的几年，尽管他多次尝试，仍未能进入帝国文学院，只能匿名发表作品。1945 年后，他搜集的纳粹时期生活的笔记没有派上用场："'千年帝国'不具备创作伟大小说的条件。"

玛莎·卡莱柯　1938 年移居美国，1956 年首次返德。她的书重获成功，处女作《抒情速记本》也顺利再版。1959 年，她本应拿到柏林艺术学院颁发的冯塔纳奖。但在得知评委成员汉斯·埃贡·霍尔特胡森曾在党卫队任职后，她放弃了自己的候

1　特指二战期间法国反抗德军占领的抵抗运动。

选资格。后来她为了丈夫移居以色列。直到去世前，她没能再在德国文学界产生什么影响。

特奥多尔·沃尔夫 3月5日帝国国会选举前，他再次来到柏林，投下了自己的一票，然后与家人一起离开。从1934年起，他住在尼斯和滨海萨纳里。赫尔曼·戈林请他回德国担任《柏林日报》主编，但沃尔夫拒绝了。1943年，他以75岁高龄在法国尼斯被捕，并被送往萨克森豪森集中营。他在集中营里病倒，于1943年9月23日在柏林一家医院去世。

阿尔弗雷德·德布林 1933年定居巴黎，1940年逃到美国，在好莱坞做编剧。战争结束后，他作为首批流亡作家中的一员返回德国，为法国占领区工作。然而，他没能在德国的文学生活中重整旗鼓，新书也不尽如人意。1953年又搬回法国。

里卡尔达·胡赫 从1936年起住在耶拿。两年后，她和女婿弗朗茨·博姆因亲犹太观点而被告发。因为她德高望重，司法部部长撤销了对她和博姆的诉讼，但她那部内容丰富的《德国史》第三卷，也就是最后一卷被禁止出版。1944年，她在80岁生日时收到希特勒和戈培尔的祝贺电报，并被授予拉贝奖。战后，法国占领当局也不批准出版她的《德国史》第三卷，因为书中有对路易十四专制的批评言论。1947年，她作为名誉主席在柏林参加了第一届德国作家大会。此后不久，她在美因河畔法兰克福附近的舍恩贝格去世。

奥斯卡·勒尔克 一直忍气吞声，想极力保住学院秘书的职位，却在1933年3月底就被停职。但他仍然是学院成员和S.菲舍尔出版社的编辑,该出版社还出版了他的另外五卷诗歌。他于 1941 年去世。

加布里埃莱·特吉特　先移民到了布拉格和巴勒斯坦,1938 年在伦敦定居。1933 年后,她一直在行李中带着《埃芬格一家》的手稿,但逃亡的那些年里,写作进展缓慢。1951 年,这部伟大的社会小说在德意志联邦共和国出版,但没有多少读者。战后的日子里,她也没能找到进入德国新闻业的门路。相反,她在伦敦的德语流亡作家笔会义务担任了 25 年的财务主管和秘书。

后　记

"如果对过去的回忆

被用来在邪恶和我们之间竖起一堵不可逾越的墙，

只认同无罪的英雄和无辜的受害者，

却把邪恶的代理人排除在人类的圈子之外，

那么回忆就毫无意义。

然而，我们通常就是这样做的。"

——茨维坦·托多洛夫

只需一段年假的时间，独裁者就能摧毁民主。1月底离开法治国家的人，4周后将回到一个独裁国家。

这大概就是利翁·福伊希特万格的遭遇。他是魏玛共和国最成功的小说家之一，1932年11月动身前往美国巡回演讲。在纽约，他结识了几天前刚刚当选总统的罗斯福的妻子埃莉诺。几年后，这份交情会帮助福伊希特万格死里逃生。1940年，他从马赛逃往西班牙。为了让福伊希特万格在这场戏剧性的逃亡中得到美方支援，埃莉诺不仅发动了她的丈夫，而且付出了艰辛的努力。

1933年1月30日，福伊希特万格从德国大使馆的一名参赞那里得知希特勒宣誓就职的消息。当天的一场宴席上，大使弗里德里希·冯·普里特维茨·加弗龙强烈警告他不要返德。他是犹太人，还在小说《成功》中大肆嘲讽过希特勒政治上的得势，因此，福伊希特万格在纳粹想要抓捕或直接送去地狱的作家名单中高居榜首。两年前，福伊希特万格在柏林最高档的住宅区格鲁内瓦尔德建造了一栋别墅，离阿尔弗雷德·克尔的别墅只有几百步远。但他很重视大使的警告，返回欧洲时，他放弃了预订的德国汽船，改乘法国船。在奥地利与妻子团聚时，他收到了秘书的消息，五个冲锋队的人袭击了他的别墅。显然，他们对他抵达欧洲的时间了如指掌。由于没找到福伊希特万格和他的妻子，他们失望地洗劫了房子，砸碎家具，殴打员工，枪杀了管理员。

福伊希特万格用一句简单的话告别了德国："希特勒意味着战争。"他不得不放弃柏林的房子和大部分财产，在离马赛不远的渔村滨海萨纳里附近定居下来。随后几年，萨纳里成为德国文学的首都，许多流亡者都曾生活或在逃离途中驻留于此：威廉·赫尔佐格、约瑟夫·罗特、贝托尔特·布莱希特、费迪南德·布鲁克纳、斯蒂芬·茨威格、亨利希·曼、安妮特·科尔布、特奥多尔·沃尔夫、赫尔曼·凯斯滕、埃贡·埃尔温·基希、托马斯·曼及其子女埃丽卡和克劳斯。很少有人能在流亡时保住财产，身外之物充其量只是一两个手提箱——极权对民主的压制太快了。

从艺术学院的命运可以看出，当时德国机构的抵抗多么微不足道。仅仅六星期后，文明的力量就已衰弱不堪，手无寸铁者竟会在劳本海默广场被偶然路过的行人齐力殴打，警察却在一旁看得津津有味。当民主和法律开始消失时，它们有多么珍贵就会一目了然。

在关于本书所讲的这段时间的记载中，定然存在着矛盾和含糊之处。作家和艺术家不是自己过往的会计，有些人多年或几十年后才写下回忆，不免遗漏一两个有据可查的日期。本书已经默默纠正了这类错误。另一些作者在事后记述时，显然有意在政治上粉饰着他们那几周的行为，所以我没有考虑他们的报告。我认为，最生动、最有说服力的莫过于与事件同步的日记、笔记或信件。在有疑问的情况下，我更信任它们。

但许多当时发生过、有记录的事情，无法在法庭上作为证据。举一个例子：1933 年 1 月 30 日，在约瑟夫·戈培尔的命令下，党卫队领导汉斯·迈科夫斯基和警察约瑟夫·佐里茨被枪杀，这是可信的，也有证人的证词。但战争结束后，相关人士均已死亡，无需再进行法律调查。因此，戈培尔是否涉案，无法一锤定音。然而，我认为，现存的有说服力的间接证据和供述，足以证明他的涉案是历史事实。在其他情况中我也采取了类似的做法。

我主要从《福斯日报》《法兰克福日报》和《柏林晨邮报》中摘取了希特勒统治最初几天及几周里发生的政治暴力事件。只有系统性的屠杀才能被关注到。发生伤亡的冲突数量太大，无法在本书中一一提及。仅在 3 月 5 日选举前的几个星期，可能就有 69 人因政治原因被杀，几百人受伤。

致　谢

在写这本书的过程中，许多人以不同的方式帮助过我。感谢格拉夫与格拉夫出版社的卡琳·格拉夫和弗朗齐斯卡·金特，感谢斯特凡尼·赫尔舍出色的编辑工作，感谢马丁·希尔舍，他的友谊对我意义重大；感谢布莱希特专家于尔根·希勒斯海姆和斯蒂芬·帕克提供的可靠信息；感谢约奎因·莫雷诺为我提供了费迪南德·布鲁克纳遗稿中未发表的材料；感谢克里斯多夫·布克瓦尔德在处理瓦尔特·梅林回忆录时提供的建议；感谢埃里希·玛利亚·雷马克和平中心、奥斯纳布吕克大学的托马斯·施奈德提供的准确信息；感谢玛丽·施密特指出加布里埃莱·特吉特拜访过卡尔·冯·奥西茨基；感谢托马斯·梅迪库斯支持我找到卡尔·楚克迈耶给海因里希·乔治的信；感谢霍尔格·霍夫提供关于戈特弗里德·贝恩的信息；感谢克里斯托夫·马施纳为我找到了 1933 年二三月间从德国到各流亡地的精确至分钟的火车时刻表。

如果没有美因河畔法兰克福的德国国家图书馆的巨大图书宝库和德国流亡档案馆的藏书，我就不可能写出这本书。西尔维娅·阿斯穆斯、雷吉纳·埃尔兹纳、卡尔丁·柯克特和约恩·哈森克莱夫以极大的耐心和专业知识支持我，非常感谢。

我还使用了柏林艺术学院、慕尼黑希尔德布兰特大厦蒙纳森西亚图书馆[1]和柏林国家图书馆的档案，在此一并致谢。感谢克里斯蒂娜和海因里希·米夏埃尔·克劳辛的赏识，以及在布莱希度过的那不可思议的一个月。

1　德国巴伐利亚州首府慕尼黑市的文学档案馆和研究图书馆，蒙纳森西亚（Monacensia）源于拉丁语的慕尼黑。

译名表

人　名

W.H. 奥登　　W.H.Auden

阿尔弗雷德·德布林　　Alfred
Döblin

阿比·瓦尔堡　　Aby Warburg

阿道夫·格里梅　　Adolf Grimme

阿尔贝特·格斯纳　　Albert
Gessner

阿尔贝特·莱奥·施拉格特
Albert Leo Schlageter

阿尔方斯·帕凯　　Alfons Paquet

阿尔弗雷德·阿德勒　　Alfred
Adler

阿尔弗雷德·阿普费尔　　Alfred
Apfel

阿尔弗雷德·布斯克　　Alfred
Buske

阿尔弗雷德·胡根贝格　　Alfred
Hugenberg

阿尔弗雷德·克尔　　Alfred Kerr

阿尔弗雷德·罗森伯格　　Alfred
Rosenberg

阿尔诺·霍尔茨　　Arno Holz

阿尔西比亚德斯　　Alkibiades

阿诺德·勋伯格　　Arnold
Schönberg

阿希姆·冯·阿尼姆　　Archim
von Armim

埃伯哈德·沃尔夫冈·莫勒
Eberhard Wolfgang Möller

埃德蒙·古尔丁　　Edmund
Goulding

埃尔弗里德　　Elfriede

埃尔娜·格劳托夫　　Erna
Grautoff

埃尔温·吉多·科尔本海尔
Erwin Guido Kolbenheyer

埃尔泽·拉斯克 – 许勒　　Else
Lasker–Schüler

埃格蒙特·塞耶伦　　Egmont
Seyerlen

埃贡·埃尔温·基希　　Egon
Erwin Kisch

埃里希·艾伯迈尔　　Erich
Ebermayer

埃里希·凯斯特纳　　Erich

Kästner

埃里希·玛利亚·雷马克
Erich Maria Remarque

埃里希·米萨姆　Erich Mühsam

埃丽卡·曼　Erika Mann

埃莉诺·布勒　Elinor Büller

埃米·贝赛尔　Ehmi Bessel

埃米·韦斯特法尔　Emmy
Westphal

埃米尔·奥尔利克　Emil Orlik

埃米尔·施特劳斯　Emil Strauß

艾琳·格兰特　Irene Grant

爱德华·托尼　Eduard Thöny

安德烈·弗朗索瓦－蓬塞
André François–Poncet

安娜·西格斯　Anna Seghers

安妮特·科尔布　Annette Kolb

奥古斯特·赫尔曼　August
Hermann

奥古斯特·威廉王子　Prinz
August Wilhelm

奥拉夫·居尔布兰松　Olaf
Gulbransson

奥斯卡·冯·兴登堡　Oskar
von Hindenburg

奥斯卡·科恩　Oskar Cohn

奥斯卡·勒尔克　Oskar Loerke

奥斯卡·玛丽亚·格拉夫
Oskar Maria Graf

奥托·安德烈亚斯·施赖伯

Otto Andreas Schreiber

奥托·布劳恩　Otto Braun

奥托·费尔勒　Otto Firle

奥托·格劳托夫　Otto Grautoff

奥托·迈斯纳　Otto Meissner

巴枯宁　Michail Bakunin

芭贝特·格罗斯　Babette Gross

保尔·帕布斯特　Paul Pabst

保罗·费希特尔　Paul Fechter

保罗·冯·兴登堡　Paul von
Hindenburg

保罗·勒贝　Paul Löbe

贝尼托·墨索里尼　Benito
Mussolini

贝托尔特·布莱希特　Bertolt
Brecht

彼得·胡赫尔　Peter Huchel

彼得·洛尔　Peter Lorre

彼得·苏尔坎普　Peter
Suhrkamp

波恩　Bonn

伯恩哈德·阿德隆　Bernhard
Adelung

伯恩哈德·冯·布伦塔诺
Bernhard von Brentano

伯恩哈德·凯勒曼　Bernhard
Kellermann

伯恩哈德·鲁斯特　Bernhard
Rust

布丽吉特　Brigitte

布鲁诺·陶特　　Bruno Taut

布鲁诺·瓦尔特　　Bruno Walter

茨维坦·托多洛夫　　Tzvetan
Todorov

道格拉斯·瑟克　　Douglas Sirk

德特勒夫·西尔克　　Detlef
Sierck

底比斯的优素福王子　　Prinz
Jussuf von Theben

蒂莉·韦德金德　　Tilly
Wedekind

厄登·冯·霍瓦特　　Ödön von
Horváth

恩斯特·布洛赫　　Ernst Bloch

恩斯特·冯·萨洛蒙　　Ernst von
Salomon

恩斯特·刘别谦　　Ernst Lubitsch

恩斯特·罗姆　　Ernst Röhm

恩斯特·罗沃尔特　　Ernst
Rowohlt

恩斯特·台尔曼　　Ernst
Thälmann

恩斯特·托勒　　Ernst Toller

恩斯特·乌德特　　Ernst Udet

菲利普·弗兰克　　Philipp Franck

费迪南德·布鲁克纳
Ferdinand Bruckner

费迪南德·绍尔布鲁赫
Ferdinand Sauerbruch

费利克斯·贝尔托　　Félix
Bertaux

费利克斯·布洛赫·埃尔本
Felix Bloch Erben

费利克斯·曼努埃尔·门德尔松
Felix Manuel Mendelssohn

弗兰茨·毕勃科普夫　　Franz
Biberkopf

弗兰克·韦德金德　　Frank
Wedekind

弗朗茨·博姆　　Franz Böhm

弗朗茨·冯·巴本　　Franz von
Papen

弗朗茨·里特尔·冯·埃普
Franz Ritter von Epp

弗朗茨·韦尔弗　　Franz Werfel

弗朗茨·乌尔布里希　　Franz
Ulbrich

弗朗茨·约瑟夫一世　　Franz
Joseph I

弗朗茨·泽尔特　　Franz Seldte

弗朗齐斯卡·金特　　Franziska
Günther

弗里茨·冯·翁鲁　　Fritz von
Unruh

弗里茨·弗雷德　　Fritz Wreede

弗里茨·哈恩　　Fritz Hahn

弗里茨·科特讷　　Fritz Kortner

弗里茨·兰兹霍夫　　Fritz
Landshoff

弗里茨·朗　　Fritz Lang

弗里茨·施普林戈鲁姆　Fritz Springorum

弗里德里希·冯·普里特维茨·加弗龙　Friedrich von Prittwitz und Gaffron

弗里德里希·弗利克　Friedrich Flick

盖哈特·豪普特曼　Gerhart Hauptmann

戈洛　Golo

戈特弗里德·贝恩　Gottfried Benn

戈特弗里德·贝尔曼·菲舍尔　Gottfried Bermann Fischer

格奥尔格·毕希纳　Georg Büchner

格奥尔格·伯恩哈德　Georg Bernhard

格奥尔格·冯·施尼茨勒　Georg von Schnitzler

格奥尔格·凯泽　Georg Kaiser

格奥尔格·克内普勒　Georg Knepler

格奥尔格·塔珀特　Gorg Tappert

格尔塔·维特斯托克　Gerta Wittstock

葛丽泰·嘉宝　Greta Garbo

古斯蒂·黑希特　Gusti Hecht

古斯塔夫·布雷歇尔　Gustav Brecher

古斯塔夫·格林德根斯　Gustaf Gründgens

古斯塔夫·哈通　Gustav Hartung

古斯塔夫·基彭霍伊尔　Gustav Kiepenheuer

古斯塔夫·克虏伯　Gustao Krupp von Bohlen und Halbach

古斯塔夫·马勒　Gustav Mahler

哈里·凯斯勒伯爵　Harry Graf Kessler

海伦娜·魏格尔　Helene Weigel

海伦妮·冯·诺斯蒂茨　Helene von Nostitz

海因茨·鲁曼　Heinz Rühmann

海因里希·布吕宁　Heinrich Brüning

海因里希·冯·克莱斯特　Heinrich von Kleist

海因里希·黑尔德　Heinrich Held

海因里希·坎普斯　Heinrich Kamps

海因里希·赖芬贝格　Heinrich Reifenberg

海因里希·米勒　Heinrich Müller

海因里希·米夏埃尔·克劳辛　Christine und Heinrich Michael Clausing

海因里希·乔治　Heinrich George

海因里希·西蒙　Heinrich Simon

海因里希·希姆莱　Heinrich Himmler

汉斯·阿尔贝斯　Hans Albers

汉斯·埃贡·霍尔特胡森　Hans Egon Holthusen

汉斯·艾斯勒　Hanns Eisler

汉斯·法拉达　Hans Fallada

汉斯·法伊斯特　Hans Feist

汉斯·弗里德里希·布隆克　Hans Friedrich Blunck

汉斯·格林　Hans Grimm

汉斯·霍尔茨纳　Hans Holzner

汉斯·迈科夫斯基　Hans Maikowski

汉斯·米特尔巴赫　Hans Mittelbach

汉斯·米夏埃利斯　Hans Michaelis

汉斯·珀尔齐希　Hans Poelzig

汉斯·普菲茨纳　Hans Pfitzner

汉斯·萨尔　Hans Sahl

汉斯·欣克尔　Hans Hinkel

汉斯·约斯特　Hans Johst

赫伯特·弗拉姆　Herbert Frahm

赫伯特·弗兰茨　Herbert Franz

赫尔多夫伯爵　Graf von Helldorff

赫尔曼·戈林　Hermann Göring

赫尔曼·卡斯滕　Hermann Kasten

赫尔曼·凯斯滕　Hermann Kesten

赫尔曼·斯特尔　Hermann Stehr

赫尔穆特·冯·格拉赫　Hellmut von Gerlach

赫尔穆特·格策　Hellmuth Götze

赫尔瓦特·瓦尔登　Herwarth Walden

亨利·彼得·马蒂斯　Henry Peter Matthis

亨利希·曼　Heinrich Mann

亨尼·波滕　Henny Porten

霍尔格·霍夫　Holger Hof

加布里埃莱·特吉特　Gabriele Tergit

加里波第　Garibaldi

君特·匡特　Günther Quandt

卡迪佳·韦德金德　Kadidja Wedekind

卡蒂娅·曼　Katia Mann

卡尔·楚克迈耶　Carl Zuckmayer

卡尔·冯·奥西茨基　Carl von

Ossietzky

卡尔·海因里希·贝克尔　Carl Heinrich Becker

卡尔·勒文施泰因　Karl Löwenstein

卡尔·沙尔纳格尔　Karl Scharnagl

卡尔·施特恩海姆　Carl Sternheim

卡尔·沃斯勒　Karl Vossler

卡尔丁·柯克特　Katrin Kokot

卡琳·格拉夫　Karin Graf

卡罗拉·彼得科夫斯卡　Karola Piotrkowska

卡萝拉·内尔　Carola Neher

卡米耶·卢特　Camille Loutre

卡斯帕·内尔　Caspar Neher

凯绥·珂勒惠支　Käthe Kollwitz

康拉德·阿登纳　Konrad Adenauer

克劳斯·格博哈特　Klaus Gebhard

克劳斯·曼　Klaus Mann

克里斯蒂娜·格劳托夫　Christiane Grautoff

克里斯多夫·布克瓦尔德　Christoph Buchwald

克里斯托夫·马施纳　Christoph Marschner

克特·多施　Käthe Dorsch

库尔特·冯·哈默施泰因　Kurt von Hammerstein

库尔特·冯·施莱歇　Kurt von Schleicher

库尔特·格罗斯曼　Kurt Grossmann

库尔特·拉斯　Curt Lahs

库尔特·罗森菲尔德　Kurt Rosenfeld

库尔特·图霍尔斯基　Kurt Tucholsky

库尔特·魏尔　Kurt Weill

莱昂哈德·弗兰克　Leonhard Frank

莱奥波德·耶斯纳　Leopold Jessner

莱奥妮·曼　Leonie Mann

莱尼·里芬斯塔尔　Leni Riefenstahl

莱因哈德·海德里希　Reinhard Heydrich

莱因霍尔德·迈尔　Reinhold Maier

勒内·福舒瓦　René Fauchois

勒内·席克勒　René Schickele

雷吉纳·埃尔兹纳　Regina Elzner

里卡尔达·胡赫　Ricarda Huch

里夏德·比林格　Richard Billinger

里夏德·莱特　　Richard Lert

里夏德·马克特　　Richard Markert

里夏德·尼古劳斯·格拉夫·库登霍夫－卡莱基　　Richard Nikolaus Graf Coudenhove-Kalergi

里夏德·帕尔奇　　Richard Partzsch

理查德·施特劳斯　　Richard Strauss

利翁·福伊希特万格　　Lion Feuchtwanger

莉莉·阿克曼　　Lilly Ackermann

莉莉·布雷达　　Lili Breda

莉莲·哈维　　Lilian Harvey

鲁道夫·奥尔登　　Rudolf Olden

鲁道夫·宾丁　　Rudolf Binding

鲁道夫·迪岑　　Rudolf Ditzen

鲁道夫·迪尔斯　　Rudolf Diels

鲁道夫·赫斯　　Rudolf Heß

鲁道夫·米勒　　Rudolf Mueller

鲁道夫·莫瑟　　Rudolf Mosse

鲁道夫·施利希特　　Rudolf Schlichter

鲁迪·卡里乌斯　　Rudi Carius

路德维希·宾斯万格　　Ludwig Binswanger

路德维希·富尔达　　Ludwig Fulda

路德维希·雷恩　　Ludwig Renn

路德维希·马尔库塞　　Ludwig Marcuse

罗兰·弗赖斯勒　　Roland Freisler

马丁·布伯　　Martin Buber

马丁·瓦格纳　　Martin Wagner

马丁·希尔舍　　Martin Hielscher

马法尔达·萨尔瓦蒂尼　　Mafalda Salvatini

马格努斯·冯·莱韦措　　Magnus von Levetzow

马格努斯·亨宁　　Magnus Henning

马克斯·冯·席林斯　　Max von Schillings

马克斯·格尔茨　　Max Goertz

马克斯·赫尔曼－奈塞　　Max Herrmann-Neiße

马克斯·莱因哈特　　Max Reinhardt

马克斯·利伯曼　　Max Liebermann

马里努斯·范德卢贝　　Marinus von der Lubbe

马内斯·施佩尔伯　　Manès Sperber

玛格丽特·斯特芬　　Margarete Steffin

玛丽·施密特　　Marie Schmidt

玛丽塔　　Marita Hölscher

玛琳·黛德丽　　Marlene Dietrich 唐纳德·格兰特　　Donald Grant

玛莎·卡莱柯　　Mascha Kaléko 特奥多尔·杜斯特伯格

迈尔医生　　Dr. Mayer Theodor Duesterberg

曼弗雷德·冯·里希特霍芬 特奥多尔·塔格尔　　Theodor

　　Manfred von Richthofen 　　Tagger

米丽娅姆·萨克斯　　Mirjam 特奥多尔·沃尔夫　　Theodor

　　Sachs 　　Wolff

米米　　Mimi 特奥尔多·多伊布勒　　Theodor

米斯·范德罗厄　　Mies van der 　　Däubler

　　Rohe 特蕾泽·吉泽　　Therese Giehse

莫德　　Maud 特露德·黑斯特贝格　　Trude

莫妮　　Moni 　　Hesterberg

纳夫塔　　Naphta 托马斯·曼　　Thomas Mann

奈莉·克勒格尔　　Nelly Kröger 托马斯·梅迪库斯　　Thomas

奈莉·萨克斯　　Nelly Sachs 　　Medicus

帕德博恩主教　　Bischofs von 托马斯·施奈德　　Thomas

　　Paderborn 　　F.Schneider

帕梅拉·韦德金德　　Pamela 瓦尔特·格罗皮乌斯　　Walter

　　Wedekind 　　Gropius

普林斯海姆　　Pringsheim 瓦尔特·康拉德　　Walter Conrad

乔瓦基诺·福尔扎诺 瓦尔特·拉特瑙　　Walther

　　Giovacchino Forzano 　　Rathenau

乔治·格罗兹　　George Grosz 瓦尔特·梅林　　Walter Mehring

琼·克劳馥　　Joan Crawford 瓦尔特·舍恩施泰特　　Walter

萨缪·菲舍尔　　Samuel Fischer 　　Schönstedt

圣－埃克苏佩里　　Saint-Exupéry 威兰·赫兹费尔德　　Wieland

施瓦茨科普夫　　Schwarzkopf 　　Herzfelde

斯蒂芬·帕克　　Stephen Parker 威廉·阿贝格　　Wilhelm Abegg

斯特凡尼·赫尔舍　　Stefanie 威廉·弗利克　　Wilhelm Frick

威廉·富特文格勒　　　Wilhelm
Furtwängler

威廉·赫尔佐格　　　Wilhelm
Herzog

威廉·洛伊施纳　　　Wilhelm
Leuschner

威廉·绍尔曼　　　Wilhelm
Sollmann

威廉·舍费尔　　Wilhelm Schäfer

维尔纳·芬克　　Werner Finck

维尔纳·冯·布隆贝格　　　Werner
von Blomberg

维尔纳·克劳斯　　Werner Krauß

维基·包姆　　Vicki Baum

维克多·巴诺夫斯基　　　Viktor
Barnowsky

维克多·施万内克　　　Viktor
Schwanneke

维利·勃兰特　　Willy Brandt

维利·明岑贝格　　　Willi
Münzenberg

文岑茨·霍费尔　　Vincenz Hofer

沃尔夫冈·布雷特霍尔茨
Wolfgang Bretholz

沃尔夫冈·海涅　　Wolfgang
Heine

沃尔夫冈·黑尔默特　　　Wolfgang
Hellmert

沃赫斯特·德文特　　Wachhorst
de Wente)

西尔维娅·阿斯穆斯　　Sylvia
Asmus

雅各布·瓦塞尔曼　　Jakob
Wassermann

亚当·施泰格瓦尔德　　Adam
Stegerwald

亚尔马·沙赫特　　Hjalmar
Schacht

亚历山大·阿默斯多佛
Alexander Amersdorffer

亚历山大·罗达·罗达
Alexander Roda Roda

伊丽莎白·伯格纳　　Elisabeth
Bergner

伊丽莎白·豪普特曼　　Elisabeth
Hauptmann

伊娜·赛德尔　　Ina Seidel

尤利乌斯·莱贝尔　　Julius Leber

于尔根·希勒斯海姆　　Jürgen
Hillesheim

约恩·哈森克莱夫　　Jörn
Hasenclever

约翰·巴里摩尔　　John
Barrymore

约翰内斯·贝歇尔　　Johannes R.
Becher

约翰内斯·格德斯　　Johannes
Gerdes

约奎因·莫雷诺　　Joaquín
Moreno

约瑟夫·冯·斯登堡　Josef von Sternberg

约瑟夫·格罗厄　Josef Grohé

约瑟夫·罗特　Joseph Roth

约瑟夫·佐里茨　Josef Zauritz

机构、团体

"德国之家"疗养院　das Deutsche Haus

1925 社　Gruppe 1925

阿德隆酒店　Hotel Adlon

奥地利苏维埃之友联盟　Österreichischen Bund der Freunde der Sowjetunion

奥斯纳布吕克大学　Universität Osnabrück

巴伐利亚人民党　Bayerische Volkspartei

巴黎古监狱　die Pariser Conciergerie

比利时笔会　belgischen PEN-Club

柏林个人心理学协会　Berliner Gesellschaft für Individualpsychologie

柏林国家图书馆　Staatsbibliothek zu Berlin

柏林剧团　Berliner Ensembles

柏林人民剧场　Berliner Volksbühne

柏林荣军公募　Invalidenfriedhof

柏林市立歌剧院　Städtische Oper Berlin

柏林艺术学院　die Akademie der Künste in Berlin

贝多芬大厅　Beethovensaal

贝尔维疗养院　Sanatorium Bellevue

布赖滕巴赫广场　Breitenbachplatz

布里斯托尔酒店　Bristol

城市妇女协会　Frauenstadtverband

冲锋队　SA

冲锋队别动队　SA-Rollkommandos

大德意志工人党　Großdeutschen Arbeiterpartei

党卫队　SS

道布尔迪出版社　Doubleday

德法协会　Deutsch-Französische Gesellschaft

德国笔会中心　das Deutsche PEN-Zentrum

德国国家党　Liberale Deutsche Staatspartei

德国国家人民党　Deutschnationalen Volkspartei

德国国家图书馆
Nationalbibliothek
黑 – 白 – 红德国民族主义战线
die deutschnationale Kampffront
Schwarz-Weiß-Rot
德国军官国家协会
Nationalverband Deutscher
Offiziere
德国流亡档案馆　　das Deutsche
Exilarchiv in Frankfurt am Main
德国舞台从业者保险联合会
die Berufsgenossenschaft
deutscher Bühnenangehöriger
德国学生会　　Deutsche
Studentenschaft
德国作家保护协会
Schutzverband deutscher
Schriftsteller
德累斯顿艺术学院　　die
Kunsthochschule in Dresden
德意志帝国工业协会
Reichsverband des deutschen
Industrie
德意志文化战斗联盟
Kampfbund für deutsche Kultur
德语流亡作家笔会　　PEN-
Club der deutschsprachigen
Exilschriftsteller
地下墓穴剧场　　das Kabarett
Katakombe

帝国剧院　　Reichshallentheater
帝国文化院
Riechskulturkammer
帝国文学院
Reichsschrifttumskammer
第 33 冲锋队　　Sturm 33
法本公司　　I.G.Farben
法国安全局　　Sûreté nationale
法萨内克膳宿公寓　　Pension
Fasaneneck
房屋保护队
Häuserschutzstaffeln
菲尔斯滕贝格酒馆
Fürstenberg-Bräu
S. 菲舍尔出版社　　S. Fischer
Verlag
弗兰格尔宫　　Palais Wrangel
弗里迪格咖啡馆　　Café Friediger
钢盔团　　Stahlhelm
钢铁阵线　　Eiserner Front
歌德联盟　　Goethebund
格拉夫与格拉夫出版社　　Graf &
Graf
工人歌手战斗团
Kampfgemeinschaft der
Arbeitersänger
工人和士兵委员会　　Arbeiter-
und Soldatenräte
工人体育俱乐部
Arbeitersportverein

国会大厦电影院　　Capitol-Kino

国会大厦总统府
　　Reichstagspräsidentenpalais

国际联盟　　Völkerbund

革命民主社会主义者战斗同盟
　　Internationaler sozialistischer
　　Kampfbund

国立艺术学校　　die Staatliche
　　Kunstschule

荷兰克里多出版社　　Querido

黑红金国旗团　　Reichsbanner

胡椒磨剧团　　Pfeffermühle

皇家啤酒馆　　Hofbräuhaus

卡尔·李卜克内西之家　　Karl
　　Liebknecht House

凯撒霍夫酒店　　Kaiserhof

克兰茨勒咖啡馆　　Café Kranzler

克罗尔歌剧院　　Krolloper

莱昂咖啡馆　　Café Leon

劳本海默广场　　Laubenheimer
　　Platz

劳尔餐厅　　Restaurant Lauer

露易丝女王妇女同盟
　　Frauenbund Königin Luise

罗沃尔特出版社　　Rowohlt

马克思主义工人学校
　　Marxistische Arbeiterschule

马利克出版社　　Malik Verlag

玛丽亚－拉赫修道院　　Kloster
　　Maria Laach

玫瑰剧院　　Rose-Theater

蒙纳森西亚　　Monacensia

莫阿比特刑事法庭
　　Kriminalgericht Moabit

慕尼黑室内剧院　　Münchner
　　Kammerspiele

纳粹大学生联盟
　　der Nationalsozialistische
　　Deutsche Studentenbund

男子联盟　　Männerbund

内务部警察署　　Polizeiabteilung
　　IA

尼斯酒店　　Hôtel de Nice

派拉蒙影业　　Paramount Pictures

普鲁士艺术学院　　Preußischen
　　Akademie der Künste

乔斯蒂咖啡馆　　Café Josty

人民法院　　Volksgerichtshof

人民书店　　Volksbuchhandlung

人民之家　　Volkshaus

人权联盟　　Liga für
　　Menschenrechte

萨克森豪森集中营　　KZ
　　Sachsenhausen

萨克森霍夫酒店　　Hotel
　　Sächsischer Hof

舍尔出版社
　　Scherl Verlag

社会主义文化同盟
　　Sozialistischer Kulturbund

施潘道监狱　　Festungsgefängnis Spandau

施万内克酒馆　　Weinstube Schwanneke

斯蒂芬妮酒馆　　Stephanie

四季酒店　　Hotel Vier Jahreszeiten

泰格尔监狱　　Gefängnis Tegel

糖果盒剧场　　Bonbonniere

特罗塔家族　　die Trottas

天主教中央党　　katholische Zentrumspartei

托比斯公司　　Tobis

维也纳教育中心　　die Wiener Bildungszentrale

文艺复兴剧院　　Renaissance-Theater

乌尔斯坦出版社　　Ullstein

乌发电影公司　　Ufa

舞伎夜总会　　Nachtclub Bajadre

舞台合作社　　die Bühnengenossenschaft

希尔德布兰特大厦　　Hildebrandhaus

西方咖啡馆　　Café des Westens

希特勒青年团　　Hitlerjugend

席勒剧院　　Schiller Theater

戏剧爱好者协会　　Verein der Theaterfreunde

夏利特医院　　Charité

乡村同盟　　Landbund

小君主剧场　　Serenissimus

新森林酒店　　das Neue Waldhotel

艺术生联盟　　Art Students League

应急突击队　　Überfallkommando

鹦鹉酒吧　　Bar Kakadu

云杉朗诵团　　Fichte

造船工人大街剧院　　das Theater am Schiffbauerdamm

纸箱酒馆　　Pappschachtel

智力劳动者委员会　　Rat der geistigen Arbeier

众议院非美活动调查委员会　　Komitee für unamerikanische Umtriebe

自由军团　　Freikorps

自由人民剧院　　Freie Volksbühne

自由言论委员会　　Komitee Das freie Wort

作品、出版物

《O 侯爵夫人》　　*Die Marquise von O...*

《阿图尔·阿诺尼穆斯和他的父辈》　　*Arthur Aronymus und seine Väter*

《埃芬格一家》　　*Effingers*

《爱情故事》　　*Eine Liebesgeschichte*

《安雅和埃丝特》　Anja und
Esther

《巴力》　Baal

《柏林，亚历山大广场》　Berlin
Alexanderplatz

《柏林晨邮报》　Berliner
Morgenpost

《柏林画报》　die Berliner
Illustrirte

《柏林日报》　Berliner Tageblatt

《柏林午报》　B. Z. am Mittag

《柏林证券交易信报》　Berliner
Börsen-Courier

《闭嘴，当你的差》　Maul
halten und weiter dienen

《不满之书》　Buch des Unmuts

《布登勃洛克一家》
Buddenbrooks

《残酷青春》　Krankheit der
Jugend

《臣仆》　Der Untertan

《陈尸所》　Morgue

《成功》　Erfolg

《吹笛者之日》　Pfeifertag

《措施》　Die Maßnahme

《大饭店》　Menschen im Hotel

《德国之痛》　Leiden an
Deutschland

《德累斯顿人民报》　Dresdner
Volkszeitung

《德意志之歌》　das
Deutschlandlied

《德意志之诗》　Dichtung der
Deutschen

《雕鸮》　Uhu

《对社会主义的告白》
Bekenntnis zum Sozialismus

《法兰克福报》　Frankfurter
Zeitung

《费德里奥》　Fidelio

《风暴》　Sturm

《福斯日报》　Vossische Zeitung

《共和国将军》　Die Generäle
der Republik

《孤独者》　Der Einsame

《刽子手之死》　Hangmen also
die

《国王》　Der König

《黑森报》　Hessische
Landeszeitung

《欢乐的葡萄园》　Fröhlichen
Weinberg

《霍斯特·威塞尔之歌》　Horst-
Wessel-Lied

《紧急呼吁!》　Dringender
Appell！

《进攻报》　Angriff

《卡尔与安娜》　Karl und Anna

《卡卢米纳：夏天的小说》
Kalumina. Der Roman eines

323

《无产阶级母亲的摇篮曲》
Wiegenliedern einer proletarischen
Mutter
《希尔德斯海姆观察家》
Hildesheimer Beobachter
《小巴黎人报》　　Petit Parisein
《小人物——现在怎么办》
Kleiner Mann – was nun？
《小市民的七宗罪》　　Die sieben
Todsünden der Kleinbürger
《新观察》　　Neue Rundschau
《星条旗》　　Stars and Stripes
《兄弟们，向太阳，向自由》
Brüder，zur Sonne，zur Freiheit
《雅典》　　Athen
《野蛮在德国的开始》　　Der
Beginn der Barbarei in
Deutschland
《夜航》　　Nachtflug
《一百天》　　Hundert Tage
《一个非政治人物的反思》
Betrachtungen eines Unpolitischen
《银湖》　　Silbersee
《油漆未干》　　Achtung! Frisch
gestrichen
《约瑟夫在埃及》　　Joseph in
Ägypten
《赞美大地》　　Lob des Landes
《真相毕露》　　Zu wahr，um
schön zu sein

《正义者》　　Der Gerechte

条约、法规

《抵制背叛德意志人民和严重叛
国活动法令》　　Verordnung
gegen Verrat am Deutschen
Volke und hochverräterische
Umtriebe
《保护德意志人民紧急条例》
Verordnung des Reichspräsidenten
zum Schutze des Deutschen
Volkes
《在普鲁士建立有序政府》　　Zur
Herstellung geordneter
Regierungsverhältnisse in Preußen
《保护人民和国家的总统法令》
（即《国会纵火法令》）
Notverordnung zum Schutz von
Volk und Staat

地　名

阿尔托纳　　Altona
阿罗萨　　Arosa
阿斯科纳　　Ascona
阿斯科特　　Ascot
埃尔伯费尔德　　Elberfeld
埃姆斯兰　　Emsland
埃森附近费尔贝特　　Velbert bei
Essen

埃斯特维根集中营　　KZ
　　Esterwegen
艾费尔高原　　Eifel
艾斯莱本　　Eisleben
爱尔福特　　Erfurt
安哈尔特　　Anhalter
奥伯豪森　　Oberhausen
奥得河畔法兰克福附近维泽瑙
　　Wiesenau bei Frankfurt an der
　　Oder
奥登瓦尔德地区林登费尔斯
　　Lindenfels im Odenwald
奥尔登堡　　Oldenburg
奥芬巴赫　　Offenbach
奥格斯布格尔街　　Augsburger
　　Straße
奥拉宁堡集中营　　KZ
　　Oranienburg
巴伐利亚街区　　Bayerischen
　　Viertel
百丽联盟大街　　Belle-Alliance-
　　Straße
柏林 – 布里茨　　Berlin-Britz
柏林广播大楼　　das Berliner
　　Haus des Rundfunks
柏林 – 莫阿比特　　Berlin-Moabit
柏林 – 新卡伦　　Berlin-Neukölln
班考　　Bankau
贝尔格街　　Berggasse
本斯海姆　　Bensheim

本特勒大街　　Bentlerstraße
滨海萨纳里　　Sanary-sur-Mer
波鸿　　Bochum
波鸿 – 格特　　Bochum-Gerthe
波申格尔大街　　Poschingerstraße
伯格曼大街　　Bergmannstraße
博登湖畔于伯林根　　Überlingen
　　am Bodensee
不伦瑞克　　Braunschweig
布达佩斯大街　　Budapester
　　Straße
布兰肯拉特　　Blankenrath
布雷斯劳　　Breslau
蔡策尔大街　　Zeitzer Straße
楚奥茨　　Zuoz
茨维考　　Zwickau
达尔斯半岛　　Darß
达姆施塔特　　Darmstadt
大迈斯纳街　　Große Meißner
　　Straße
道格拉斯大街　　Douglasstraße
德累斯顿内新城　　die Innere
　　Neustadt
德绍附近黑克林根　　Hecklingen
　　bei Dessau
帝国总理广场　　Reichskanzlerplatz
帝王大道　　Kaiserdamm
蒂尔加滕　　Tiergarten
蒂罗尔州莱尔莫斯　　Lermoos in
　　Tirol

杜伊斯堡－汉博恩　Duisburg-Hamborn

杜伊斯堡－迈德里希　Duisburg-Meiderich

多马根　Dormagen

多特蒙德　Dortmund

厄尔士地区安娜贝格　Annaberg im Erzgebirge

法兰克福－博肯海姆　Frankfurt-Bockenheim

法兰克福－霍希斯特　Frankfurt-Höchst

法兰西大街　Französische Straße

法萨恩大街　Fasanenstraße

凡尔登　Verdun

弗里德里希大街　Friedrichstraße

弗伦斯堡附近哈里斯莱菲尔德　Harrisleefeld bei Flensburg

弗罗瑙　Frohnau

格劳宾登阿尔卑斯山　die Bündner Alpen

格劳宾登州　Graubünden

格勒诺布尔　Grenoble

格鲁内瓦尔德区　Grunewald

格桑德布鲁宁　Gesundbrunnen

哈登贝格街　Hardenbergstraße

哈尔堡－威廉斯堡　Harburg-Wihelmsburg

哈勒门　Hallesches Tor

哈雷　Halle

汉堡附近哈尔堡　Harburg bei Hamburg

汉诺威附近派讷　Peine bei Hannover

黑德曼大街　Hedemannstraße

华尔街　Wallstraße

霍夫　Hof

加利西亚　Galizien

卡尔斯鲁厄　Karlsruhe

卡卢米纳　Kalumina

开姆尼茨　Chemnitz

开姆尼茨－埃尔芬施拉格　Chemnitz-Erfenschlag

凯撒大街　Kaiserstraße

凯泽斯劳滕　Kaiserslautern

康德大街　Kantstraße

柯尼希斯贝格　Königsberg

科尔贝格　Kolberg

科隆－拉特　Köln-Rath

克雷菲尔德　Krefeld

克罗伊茨贝格　Kreuzberg

克罗伊茨林根　Kreuzlingen

库尔　Chur

拉贝奖　Raabe Preis

莱茵河畔凯尔　Kehl am Rhein

兰斯　Reims

朗根塞尔博德　Langenselbold

卢加诺湖畔提契诺　Tessin am Luganersee

伦策海德　Lenzerheide

滕珀尔霍夫公园　　Tempelhofer
　　Feld
土伦　　Toulon
万湖　　Wannsee
威尔默斯多夫　　Wilmersdorf
威廉大街　　Wilhelmstraße
韦蒂纳广场　　Wettiner Platz
维尔茨堡　　Würzburg
魏森费尔斯　　Weißenfels
沃尔姆斯附近奥斯特霍芬
　　Osthofen bei Worms
伍珀塔尔　　Wuppertal
西里西亚地区洛伊特曼斯多夫
　　Leutmannsdorf in Schlesien
西门子城　　Siemensstadt
希尔德斯海姆　　Hildesheim
锡格堡　　Siegburg
席勒街　　Schillerstraße
夏洛滕堡大道　　Charlottenburger
　　Chaussee
新巴贝尔斯贝格　　Neubabelsberg
新克尔恩区　　Neukölln
新塔街　　Neuturmstraße
选帝侯大街　　Kurfürstendamm
约克大街　　Yorckstraße
战壕大街　　Schanzenstraße

其　他

艾德勒敞篷轿车　　Adler-

Trumpf-Kabriotett
巴伐利亚苏维埃共和国　　die
　　Münchner Räterepublik
巴托罗缪之夜
　　Bartholomäusnacht
存在分析　　Daseinsanalyse
大蓝徽十字勋章　　Pour le Mérite
德雷福斯事件　　Drefus-Affäre
德意志性　　Deutschheit
抵抗运动　　Résistance
短歌　　Couplet
反种族主义文化圈
　　rassefremdes Literatentum
冯塔纳奖　　Fontanepreis
工会人士　　Gewerkschaftsmann
赫雷罗人　　Hereros
红区　　roter Kiez
霍亨索伦　　Hohenzollern
饥饿堡　　Hungerburg
建筑布尔什维克
　　Baubolschewik
教育参议　　Studienrat
卡巴莱　　Kabarett
卡普政变　　Kapp-Putsch
克莱斯特文学奖　　Kleistpreis
客观性　　Sachlichkeit
狂奔记者　　rasender Reporter
蓝旗亚迪勒姆达　　Lancia
　　Dilambda
老虎吉泽赫尔　　Giselheer der

Tiger

沥青民主　　Asphaltdemokratie

沥青作家　　Asphaltliteratin

联邦一等十字勋章

　　Bundesverdienstkreuz 1. Klasse

马蹄形社区　　Hufeisensiedlung

民族共同体　　Volksgemeinschaft

欧宝　　Opel

普鲁士政变　　Preußenschlag

杀人冲锋队　　Mördersturm

闪米特之地　　Semitanien

神经喜剧　　Screwball-Comedy

兽爱　　Tierliebe

施泰因葡萄酒　　Steinwein

乡警少校　　Landjägermajor

小品　　Sketche

小奇迹巨匠　　DKW-Meisterklasse

新客观主义　　Neue Saclichkeit

新客观主义风格　　Stil der Neuen

　　Sachlichkeit

新艺术主义　　Jugendstil

野蛮人吉泽赫尔　　Giselheer der

　　Barbar

右翼民族主义　　rechtsnational

文　献

Asmus, Sylvia/Eckert, Brita (Hg. für die DNB): Rudolf Olden. Journalist gegen Hitler -Anwalt der Republik. Leipzig/Frankfurt a. M. 2010

Barbian, Jan-Pieter: Literaturpolitik im «Dritten Reich». München 1995

Barth, Rüdiger/Friedrichs, Hauke: Die Totengräber. Der letzte Winter der Weimarer Republik. Frankfurt a. M. 2018

Bauschinger, Sigrid: Else Lasker-Schüler. Biographie. Göttingen 2004

Bemmann, Helga: Erich Kästner. Leben und Werk. Berlin 1998

Benn, Gottfried: Essays und Reden in der Fassung der Erstdrucke. Frankfurt a. M. 1989

Benn, Gottfried: Prosa und Autobiographie in der Fassung der Erstdrucke. Frankfurt a. M. 1984

Benn, Gottfried/Seyerlen, Egmont: Briefwechsel 1914–1956. Hg. von Gerhard Schuster. Stuttgart 1993

Benn, Gottfried/Sternheim, Thea: Briefwechsel und Aufzeichnungen. Hg. von Thomas Ehrsam. München 2006

Benz, Wolfgang/Distel, Barbara (Hg.): Der Ort des Terrors. Geschichte der nationalsozialistischen Konzentrationslager. Band II: Frühe Lager, Dachau, Emslandlager. München 2005

Berger, Günther: Bertolt Brecht in Wien. Berlin/Bern/Wien 2018

Bloch, Karola: Aus meinem Leben. Pfullingen 1981

Blubacher, Thomas: Die vielen Leben der Ruth Landshoff-Yorck. Berlin 2015

Blubacher, Thomas: Gustaf Gründgens. Leipzig 2013

Blubacher, Thomas: «Ich jammere

nicht, ich schimpfe». Ruth Hellberg. Göttingen 2018 Bracher, Karl Dietrich: Die deutsche Diktatur. Entstehung, Struktur, Folgen des Nationalsozialismus. Berlin 1997

Brecht, Bertolt: Love Poems. Forword by Barbara Brecht-Schall. New York 2015

Brecht, Bertolt/Weigel, Helene: Briefe 1923–1956. Hg. von Erdmut Wizisla. Berlin 2012

Brenner, Hildegard (Hg.): Ende einer bürgerlichen Kunst-Institution. Die politische Formierung der Preußischen Akademie der Künste ab 1933. Stuttgart 1972

Brentano, Bernard von: Du Land der Liebe. Bericht von Abschied und Heimkehr eines Deutschen. Tübingen/Stuttgart 1952

Bröhan, Nicole: Max Liebermann. Berlin 2012

Bronsen, David: Joseph Roth. Eine Biographie. Köln 2018

Debrunner, Albert M.: «Zu Hause im 20. Jahrhundert». Hermann Kesten. Wädenswil am Zürichersee 2017

Decker, Gunnar: Gottfried Benn. Genie und Barbar. Berlin 2006

Decker, Kerstin: Mein Herz –

Niemandem. Das Leben der Else Lasker-Schüler. Berlin 2009

Delmer, Sefton: Die Deutschen und ich. Hamburg 1962

Diels, Rudolf: Lucifer ante portas. Stuttgart 1950

Distl, Dieter: Ernst Toller. Schrobenhausen 1993

Döblin, Alfred: Autobiographische Schriften und letzte Aufzeichnungen. Olten/Freiburg i. Br. 1977

Döblin, Alfred: Briefe. Zürich/ Düsseldorf 1970

Döblin, Alfred: Briefe II. Zürich/ Düsseldorf 2001

Döblin, Alfred: Schriften zu Ästhetik, Poetik und Literatur. Olten/ Freiburg i. Br. 1972

Döblin, Alfred: Schriften zu Leben und Werk. Olten/Freiburg i. Br. 1986

Döblin, Alfred: Schriften zur Politik und Gesellschaft. Frankfurt a. M. 2015

Dove, Richard: Ernst Toller. Göttingen 1993

Drobisch, Klaus/Wieland, Günther: System der NS-Konzentrationslager 1933–1939. Berlin 1993

Düsterberg, Rolf (Hg.): Dichter für

das «Dritte Reich». Bielefeld 2009

Düsterberg, Rolf: Hanns Johst: «Der Barde der SS». Karrieren eines deutschen Dichters. Paderborn/ München/Wien/Zürich 2004

Dyck, Joachim: Benn in Berlin. Berlin 2010

Dyck, Joachim: Der Zeitzeuge. Gottfried Benn 1929 – 1949. Göttingen 2006

Ebermayer, Erich: Eh' ich's vergesse ... Erinnerungen an Gerhart Hauptmann, Thomas Mann, Klaus Mann, Gustaf Gründgens, Emil Jannings und Stefan Zweig. München 2005

Eggebrecht, Axel: Der halbe Weg. Zwischenbilanz einer Epoche. Reinbek b. Hamburg 1981

El-Akramy, Ursula: Transit Moskau. Margarete Steffin und Maria Osten. Hamburg 1998

Fallada, Hans: In meinem fremden Land. Gefängnistagebuch 1944. Berlin 2017

Fechter, Paul: Dichtung der Deutschen. Eine Geschichte der Literatur unseres Volkes von den Anfängen bis zur Gegenwart. Berlin 1932

Fest, Joachim C.: Hitler. Eine Biographie. Frankfurt a. M./Berlin/ Wien 1973

Feuchtwanger, Lion: Ein möglichst intensives Leben. Die Tagebücher. Berlin 2018

Feuerstein-Praßer, Karin: Die Frauen der Dichter. München 2015

Fischer, Lothar/Adkins, Helen: George Grosz. Sein Leben. Berlin 2017

Flügge, Manfred: Heinrich Mann. Reinbek b. Hamburg 2006

Flügge, Manfred: Traumland und Zuflucht. Heinrich Mann und Frankreich. Berlin 2013

Fuld, Werner/Ostermaier, Albert: Die Göttin und ihr Sozialist. Christiane Grautoffs Autobiographie–ihr Leben mit Ernst Toller. Bonn 1996

Giehse, Therese: «Ich hab nichts zum Sagen». Reinbek b. Hamburg 1976

Goebbels, Joseph: Die Tagebücher. Hg. von Elke Fröhlich. Teil I: Aufzeichnungen 1923–1941. Bd. 2/III: Oktober 1932–März 1934. München 2006

Görtemaker, Manfred: Thomas Mann und die Politik. Frankfurt a. M. 2005

Görtz, Franz Josef/Sarkowicz, Hans: Erich Kästner. München/Zürich 1998

Graf, Oskar Maria: Gelächter von außen. Aus meinem Leben 1918 – 1933. München/Leipzig 1994

Gronau, Dietrich: Max Liebermann. Eine Biographie. Frankfurt a. M. 2001

Gross, Babette: Willi Münzenberg. Frankfurt a. M./Wien/Zürich 1969

Grossmann, Kurt R.: Emigration. Geschichte der Hitler-Flüchtlinge 1933–1945. Frankfurt a. M. 1969

Grossmann, Kurt R.: Ossietzky. Ein deutscher Patriot. Frankfurt a. M. 1973

Grosz, George: Ein kleines Ja und ein großes Nein. Sein Leben von ihm selbst erzählt. Reinbek b. Hamburg 1974

Grupp, Peter: Harry Graf Kessler 1868 – 1937. München 1995

Haase, Horst: Johannes R. Becher. Leben und Werk. Berlin 1981

Hackermüller, Rotraut: Einen Handkuß der Gnädigsten. Roda Roda. Bildbiographie. Wien/München 1986

Hanuschek, Sven: «Keiner blickt dir hinter das Gesicht». Das Leben Erich Kästners. München 2003

Harpprecht, Klaus: Thomas Mann. Reinbek b. Hamburg 1995

Hecht, Werner: Brechts Leben in schwierigen Zeiten. Frankfurt a. M. 2007

Hecht, Werner: Helene Weigel. Frankfurt a. M. 2000

Heer, Hannes/Fritz, Sven/Drummer, Heike/Zwilling, Jutta: Verstummte Stimmen. Die Vertreibung der «Juden» und «politisch Untragbaren» aus den hessischen Theatern 1933 bis 1945. Berlin 2011

Heine, Gert/Schommer, Paul: Thomas Mann Chronik. Frankfurt a. M. 2004

Herlin, Hans: Ernst Udet. Der Flieger. Frankfurt a. M. 2018

Herzog, Wilhelm: Menschen, denen ich begegnete. Bern/München 1959

Hof, Holger: Gottfried Benn. Der Mann ohne Gedächtnis. Stuttgart 2011

Ishoven, Armand von: Udet. Biographie. Wien/Berlin 1977

Janßen, Karl-Heinz: Der 30. Januar. Ein Report über den Tag, der die Welt veränderte. Frankfurt a. M. 1983

Jasper, Willi: Der Bruder. Heinrich

Mann. Frankfurt a. M. 2001

Jasper, Willi: Die Jagd nach Liebe. Heinrich Mann und die Frauen. Frankfurt a. M. 2007

Jens, Inge (Hg.): Dichter zwischen rechts und links. Die Geschichte der Sektion für Dichtkunst an der Preußischen Akademie der Künste. Leipzig 1994

Jeske, Wolfgang/Zahn, Peter: Lion Feuchtwanger. Der arge Weg der Erkenntnis. München 1986

Jüngling, Kirsten: «Ich bin doch nicht nur schlecht». Nelly Mann. Berlin 2009

Kästner, Erich: Der tägliche Kram. Zürich 2013

Kapfer, Herbert/Exner, Lisbeth: Weltdada Huelsenbeck. Eine Biografie in Briefen und Bildern. Innsbruck 1996

Kebir, Sabine: Helene Weigel. Abstieg in den Ruhm. Berlin 2002

Keiser-Hayne, Helga: Erika Mann und ihr politisches Kabarett «Die Pfeffermühle» 1933–1937. Reinbek b. Hamburg 1995

Kesser, Armin: Tagebuchaufzeichnungen über Brecht 1930 – 1963. In: Sinn und Form 2004/6. Berlin 2004

Kessler, Harry Graf: Das Tagebuch. Bd. 9: 1926 – 1937. Stuttgart 2010

Kesten, Hermann: Deutsche Literatur im Exil. Briefe europäischer Autoren 1933 – 1949. Wien/München/Basel 1964

Kesten, Hermann: Meine Freunde, die Poeten. Berlin/Wien 1980

Kisch, Egon Erwin: Der rasende Reporter. Berlin/Weimar 1990

Kisch, Egon Erwin: Mein Leben für die Zeitung. Teil 2: 1926–1947. Berlin 1993

Klee, Ernst: Das Kulturlexikon zum Dritten Reich. Wer war was vor und nach 1945. Frankfurt a. M. 2007

Klein, Michael: Georg Bernhard. Die politische Haltung des Chefredakteurs der *Vossischen Zeitung*. Frankfurt a. M. 1999

Kluy, Alexander: George Grosz. König ohne Land. München 2017

Knopf, Jan: Bertolt Brecht. Lebenskunst in finsteren Zeiten. München 2012

Köhler, Wolfram: Der Chef-Redakteur Theodor Wolff. Düsseldorf 1978

Körner, Torsten: Ein guter Freund. Heinz Rühmann. Biographie. Berlin 2001

Kollwitz, Käthe: «Ich will wirken in dieser Zeit». Auswahl aus den Tagebüchern und Briefen, aus Graphik, Zeichnungen und Plastik. Berlin 1993

Kühn, Dieter: Löwenmusik. Essays. Frankfurt a. M. 1979

Kurzke, Hermann: Thomas Mann. Das Leben als Kunstwerk. München 1999

Lahme, Tilmann: Golo Mann. Biographie. Frankfurt a. M. 2009

Landes, Brigitte: Im Romanischen Café. Ein Gästebuch. Berlin 2020

Landshoff, Fritz H.: Amsterdam Keizersgracht 333 Querido Verlag. Erinnerungen eines Verlegers. Berlin 2001

Lasker-Schüler, Else: Briefe 1925–1933. Frankfurt a. M. 2005

Lemke, Katrin: Ricarda Huch. Die Summe des Ganzen. Weimar 2014

Lethen, Helmut: Der Sound der Väter. Gottfried Benn und seine Zeit. Berlin 2006

Loerke, Oskar: Tagebücher 1903–1939. Frankfurt a. M. 1986

Lorey, Annette: Nelly Mann. Würzburg 2021

Lühe, Irmela von der: Erika Mann.

Reinbek b. Hamburg 2009

Mann, Erika: Briefe und Antworten. Bd. I: 1922–1950. München 1984

Mann, Golo: Erinnerungen und Gedanken. Frankfurt a. M. 1986

Mann, Heinrich: Der Haß. Deutsche Zeitgeschichte. Frankfurt a. M. 1987

Mann, Heinrich/Bertaux, Félix: Briefwechsel 1922 – 1948. Frankfurt a. M. 2002

Mann, Katia: Meine ungeschriebenen Memoiren. Frankfurt a. M. 1999

Mann, Klaus: Briefe und Antworten. Bd. I: 1922 – 1937. München 1975

Mann, Klaus: Der siebente Engel. Die Theaterstücke. Reinbek b. Hamburg 1989

Mann, Klaus: Der Wendepunkt. Ein Lebensbericht. Reinbek b. Hamburg 2014

Mann, Klaus: Der zehnte März 1933. https://www.monacensia-digital. de/mann/content/ titleinfo/31263

Mann, Klaus: Tagebücher 1931 – 1933. München 1989

Man n, Thomas: Achtung, Europa! Essays 1933–1938. Frankfurt a. M. 1995

Mann, Thomas: Betrachtungen eines Unpolitischen. Frankfurt a. M. 2012

Man n, Thomas: Briefwechsel

mit seinem Verleger Gottfried Bermann Fischer. 1932 bis 1955. Hg. von Peter de Mendelssohn. Frankfurt a. M. 1973

Man n, Thomas: Der Zauberberg. Frankfurt a. M. 1990

Man n, Thomas: Ein Appell an die Vernunft. Essays 1926 – 1933. Frankfurt a. M. 1994

Man n, Thomas: Tagebücher 1933 – 1934. Frankfurt a. M. 1977

Man n, Thomas/Mann, Heinrich: Briefwechsel 1900 – 1949. Frankfurt a. M. 1995

Martynkewicz, Wolfgang: Tanz auf dem Pulverfass. Gottfried Benn, die Frauen und die Macht. Berlin 2017

Medicus, Thomas: Heinrich und Götz George. Zwei Leben. Berlin 2020

Meissner, Otto: Ebert, Hindenburg, Hitler. Erinnerungen eines Staatssekretärs 1918–1945. Esslingen/ München 1995

Mendelssohn, Peter de: Der Zauberer. Das Leben des deutschen Schriftstellers Thomas Mann. Teil 2: Jahre der Schwebe. 1919 und 1933. Frankfurt a. M. 1997

Merseburger, Peter: Willy Brandt. Stuttgart/München 2002

Mittenzwei, Werner: Das Leben des Bertolt Brecht oder Der Umgang mit den Welträtseln. Bd. 1. Frankfurt a. M. 1987

Mittenzwei, Werner: Der Untergang einer Akademie. Die Mentalität des ewigen Deutschen. Berlin/ Weimar 1992

Moreno, Joaquín/Szymaniak, Gunnar/ Winter, Almut (Hg.): Ferdinand Bruckner (1891–1958). Berlin 2008

Mühsam, Kreszentia: Der Leidensweg Erich Mühsams. Berlin 1994

Münster, Arno: Ernst Bloch. Eine politische Biographie. Hamburg 2012

Nottelmann, Nicole: Die Karrieren der Vicki Baum. Köln 2007

Parker, Stephen: Bertolt Brecht. Eine Biographie. Berlin 2018

Patka, Marcus G.: Egon Erwin Kisch. Stationen im Leben eines streitbaren Autors. Wien/Köln/Weimar 1997

Petersen, Jan: Unsere Straße. Eine Chronik. Berlin 1952

Petit, Marc: Die verlorene Gleichung. Auf den Spuren von Wolfgang und Alfred Döblin. Frankfurt a. M. 2005

Prater, Donald A.: Thomas Mann. Deutscher und Weltbürger. München 1995

Prokosch, Erdmute: Egon Erwin Kisch. Reporter einer rasenden Zeit. Bonn 1985

Regnier, Anatol: Du auf deinem höchsten Dach. Tilly Wedekind und ihre Töchter. Eine Familienbiografie. München 2003

Regnier, Anatol: Jeder schreibt für sich allein. Schriftsteller im Nationalsozialismus. München 2020

Reiber, Hartmut: Grüß den Brecht. Das Leben der Margarete Steffin. Berlin 2008

Rosenkranz, Jutta: Mascha Kaléko. Biografie. München 2007

Roth, Joseph: Briefe 1911–1939. Köln/Berlin 1970

Roth, Joseph: Radetzkymarsch. Köln/Berlin 1971

Rudolph, Katharina: Rebell im Maßanzug. Leonhard Frank. Berlin 2020

Rühle, Günther: Theater für die Republik. Im Spiegel der Kritik. Bd. 2: 1926 – 1933. Frankfurt a. M. 1988

Rühle, Günther: Theater in Deutschland 1887 – 1945. Seine Ereignisse – seine Menschen. Frankfurt a. M. 2007

Sahl, Hans: Memoiren eines Moralisten. Das Exil im Exil. München 2008

Schaenzler, Nicole: Klaus Mann. Eine Biographie. Frankfurt a. M. 1999

Schärf, Christian: Der Unberührbare. Gottfried Benn-Dichter im 20. Jahrhundert. Bielefeld 2006

Schebera, Jürgen: Damals im Romanischen Café. Künstler und ihre Lokale im Berlin der zwanziger Jahre. Berlin 2005

Schebera, Jürgen: Hanns Eisler. Mainz 1998

Schebera, Jürgen: Vom Josty ins Romanische Café. Streifzüge durch Berliner Künstlerlokale der Goldenen Zwanziger. Berlin 2020

Schmidt, Renate: Therese Giehse. München 2008

Schnetz, Wolf Peter: Oskar Loerke. Leben und Werk. München 1967

Schoeller, Wilfried F.: Alfred Döblin. München 2011

Schymura, Yvonne: Käthe Kollwitz. Die Liebe, der Krieg und die Kunst. München 2016

Skrodzki, Karl Jürgen: Else Lasker-Schüler. https://www.kj-skrodzki.de/lasker.htm

Sperber, Manès: Die vergebliche Warnung. Frankfurt a. M. 1993

Sternburg, Wilhelm von: «Als wäre

alles das letzte Mal». Erich Maria
Remarque. Köln 1998

Sternburg, Wilhelm von: «Es ist
eine unheimliche Stimmung in
Deutschland». Carl von Ossietzky
und seine Zeit. Berlin 1996

Sternburg, Wilhelm von: Joseph
Roth. Eine Biographie. Köln 2009

Sternburg, Wilhelm von: Lion
Feuchtwanger. Ein deutsches
Schriftstellerleben. Berlin 1987

Sucker, Juliane (Hg.): Gabriele Tergit
(Text + Kritik, Heft 228). München
2020

Suhr, Elke: Carl von Ossietzky. Eine
Biographie. Köln 1988

Tergit, Gabriele: Etwas Seltenes
überhaupt. Erinnerungen. Berlin 1983

Tergit, Gabriele: Vom Frühling und
von der Einsamkeit. Reportagen aus
den Gerichten. Frankfurt a. M. 2020

Tetzner-Kläber, Lisa: Das war Kurt
Held. Aarau/Frankfurt a. M. 1961

Ullrich, Volker: Adolf Hitler. Bd. 1:
Die Jahre des Aufstiegs 1889 –
1939. Frankfurt a. M. 2013

Ullstein, Hermann: Das Haus Ullstein.
Berlin 2013

Uzulis, André: Hans Fallada. Biografie.
Berlin 2017

Vietor-Engländer, Deborah: Alfred
Kerr. Reinbek b. Hamburg 2016

Völker, Klaus: Theodor Tagger als
Theaterunternehmer und Regisseur.
In: Joaquín Moreno/Gunnar
Szymanik/Almut Winter (Hg.):
Ferdinand Bruckner (1891–1958).
Berlin 2008

Walter, Hans-Albert: Deutsche
Exilliteratur 1933 – 1950. Bd. 1:
Bedrohung und Verfolgung bis
1933. Darmstadt/Neuwied 1972

Walter, Hans-Albert: Deutsche
Exilliteratur 1933 – 1950. Bd. 1,2:
Weimarische Linksintellektuelle
im Spannungsfeld von Aktionen
und Repressionen. Stuttgart 2017

Walther, Peter: Fieber. Universum
Berlin 1930 – 1933. Berlin 2020

Walther, Peter: Hans Fallada. Die
Biographie. Berlin 2017

Wedekind, Tilly: Lulu. Die Rolle
meines Lebens. München/Bern/
Wien 1969

Wendt, Gunna: Erika und Therese.
Erika Mann und Therese Giehse-
Eine Liebe zwischen Kunst und
Krieg. München 2018

Wessel, Harald: Münzenbergs Ende.
Ein deutscher Kommunist im

Widerstand gegen Hitler und Stalin. Die Jahre 1933 bis 1940. Berlin 1991

Wildt, Michael/Kreutzmüller, Christoph (Hg.): Berlin 1933–1945. München 2013

Zuckmayer, Carl: Als wär's ein Stück von mir. Horen der Freundschaft. Frankfurt a. M. 1994

Zuckmayer, Carl: Aufruf zum Leben. Frankfurt a. M. 1995

Zuckmayer, Carl: Geheimreport. Göttingen 2002

Unter den Zeitungen und Zeitschriften des geschilderten Zeitraums habe ich vor allem die *Vossische Zeitung*, die *Frankfurter Zeitung*, die *Berliner Morgenpost* und die *Weltbühne* ausgewertet. Informationen über das damalige Wetter verdanke ich unter anderem der Website chroniknet.de und Paul Schlaak: Das Wetter in Berlin von 1933–1945. berlingeschichte. de/bms/bmstxt00/0009gesd. htm. Zahllose Angaben habe ich in den Datenbanken der Akademie der Künste (Berlin), der *Deutschen Biographie*, der *Künste im Exil*, des Instituts für Frauen-Biographieforschung (Hannover/ Boston), der Stiftung Deutsches Historisches Museum und bei *Wikipedia* verifizieren können. Den Machern dieser Portale schulde ich Dank.

图片来源

第 210 页 DLA, Marbach

第 218 页 B. Sösemann, Berlin/
Foto: Richard Wolff

第 219 页 akg-images/Dieter E.
Hoppe

第 224 页 ullstein bild/Granger
Historical Picture
Archive

第 227 页 Bundesarchiv/Bildstelle/
SAPMO (Bild 10–775–
1227–67)

第 244 页 nach Lydia Leipert:
Gabriele Tergit. Die
einzige Frau im «Ort
der Männer», Spiegel
Geschichte, März 2008/
Foto: Jens Brüning

第 248 页 Münchner
Stadtbibliothek/

Monacensia, OMG F 6/8

第 254 页 ETH-Bibliothek, Zürich,
Thomas-Mann-Archiv/
Fotograf unbekannt/
TMA_0947

第 259 页 SLUB Dresden/Deutsche
Fotothek/Fotograf
unbekannt

第 280 页 Akademie der Künste,
Berlin, Bertolt-Brecht-
Archiv, Fotoarchiv
07/151, Foto: Henry
Peter Matthis

第 291 页 nach einer Internetveröff
entlichung der Künstl
erKolonie Berlin e. V.
(kueko-berlin. de)

第 293 页 ullstein bild/ullstein bild